U0922052

〔美〕海明威　著
朱永丽　译

上册

岛在湾流中

Islands in the Stream

海明威全集

四川大学出版社

项目策划：段悟吾　罗永平　王　军
责任编辑：张　晶
责任校对：杜嘉楠
封面设计：天恒仁文化传播
责任印制：王　炜

图书在版编目（CIP）数据

岛在湾流中 ：全 2 册 / （美）海明威著 ；朱永丽译
— 成都 ：四川大学出版社，2018.9
（海明威全集）
ISBN 978-7-5690-2430-2

Ⅰ．①岛… Ⅱ．①海…②朱… Ⅲ．①长篇小说－美国－现代 Ⅳ．①I712.45

中国版本图书馆 CIP 数据核字（2018）第 231699 号

书名　岛在湾流中
DAO ZAI WANLIU ZHONG

著　　者	〔美〕海明威
译　　者	朱永丽
出　　版	四川大学出版社
地　　址	成都市一环路南一段 24 号（610065）
发　　行	四川大学出版社
书　　号	ISBN 978-7-5690-2430-2
印前制作	天恒仁文化传播
印　　刷	成都市兴雅致印务有限责任公司
成品尺寸	145 mm×210 mm
印　　张	27
字　　数	454 千字
版　　次	2020 年 1 月第 1 版
印　　次	2020 年 1 月第 1 次印刷
定　　价	98.00 元（全 2 册）

◆ 读者邮购本书，请与本社发行科联系。
电话：(028)85408408/(028)85401670/
(028)86408023　邮政编码：610065
◆ 本社图书如有印装质量问题，请寄回出版社调换。
◆ 网址：http://press.scu.edu.cn

四川大学出版社
微信公众号

前言

《岛在湾流中》是美国作家海明威的小说，发表于1970年，是海明威的遗作之一。

欧内斯特·米勒·海明威（1899—1961），美国作家、记者，出生于美国伊利诺伊州芝加哥市郊区奥克帕克，20世纪最著名的小说家之一。海明威曾荣获不少奖项。他在第一次世界大战期间获得银质勇敢勋章；1953年，他以《老人与海》一书获得普利策奖；1954年，《老人与海》又为海明威夺得诺贝尔文学奖。2001年，海明威的《太阳照常升起》与《永别了，武器》两部作品被美国现代图书馆列入“20世纪100部最佳英文小说”。1961年7月2日，海明威在爱达荷州凯彻姆的家中用猎枪自杀身亡。海明威是美国“迷惘的一代”作家中的代表，其作品表达出他对人生、世界、社会的迷茫和彷徨。他一向以“文坛硬汉”著称，是美利坚民族的精神丰碑。海明威的作品具有独特的创作风格，在美国文学史乃至世界文学史上都占有重要地位。

1942年，欧洲战争正在激烈进行，海明威在古巴指挥一艘潜艇搜集岛上纳粹分子的情报，用间谍活动代替创作，用个人的军事冒险加入残酷的战斗。尽管对海明威的冒险活动众说纷纭，但是这项严肃的军事行动却为他的创作提供了宝贵素材，根据这次经历他创作了《岛在湾流中》。1944年7月，海明威在诺曼底协同盟军进行地面作战，二十多天里，他自始至终浴血奋战。这次战争的残酷性和危险性是前所未有的，恐怖的战争令他感到无比痛心。经历了战争洗礼的海明威虽然又得到了一枚奖章，但是他对战争却有了更清醒的认识。他将自己对战争的体会写入他的一系列战争小说中。

本书讲述了画家托马斯的坎坷经历。在书中，海明威通过塑造画家托马斯的形象再一次强化他所倡导的坚强不屈、顽强拼搏的硬汉精神。本书的主人公画家托马斯喜欢作画，又酷爱钓鱼，美洲、欧洲、亚洲、非洲都有他的足迹。可他中年后则选择居住在巴哈马群岛中的比米尼，也常去古巴的庄上，因为这些岛地处湾流之中。在精神与肉体遭受严酷考验的情况下，托马斯始终坚强不屈，顽强地与敌人周旋。他的身上集中体现了海明威的硬汉特征，是一个塑造得相当成功的艺术典型。

在本书中，海明威用沉静的文字、跌宕起伏的故事情节紧紧抓住读者的心。他忠实地记录了事物的本来面貌，文字朴实却可掀起读者心中的波澜。海明威生前这部作品并未发表，是他的妻子和朋友整理后的成果。但是毫无疑问，读者仍可以从这部书中读出海明威文笔中惯有的那种血性和震撼人心的力量。这部作品尽管在海明威的诸多作品中没有那么大的名气，但它还是不愧为优秀作家的优秀作品，读者会从中发现一个跟其他作品不一样的、更加细腻的海明威。

目录

第一部

比米尼

第一章

这儿的港湾和外海被一道狭长的岬角地隔开，岬角地的最高处伫立着一栋房屋。房子的结构坚固无比，在三次飓风的考验下依然毫发无损，像一艘海船。高高的椰子树被信风吹得弯弯的，这座房屋恰巧就建在这天然的阴凉之处。房子一面临海，出门时只需爬下崖壁，再穿过一整片白花花的沙滩，就能到不远处的墨西哥湾流[1]去出海了。风平浪静的时候，远远望去，湾流一片深蓝。可当你走近细细一瞧，那荡漾在白花花细沙上的海水也只不过是泛着一片清泠泠的光而已。如果你在海滩上看到了鱼或者鱼的影子，那只是些小鱼，大一点儿的鱼在远远的海滩那边呢。

在这里洗海水浴是很惬意的，不过这福分也仅限

[1] 墨西哥湾暖流，简称“湾流”，是来自北大西洋最强的一股暖流。它穿行于北美洲东海岸，运行方向经常是自西南向东北，当它流至佛罗里达东南海岸时，宽度约有170公里。

白天享受，因为晚上这里的海域很不安全。一到晚上，在湾流附近捕食的鲨鱼就会出现在湾流边缘，它们有时候顺着湾流一直游到海滩边。在风平浪静的夜晚，只要在楼上的阳台听见“泼剌泼剌”的水声，那就是有鱼落入鲨口了。晴朗的夜空下，总能看见海滩那边一道道水花，放眼望去，亮晶晶的，那是鲨鱼游过的痕迹。总之，夜幕降临，海滩边仿佛是鲨鱼的天下，它们无所顾忌，无论是谁都要怕三分。好在白天的时候鲨鱼会离得远远的，一般不会游到这一大片白花花的沙滩附近，就算真有鲨鱼游来了，你老远就能发现并迅速躲开。

这栋房子的主人名叫托马斯·赫德森，是一位画家，才华出众。他痴迷于画画，一年之中差不多有大半时间都在屋里作画，就算不在屋里也总在这个岛上。人一旦在这儿住久了，就会对这个位于低纬度的小岛产生感情，也会留心这里的季节更替。托马斯·赫德森对这座小岛感情深厚，他居住在这里，年复一年，无论春夏秋冬，哪一个季节都舍不得离开。

到了飓风季，只要不起风暴，大多数时候天气还是相当宜人的。如果到了六七月没有信风，或是到了八月风势就逐渐减弱的年头，那这年夏天肯定会热得够呛。当然，飓风经常在九十月里肆虐，甚至有的年头十一月初还有飓风来袭。这天气真要邪门起来，没准儿从六月份开始热带风暴就随时可能来临。

说起热带风暴，托马斯·赫德森也注意了好些年，如今，即使晴雨表上没有任何迹象，他也可以从天色的变化中观测出热带风暴的苗头。他懂得根据蛛丝马迹来推算风暴，也知道应该采取怎样的措施来预防。他深刻体会到，飓风袭来时团结全岛居民共患难，是一件极有意义的事。他们之间的情谊也在战胜飓风的过程中渐渐加深。“飓风之猛，可以猛到人亡屋毁，无一幸免”，对于这点，托马斯·赫德森心里非常清楚。不过他始终都有这样一个想法：要是这么厉害的飓风哪天真刮来的话，他倒是非常愿意感受一下那种凶猛的滋味，如果房子真被刮倒了，他也甘愿与房子共赴天堂。

说通俗点，这座房子的外形就像一艘海船。为了抵挡住狂风暴雨的侵袭，在建造时人们特意将房子深嵌在地里，这样看上去虽屹立在高处却和小岛浑然一体。神奇的是，如果从屋里的窗户向外瞭望，你会发现窗窗相对，都能望见大海。夜晚睡在这四面通风的屋里，热气荡然无存。如果不算那高高的一大片驳骨松林[1]的话，这座房子就是岛上当之无愧最高的建筑了，加上这房子刷得雪白（为了在夏天多散些热），在岛上非常抢眼。当你从海上顺着湾流航行时，远远地就可以望见这小岛，扑面而来的就是那一大片驳骨松林，黑乎乎的驳骨松树影在海平线上隐隐现出不久，就能望见这座房屋的轮廓。等再近一些，整个小岛尽收眼底：岛上生长着许多高高的椰子树，有的房子是采用墙板围护结构建造的，在一长溜儿白花花的沙滩背后，有一大片葱茏之地。小岛上好一派南国风光。每次遥望自己的房子，托马斯·赫德森就会感到无比欣慰。它虽然只是耸立在那儿的一座房子，赫德森却将它当作自己的宝贝儿，像自己珍爱的船一样，那种感情醇厚似酒。小岛的冬天北风肆虐，刺骨寒冷，可是托马斯·赫德森的屋里却是又舒坦又暖和，整个岛上就他家里有个壁炉。这个壁炉相当大，还是敞口的，托马斯·赫德森就捡些海上漂来的木头当柴烧。

托马斯·赫德森捡来这些木头，堆积在自己家朝南的屋墙下。这些木头被太阳晒得发白，又被风刮得像被砂纸打磨过一般，他喜欢得很，觉得它们样子别致，舍不得当柴烧。不过转念一想，反正每一次大风

[1] 驳骨松，一种常绿乔木，高可达30米，常作防风林栽种，俗称木麻黄。

暴后就会漂来一批木头，既然大海会源源不断送些千姿百态的木头来，那他就没必要珍藏它们。再说了，他发觉看那些自己喜欢的木头熊熊燃烧也是一件趣事。每当寒夜，炉火映照着坐在大椅子里的他，厚木板桌上台灯明亮，在炉火和灯光的辉映下，他手捧一本书，尽情享受这美好的时光。偶尔抬起头来，看看形态各异、令人叫绝的根根白木在壁炉里熊熊燃烧，听听屋外西北风的怒号和海水的激荡。

有时他会熄灯，躺在地毯上，凝视着壁炉里燃烧的木头。木头上腾起的火焰轮廓分明，附在木头上的沙粒和盐分也在火里燃烧着，迸发出五颜六色的光焰。看着看着，他一会儿欢喜一会儿伤感。其实，不管烧什么木头，多愁善感的他见了都会生出一些感触，尤其是看着那些海上漂来的木头熊熊燃烧，他的心情无法用语言描述。大概还是因为自己喜欢的东西就不该烧掉吧，他心里充满矛盾：不过既然烧了，也大可不必这般不安。

躺在地上的时候，他感觉风是吹不到他身上的，事实上，哗哗的风从屋子低处的角落里钻进来，岛上坑坑洼洼处的草丛被风吹得直不起来，风一直扑到苍耳和海草的根儿上，钻进沙滩。他将身子扑在地板上，仔细感受着惊涛拍岸的一次次搏击。他不由得忆起这样的感觉，那是非常久远的事了，那时他还只是个孩子，常常喜欢去炮台附近，在泥地上躺着玩，时常能感受到大炮轰击给大地带来的震颤。此刻，地面被海浪撞击着，勾起他熟悉的回忆。

壁炉在冬天是个宝贝，其实就算在别的季节里，这壁炉还是会让人心生暖意，内心会不自觉地憧憬冬天在炉前的温馨画面。在他看来，冬天是岛上一年中最美妙的季节了，所以他眼巴巴地从春天盼到秋天，冬日到来，他心里的石头才算落了地。

第二章

那年冬天过完，春天也快到尽头的时候，托马斯·赫德森的三个孩子到岛上来了。这是个早就订好的计划：他们哥儿仨约好在纽约会齐，然后一同搭火车南下，再乘飞机离开美国本土，来到岛上。不曾想其中两个孩子的那位母亲却我行我素，硬要带两个孩子跟她一块儿去欧洲旅游消夏，事先不跟孩子们的爸爸商量，总要和他闹出点事儿来。还说她是很讲理的，夏天孩子们跟妈妈过，圣诞节就应该跟爸爸一块儿过，结果圣诞正日那天也还是要跟妈妈一起过。

如今，托马斯·赫德森早已习惯了，对她耍的这些花样还是有办法折中解决：小的两个孩子先到岛上来，跟爸爸团聚五周再回纽约，在纽约买学生票搭法国渡轮去巴黎。正好，他们的妈妈已经先到巴黎了，并且买好一些他们必需的衣物，在那里等着带他们走。他们去法国这一路上的安全也不用担心，照顾他们的是他们同父异母的哥哥小汤姆。小汤姆一到法国就直接去找自己的母亲，她正在法国南部拍电影。

其实，小汤姆的妈妈并没有要儿子去法国找她的意思，反倒是希望父子能在小岛上多过些时日，好培养培养感情。不过能见见儿子对她来说也挺好，所以跟她一商量她就同意了。两个母亲谁更大度立刻就显现出来了。前者是说一不二，后者呢，人倒挺有魅力，也挺讨人喜欢的，可就是那个秉性一辈子也改不掉：绝不更改已经拿定的主意。她是一名良将，不仅拥有运筹帷幄的能力——有事必提前谋划，更拥有计出必行的那份坚持与执着。当然，也不是说她就从来不会妥协，但是只要事先商量的计划一旦定下来，不管这计划是怎样拟定的，无论是经过多久的苦思，还是一时冲动，或晚来酒兴之余突然冒出来的主意，绝不容许做出根本改变。

对于那两个孩子的母亲的计划也好，决定也罢，托马斯·赫德森完全能掂量出其中的分量，再说他也算是个过来人，毕竟经历过两次婚姻，所以只要方案能折中，可以和孩子一起待上五个星期，他也就心满意足了。虽然时间短了点儿，但他想那也只能怨自己福薄。转念想想，能与自己喜欢的人在一起相聚整整五个星期，也是件蛮不错的事情啊。哎，话说回来，当初我怎么会同意跟汤姆他妈分手呢？一想到这儿，他立马又对自己说：好了好了，现在想这些也没意义，这事儿不想也罢。同时他认为第二个妻子也不错，生下的两个孩子也挺好的。这种事情复杂得很，真的很难说。瞧着那两个孩子身上从他们妈妈那儿继承来的优点，结论就是这女人还是不错的，自己不应该跟她分手。可是继而再一想：不行！不跟她不分手哪儿行？

好在如今他再想起这前后两次离异的事儿，基本没什么苦恼了，准确地说，这些事情不会让他烦心了。所以他把心思都用在工作上，因为这样才能减轻他对孩子的歉疚。现在对其他事儿他都心不在焉，只盼着孩子们快些到来，与他们过一个快活的夏天。也只有在遂了这个心愿以后，他才可以专心埋头作画。

仔细想想，孩子与画画，已经占据了他生活的全部，别的什么他都不放在心上。真的，更何况这么些年在岛上，他已经形成了一种固定的、有规律的作画生活模式，这就可以抵偿一切。他相信自己已经画出了一定的成绩，也正是这样的成绩激励他一定要留下来，画下去，他自信他的画作将传之久远。现在他偶尔也会怀念巴黎，但也仅是回味回味而已，去是不会再去的了。不仅对巴黎，就是对整个欧洲，以及亚洲、非洲好多地方，如今他心里也只是想想而已。

他想起当年高更[1]要到塔希提去画画时，雷诺阿[2]曾经说："花那么多钱，跑去那么远的地方画画没必要，就在巴铁诺尔[3]这里作画不也挺好的吗？"要想这话更传神，那就必须用法文的原话来说："Quand on peint si bien aux Batignolles？"[4]如今，托马斯·赫德森早已把这个小岛看作自己的quartier[5]，他在岛上安家立业，左邻右舍都是他的朋友，他现在画画非常刻苦，比在巴黎有过之而无不及。

有时候他也出岛去捕鱼，比如到古巴沿海去捕；有时候则在秋天去山里逛逛。他在蒙大拿美国落基山区最北面的一个州有个牧场，现在已经租给别人了，那里夏秋两季是黄金般的季节，而现在孩子们一到秋天就都得回去上学了。

以前他时不时得去趟纽约，会会跟他打交道的那

[1]保罗·高更（1848—1903）：法国后印象派成员之一。自1891年到南太平洋上的法国殖民地塔希提岛后，其作品多表现岛上的风土人情和古老神话。

[2]皮埃尔·雷诺阿（1841—1919）：法国著名印象派画家。

[3]巴铁诺尔：巴黎北部的一个地区。

[4]法语："在巴铁诺尔不是画得好好的吗？"

[5]法语：根据地。

位画商。不过今非昔比，现在他无论是在国内还是在欧洲都颇受尊崇，地位逐渐稳固，所以现在多半是那位画商到岛上来跟他碰头，画商也方便取了画就携画北返。他还有一块牧地，是从祖父那儿继承的。虽然地已经卖给别人了，但托马斯·赫德森自己手里还拥有采油权，如今他又把采油权租给了石油公司，这样一来，他就有一笔定期收益。这笔收入的一半就约摸被抚养费占去了，即便如此，他的生活靠剩下的收入也完全有保障。这不仅可以使他摆脱商业上的压力，爱怎么画就怎么画，而且还可以想住哪儿就住哪儿，要去哪儿旅游就去哪儿旅游。

除了两次失败的婚姻，就别的方面而言他还真可以说是个成功者，不过话说回来，他的心本就不在这利字上。如今占据在他内心的，一是画画，二是孩子，还有就是他的第一个女人。至今他还余情未了，并深爱着她。打那以后他爱过很多女人，他的生活里总时不时需要个女人！有时候岛上也有女人会来探望，她们的到来，会令他欢喜一阵，他也是非常乐意她们留住在岛上的，甚至有时留住的时间还挺长。不过他总是觉得这些女人走了之后才如释重负，尽管有时候他还是挺喜欢这些女人的。好在他现在颇有涵养，不会再跟女人吵架了，而且他也自有一套避谈婚姻的办法，他觉得学会这两条可是相当不容易，其艰难程度与他当初下定决心把画画的生活纳入规律化、固定化的轨道可以相提并论。不过他终究还是学会了和女人轻松相处。至于画画，他早就掌握了一些门道，而且他相信自己每年还可以不断进步。不过他以前有段时期生活不太检点，所以他现在能真正静下心来，刻苦作画，那可真是不易。当然，要说他胡来一气，那还真谈不上，不就是有些狠心、自私，不知检点吗？对于这点，好几个女人当面说过他，他自己也终于意识到了。后来他自己总算明白了其中的利弊，于是下了决心：自私，只能用于爱惜自己的画作；狠心，一旦工作起来就不怕心狠；为人，一定要有所检点，有所约束。

在努力工作的同时，他打算履行自己制定的行为准则，他认为做好这三点就可以尽情享受生活的乐趣。比如今天他就非常愉快，因为明天一早小家伙们就要来了。

“汤姆先生，您还需要些什么？现在您画画收工了吗？”家里的听差约瑟夫问他。

约瑟夫手大脚大，个子高高的，一张黑黑的脸长长的。他平时总穿一件白色短上衣，长裤裤脚下却光着一双脚。

“我看什么也不需要了，谢谢你，约瑟夫。”

“来一点儿金汤力[1]如何？”

“不了。我正打算一会儿去博比先生的店里喝一杯。”

“那还是就在家里喝一杯不用花钱的吧。刚才我到博比先生的店里去，他说话就没好气。说什么谁搞得清名堂太多的调和酒啊。一问才知道，敢情是一位从游艇上下来的女客人，上他店里去要一种叫‘白色佳人’的什么玩意儿，他哪儿知道什么‘白色佳人’啊？正好看见一种美国矿泉水，包装纸上画着一个穿白网眼纱衫的女人坐在泉水旁，就拿它来充了数。”

“我还是想去一趟。”

“那您在家先喝一杯。领航船给您捎来了几封信，正好您可以一边看信一边喝酒，完了再去博比先生的店里也不打紧。”

“这样也好。”

“那太好了！”约瑟夫说，“我把酒都调好了。至于那些信件，我估计好像都没什么要紧的，汤姆先生。”

“信在哪儿呢？”

“我放在厨房里了，这就去拿来。一封来自纽约，

[1] 一种鸡尾酒，将金酒（杜松子酒）兑在奎宁水中。

一封是从棕榈滩[1]寄来的，字写得好秀气。纽约那位替您卖画的先生也寄来一封。还有两封我就认不出来了。”

“约瑟夫，代我回信你愿意吧？”

“当然，先生。只要您吩咐。别小看做下人的我，年少时我还是在学校读过两年书的。”

“你先去把信拿来吧。”

“好的，汤姆先生。另外还有一份报纸。”

“我先不看报纸了，留着明天吃早饭的时候再看吧。”

就这样，托马斯·赫德森一边坐在那里看信，一边悠然地喝着清凉的金汤力。不知为什么其中的一封信他看了两遍，然后才把所有的信收起来放在写字台的一个抽屉里。

“约瑟夫，孩子们可是很快就要来喽！”他喊了一声，“你替他们准备齐全没有？”

“放心吧，汤姆先生，都准备好了。我还特意多备了两箱可口可乐呢。小汤姆应该长得比我都高大了吧？”

---

[1] 在佛罗里达东南沿海，是著名的海滨度假胜地。附近有一城镇，名为西棕榈滩。

“还没有吧。”

“估计现在如果要跟他打起来我还打不过他呢！”

“哪能呢？”

“以前这孩子常在私底下跟我打闹。”约瑟夫说，“如今要称先生了。一个叫汤姆先生，一个叫安德鲁先生，还有一个叫戴维先生。真是太有趣了，这三个小伙子真没得说，全都是数得着顶呱呱的。特别是安迪[1]，精得很。”

“是啊，小时候他的确很机灵。”托马斯·赫德森应声道。

“哎呀呀，他可是越长越机灵了。”看得出，对安迪约瑟夫是极为欣赏的。

“今年夏天你可要做个好榜样啊，得让他们跟着你学学。”

“汤姆先生，您可千万别这么说，要是三四年前的我，对什么都还不懂，听到您这样的话，也许就胡乱答应了。可现在，是我跟着汤姆学还差不多，所以您要我今年夏天给他们哥儿几个做榜样，我哪儿当得起呢？现在汤姆上了贵族学校，上流人士的种种好规矩他肯定学会了。虽然我长相跟他不同，但他的言谈

[1] 安德鲁的昵称。

举止我要学，要像他那样，彬彬有礼，却又不装腔作势。还有我也要学学戴夫[1]的那份精明，估计那可是最难学的。我还得好好琢磨琢磨：安迪这个机灵鬼是不是有什么窍门？”

“啊呀，可别让你摸着门儿，我可不想让你把机灵耍到我头上。”

“哪儿能啊，汤姆先生，您真是误会我了。我说想学得机灵点儿，是用在干活管用的方面，可不是为了对付东家的。”

“孩子们来你挺开心的吧？”

“这还用说吗，汤姆先生，这可是从来没有过的开心事儿。不瞒您说，我看这样的大喜事简直比得上基督再次降临。您问我开不开心，那我回答您，太开心了！”

“是啊，我们得让他们哥儿仨玩个痛快，再好好想些点子。”

“不行啊，汤姆先生。”约瑟夫说，“他们的玩法可吓人啦，花样够多，我们反倒是得多操点心，千万别让他们闯祸。我看到时候还得请人来帮个忙，就埃迪吧，他对付这小哥儿几个比我强。像我跟他们

[1] 戴维的昵称。

在一起混久了，对他们来说我的那些办法已经老掉牙了，根本管不了他们。”

“埃迪最近可好？”

“他身体倒是没什么问题。这不王太后陛下的诞辰快到了嘛，他也就借着这个名目每天总要喝两口。”

“对了，你刚才说博比先生正憋着一肚子气，我看我现在还是赶紧去他的店里看看吧！”

“刚才他还问起您来着，汤姆先生。要我说啊，像博比先生这样有教养的人，世上还真是不多见，可从游艇上来的那些人应该是无赖，常常招惹他，他都快发火了。我临走的时候回头看了他一眼，看那样子火都快冒到头顶啦。”

“那刚才你去干吗？”

“我去买可口可乐，顺便打了几盘‘落袋’[1]，免得把我的球技荒废了。”

“球桌怎样？”

“球技越来越差。”

“我还是赶紧去吧。”托马斯·赫德森说，“不过我想先冲个凉，顺便换一换衣服。”

“换洗衣服放在床上了，”约瑟夫对他说，“再

[1] 原文为“shooting a stick of pool”，此处指打台球。

来一杯金汤力？”

“不用了，谢谢。”

“顺便提醒一下，罗杰先生的船已经到了。”

“好的。我会去找他的。”

“今天他是在这儿过夜吗？”

“可能会。”

“我替他准备好。”

“那最好不过。”

第三章

托马斯·赫德森个子十分高大，正在冲凉的他，感觉自己光着身子比穿上衣服还要高大三分。他的皮肤晒得黝黑，就连头发也被晒得深一道浅一道。这时，他先把肥皂抹在褪了色的头发上，胡乱地揉上一通，然后把脑袋凑在莲蓬头下冲洗肥皂沫。水花从莲蓬头飞迸而出，打得他针刺般痛。要论体重他倒还不算超重，他自己也时不时地上磅秤量体重，差不多192磅的样子。

他一边冲凉一边想：我怎么先洗澡了，一般不是先去游泳再回来洗澡吗？可这会儿也真有点儿累了。嗯，今天早上在工作之前我就游了好长时间。再说等小家伙们来了，这游泳的机会还愁没有吗，而且还得加上罗杰。这可真够劲儿呀！

他随即换上一条干净的短裤，上身套一件旧的水手领横条套衫，穿上软帮鞋，就出门下坡而去。篱笆门前是那条白得耀眼的王家国道，这是条被太阳晒得发白的珊瑚岩大道。

路边两棵高高的椰子树下有几座白板条小屋，托马斯·赫德森看见一个老年黑人从一座小屋里走出来，穿在身上的黑羊驼呢上装合体，下身是条好像特意熨过的浅黑色的裤子，走路腰板挺得笔直。他先托马斯·赫德森一步拐上了大路，托马斯·赫德森没看清他的脸。就在他转身的一瞬间，那张黑黑的还挺和气的脸映入了托马斯·赫德森的眼帘。

这时从那座小屋的背后传来一个孩子的声音，那孩子用一支古英格兰乐曲的调子，编了首歌儿取笑他：

爱德华叔拿骚[1]来，
上街贩卖糖果来，
伤兵买来我也买，
一口苦到把头甩……

爱德华大叔转过脸来，尽管有午后灿烂阳光的映照，可是那脸上写着的是气愤和伤心，完全没了原本和气的神色。

[1] 文中指巴哈马首都。

“我认识你，”他说，“别以为你躲起来我就不知道你是谁，我要到警察那里告你去。”

没想到那孩子听了这话反而唱得更起劲了，那清脆的歌声好不得意：

爱德华啊，爱德华！
凶大叔、狠大叔、糙大叔爱德华！
你卖的糖果实在不像话！

“我要叫警察来，瞧你说的都是些什么话啊！”爱德华大叔说，“警察自有办法收拾你！”

“爱德华大叔，你今天还卖蹩脚糖果吗？”只听那孩子在后面又得意地喊了一声。小家伙心眼儿挺多，始终躲在别人瞧不见的地方。

“做人好苦啊，”爱德华大叔边朝前走边自言自语，“我哪儿还有一点尊严，好好的就遭人羞辱。上帝呀，你的这些子民怎么不知道自己在做啥，请你宽恕他们吧。”

这个时候，路前方王家国道的那一头，庞塞·德莱昂酒店[1]楼上的房间里也飘出了歌声。一个黑人小伙子从托马斯·赫德森身后悄悄追上来，他顺着珊瑚岩大道匆匆前行。

“汤姆先生，那边打架啦。”黑人小伙子打着招呼，“那先生是开游艇来的，什么东西都往窗外扔。估计是打架或者是吵了嘴什么的。”

“都扔了些什么呀，路易斯？”

“什么都扔，汤姆先生。那先生不管三七二十一抓起什么扔什么。他太太想劝阻他，他疯狂地说，再说连你也扔出去。”

“你知道那先生是从哪儿来的吗？”

“北边来的，听说是做买卖的大人物啦，别说那家酒店了，他买得起我们这整个小岛。依我看啊，要是他还像这样往外再扔一会儿东西，他买下这个岛倒能少花不少钱。”

“警察怎么处理这事儿，路易斯？”

“还没人去叫警察呢，汤姆先生。不过得叫啦，大家觉得现在该是警察出场的时候了。”

“你是在替他们当差吧？我还准备请你帮我弄些

---

[1] “庞塞·德莱昂”是一个西班牙姓。西班牙探险家胡安·庞塞·德莱昂于16世纪在这一带活动，这家酒店的名字大概就是以这位探险家的名字命名的。

鱼饵，明天要用。”

“没问题，汤姆先生，你放心，鱼饵的事儿就交给我好了，替你弄点鱼饵是我的荣幸。我这一阵一直在替他们当差。今儿早上雇的我，一大早我就来他们手下伺候了，原本准备带他们去捕大海鲢，可不知道为什么他们一直没有提去捕大海鲢的事情。还捕鱼呢，他们现在成了扔东西的，你看扔完盘子摔杯子，摔完小杯子就摔大杯子，房间里的东西估计都给扔完了，就连椅子也扔出去了。博比先生送上账单，那先生也是见一张撕一张，还口口声声骂博比先生是王八蛋、大骗子，存心敲诈讹赖他，是存心要宰他这条大海鲢。”

“看来那先生还真是挺难伺候呢，路易斯。”

“汤姆先生呀，这种浑蛋透顶的主儿，那可真是前半辈子少见，后半辈子难寻。他之前要我给他们唱歌听。你也知道，我唱得不好，没乔西唱得好，不过我唱歌一向都很卖力，也许会超水平发挥呢。这一回我就唱得非常卖力，你肯定知道我唱得有多好，你也听我唱过的嘛。可他呢，只愿听那支‘妈妈不要豆，不要米，不要椰子油’什么的，别的歌统统都不要听，所以我翻来覆去就唱这一支。这首老歌本来就是唱烂了的那种，我唱过几遍后腻味得不行，于是我就对他说：‘先生，我还会唱别的新歌呢。什么好听的、美妙的歌都会。如果您还想听一些别的老歌的话，我也会唱呀，比如说那首为大老板约翰·雅各布·阿斯特唱的歌，就是那个在泰坦尼克号[1]撞上冰山沉没时遇难的人，我也挺乐意为您唱上几支这样荡气回肠的歌的，别老唱这一首啊，您觉得如何？’我这话说得真是和气得很，要多客气有多客气。你也是知道我说话一向如此有礼貌。在我说完那么多好话之后，这位先生却说：‘你这个黑小子，给我好好听着，你懂什么，约翰·雅各布·阿斯特能有几个好钱罐当尿壶用？如今老子开的大报馆、大商号、大工厂，比他多得多。你要还这样自以为是来教训我，说这个好听那个好听，小心你的脑袋被我揪住后，非得按进尿壶里去不可！’说到这儿，他太太实在听不下去了，就说：‘亲爱的，你何必跟这么个孩子计较呢？我觉得他唱得蛮好的嘛，让他再唱两支新歌。我也很想听。’那先生还是不依不饶，盛气凌人：‘你给我听着，我才不管什么新歌不新歌的，你别打算听，这小子也别打算唱。’汤姆先生，你看看这先生是不是古怪又专横。还是那

[1]泰坦尼克号是英国的一艘豪华大客轮，1912年在赴美的首航途中撞上冰山后沉没，全船两千余名乘客及大半船员遇难。在这次沉船事故中遇难的也有约翰·雅各布·阿斯特四世（1864—1912），他是美国当时著名的资本家、房地产老板，同时还是个发明家。

太太顾及礼貌，这个时候居然只是说了句：‘哦，亲爱的，你这个人还真是难伺候。’汤姆先生，不管是谁碰上了像他那样的人，都是不知道该怎么对付的啊，这就好比刚出娘胎的猴崽子碰上了一台柴油机，无处下爪只能挠头。你可别见怪啊，我好像太多嘴了，但我见了这情景心里实在愤懑不平。他的那些话让太太心里委屈死了。真是的，亏他说得出口！”

“那你现在打算替他们干什么差事呢，路易斯？”

“我想给他们弄些海螺珠。”他说。

他们边走边说着，停在了一棵有大片树阴的棕榈树下，黑人小伙子从口袋里掏出一个干干净净的小布包。布包打开后，六颗亮晶晶的透着淡红珠光的海螺珠在眼前闪耀，当地人捕到海螺撬开清洗时常能意外发现这种珠子。会看得上这种海螺珠的人，除了英国的玛丽王太后[1]，托马斯·赫德森还从来没有见到过第二个。其实，托马斯·赫德森对玛丽王太后的了解也不多，无非是从那些报纸、电影的报道宣传什么的听一些罢了，另外还从一篇登在《纽约客》杂志上关于她的人物特写中了解一二。不过，虽然跟玛丽王太

[1] 玛丽王太后（1867—1953）：英王乔治五世（1865—1936）的王后。乔治五世于1910—1936年在位。

后并不相识，但当他一看到报道说王太后喜欢海螺珠，便立刻觉得他和王太后之间仿佛有着一种老友的情谊，甚至比他的一些多年的老友还要熟悉。不过此刻他心里却在掂量：今晚岛上居民要热烈庆祝玛丽王太后的诞辰，大伙也知道王太后有多么喜欢海螺珠，可这个小伙子却想用海螺珠让那位太太转愠为喜，这事情真奇怪啊。不过话又说回来，玛丽王太后声称喜欢海螺珠，说不定也只是笼络巴哈马老百姓的一种方式呢，托马斯·赫德森觉得没法排除这种可能性。

两个人一路走到庞塞·德莱昂酒店后，路易斯还在那儿继续说："那太太受了委屈了，一直在哭呢，汤姆先生你是没瞧见，她哭得叫别人听了也觉得伤心啊。所以我就想了这么个点子，到罗伊的酒店里弄几颗海螺珠来，让她玩赏玩赏也许就不会那么难过了。"

"见到海螺珠她总该开心了吧。"托马斯·赫德森说，"但她要是根本不喜欢海螺珠可就糟了。"

"但愿她能开心，我这就给她送上去。"

托马斯·赫德森在珊瑚岩大道上走得太久，白花花的珊瑚岩刺眼得很，所以乍一走入阴凉的酒吧极不适应，感觉就像踏进了一间黑屋。他走到吧台，要了一杯金汤力，酒里滴了几滴安古斯图拉苦味汁[1]，还加了一片酸橙皮。这时他才看到博比先生脸色难看极了，闷闷不乐地站在吧台后边。酒吧里有四个黑人小伙子在打台球，他们为了打出高难度的“开伦”[2]，竟还时不时地抬起桌角来帮一把。这时酒吧里唯有那桌台球还打得嗒嗒直响。楼上的歌声已经听不到了，那阔佬的游艇还停在码头上，这会儿在吧台上喝酒的还有艇上的两个水手。待了一会儿，托马斯·赫德森的眼睛也恢复如初，慢慢适应了，觉得这里的光线虽然暗了些，倒也凉快。这时路易斯从楼上下来了。

“那先生睡着了，”他说，“太太接过了我给的海螺珠，一边看着珠子，一边掉眼泪。”

那两个游艇水手听见后没吭声，只是对看了一眼。托马斯·赫德森站在那里，端起那一大杯金汤力，呷了一口，细细品着带着苦味的酒，苦味过后却也相当爽口。这酒味勾起了他对非洲大地的一段回忆，他不禁想起了坦噶[3]、蒙巴萨和拉姆[4]，想起了那沿海一

[1] 安格斯图拉苦酒是一种浓缩的苦酒，味苦，据称有滋补和解热作用。

[2] 开伦是以球杆击球得分的一种台球打法，一般以主球直接碰撞两个球或两个以上目标球得分。

[3] 坦噶当时属坦噶尼喀，如今是坦桑尼亚东北沿海一个港口城市。

[4] 蒙巴萨和拉姆都位于肯尼亚东部沿海，均为港口城市。

带。如果这些年他没在这个岛上定居，没准会选择到非洲生活。不过他转念一想：得了，想去非洲随时都可以去嘛。只要那个地方能令他的内心得到安宁，那就住那儿好了。他现在住在这儿，图的就是个内心安宁。

“汤姆，看来这种酒挺对你的口味的嘛？”博比问他。

“是啊。要不我干吗一直喝？”

“有一次我开了一瓶，喝了一口，发现这味道怎么和奎宁水这么像。”

“这里边是加了奎宁水。”

“我看现在好多人神经都有问题。”博比说，“有钱就任性，只要喜欢，什么东西都可以弄来喝，还说这叫有得享受就要尽量享受。把什么乱七八糟的东西给掺在好好的金酒里，那里头连奎宁水都有，真是好好的金酒被白白糟蹋了。”

“我倒觉得味道不错，金酒掺别的饮料都不如这味道痛快。奎宁水里加一片酸橙皮，一口喝下去，感觉胃里那些细微的毛孔都一个个张开了似的。我就喜欢这种味道，喝下去特别爽。”

“我是看出来了。你喝了酒就心里舒畅，我和它无缘，喝了就只会肚子难受。罗杰哪儿去了？”

罗杰是托马斯·赫德森的一个朋友，为了钓鱼，专门在岛上自己盖了一所棚屋作为基地。

“他就快来了吧。还约了约翰尼·古德纳，三人准备一块儿吃饭的。”

“我真搞不懂，你们可都是见过大世面的人了，长住在这个岛上，你们这是何苦呢？”

“哈哈，你不也在这儿长住吗？这个岛很不错啊。”

“我哪儿比得上你们呢，在这儿能混口饭吃就不错了。”

“赚钱吃饭的话，去拿骚也可以嘛。”

“拿骚有啥好的！还不如这儿呢。说实话，在这个岛上还有些乐子可找。何况，在这岛上赚的钱也多。”

“我就挺喜欢在这儿生活。”

“没错，”博比说，“住在这儿我也挺舒服的。不过重要的一点就是，能在这儿赚点钱够自己生活下去才行。你的那些画儿一直销路不错吧？”

“嗯，现在看来相当可以。”

“有意思，我记得你给爱德华大叔画了一幅画儿，那样的画也被人掏钱买走了。你笔下画的尽是些黑人，不是在海水里捕海龟的黑人，就是在陆地上造船的黑人，再不就是那些划船驾船的黑人，当然也有采海绵的船。要不就画大风暴，例如船遇到海龙卷是怎么被掀翻的惊险场面。我说，这种画真会有人买？人家不用花一个子儿也能看到这些场景啊。”

“当然有人买了，那还能有假？在纽约我每年都会去举办一次画展，这些画在画展上就都卖出去了。”

“是拍卖吗？”

“不是拍卖，画廊老板会给每幅画标上价格，来看画展的人如果遇到喜欢的画，价格也能接受的话就买回去了。博物馆的藏品有的也是在这儿买的。”

“你自己就不能直接把画卖给别人吗？”

“当然能啦。”

“那我倒很想买一幅海龙卷的画。”博比说，“这幅画上的海龙卷要昏天黑地、特大特凶的那种。我看最好是画两个连在一起的海龙卷，在海面上呼啸着席卷而过，所过之处海水倒吸，那景象真能把人活活吓死。这画要让人身临其境，感受那震天巨响。当然，还要画上我。我是一个划着一只小船采海绵的渔人，海龙卷一来，我手里的水底观察镜也给刮得没影了，就连小船也给掀到半空中。我吓得手足无措。这么一幅天翻地覆、排山倒海的龙卷风，请你画要多少钱？我准备就把这画挂在酒吧，要不挂在家里也行，就怕我那老太婆会被吓死，哈哈。”

“那得看你这画究竟打算画多大。”

“你觉得画多大好就画多大，总之越大越好。”博比拿足了腔调，“你觉得这样的画你得画几个海龙卷呢？索性你就画三个海龙卷吧。我就见过一连三个海龙卷，简直就是直冲云霄，我离得近看得真切，那架势比上回扫过安德罗斯岛[1]附近海面的那一个还要疯狂。我亲眼看见一艘采海绵的船被其中一个卷起，掉下来的时候引擎正好砸在船身上，打了个对穿。”

“这样的话，光是画布就要用掉不少钱呢。”托马斯·赫德森说，“咱们既然是老朋友，那我就只收你买画布的费用好了。”

“那好，你一定要买一方很大很大的画布，”博比说，“闯进这个酒吧来喝酒的人看到这么几个大龙卷，准会统统吓跑，该死的，滚出这个小岛。”

口气好大，显然博比是激动起来了，不过他对这种夸夸其谈显然上了瘾，停不下来。

“汤姆老哥，你看能不能画出来，我构思了这么一幅飓风的全景图：先画飓风的风眼，这个方向的风刚刚平息，那个方向的风又开始蠢蠢欲动。我们要画种种场面，椰树林里的黑人被吹得七倒八歪的，被飓风刮上小岛的船只被掀翻在山冈顶上。当然，还要画

[1] 巴哈马群岛中最大的一个岛，位于比米尼岛的东南方。

一些瞬间的镜头，轰然倒塌的大饭店，那些碎木片好似中了标枪四下飞溅，暴雨里随风刮来的死塘鹅，就像天上下起了塘鹅雨。还要画降到了最低点的气压表和被刮得无影无踪的风速计。大海深处波涛汹涌，还有风暴眼里出现的一轮明月也要画出来。再就是画一些巨浪狂潮将所有人畜草木吞没的景象，画一些被吹下海去的一丝不挂的女人，还有海边漂得到处都是的黑人尸体，有的甚至被吹到了半空中……”

“哇……那你这画布可就大得了不得啦。”托马斯·赫德森说。

“画布大些算个啥！”博比说，“我可以弄来帆船上最大的主帆给你画。和你以前画的那些平淡无奇的小不点儿比起来，我们这次就是要画出一幅最大最大的画来，要大到天上少有、地下难寻、名垂千古。”

“我先把海龙卷画好再说吧。”托马斯·赫德森说。

“好吧，这样也好。”博比的伟大计划正说到兴起，现在一下子被拉回来，还真有些不舍，“不过说真的，你我都是走南闯北、见多识广的人，你的功底又那样深厚，我们一定可以成功的，也能创造出一些伟大的画来。”

“我明天就开始画海龙卷看看。”

“好，”博比说，“凡事开头难，但开头总要有，你先把海龙卷画起来。不过说心里话，我很希望你能画出我们刚才想象的飓风画面。有人画过那个泰坦尼克号沉没的题材吗？”

“那个啊，目前还没有真正称得上大型之作的。”

“是吗？那看来我们也大可画一画嘛。我总是不由自主地会想象一下这个题材，整个场景安排我认为漫天浓雾比较合适，船被冰山撞了之后，这个冰山还在继续往前直闯，一定要把这个冷冰冰的形象表现出来。还要表现细节，表现得愈详细愈好。好比那个挤上救生艇的男子，一定要把这个男人也画进去，他混在女人堆里，号称自己能替女人们驾驶救生艇，救生经验丰富，所以就挤上去了。可他在奋力挤上救生艇的时候还将几个女人踩下了水，咱不光要画这些人的外形，还要把他们的内心世界画得一清二楚。不过，一说到这个男的吧，我就不由自主地想起了那一位，就是现在住在我们楼上的那一位。要不，把他画在我们的画里如何？你赶快上楼去看看，趁他这会儿还在睡。”

“我觉得我们还是先画海龙卷吧。”

“汤姆啊，我构思这么多就是一心巴望着你能成个带‘大’字的画家。”博比说，“瞧你以前都在画些什么呀？都是黑人在海滩上捉红海龟！真有你的，画的黑人连绿海龟都捉不到，只能捉只谁都不稀罕的红海龟。要不就画两个黑人划着小船，船上乌七八糟一堆小龙虾。我说，你不要再这么糟蹋自己的才华了，所以，以后干脆就别弄这种小打小闹的玩意儿，不然你就这样虚度一生了，老兄！再说了，你瞧瞧，这还不到半个钟头的工夫，我们构思好了三幅大创作，嘿嘿，老实说我只发挥了一点点想象力。”他顿了一下，从吧台底下拿出一杯酒来一饮而尽。

“这个酒不算什么，”他举着空杯说，“再烈的酒我都不怕，你还没见过我喝呢。听我说，汤姆，我们刚才说的那三幅大型的画作完全可以称得上是真正伟大的作品。应当属于世界级的画作，值得送到水晶宫[1]，跟它并排挂在一起的是古往今来那么多的传世名作。不过我们最开始构思的那一幅，就是那个海龙卷说到底还不能算是个重大的题材。好在你也还没有动笔画呢。我们索性画一幅比这三幅还伟大的作品，你觉得这个主意如何？”

说完，博比咕嘟又是一杯。

[1] 指位于英国伦敦海德公园里的一个展览大厅。该大厅用玻璃和钢架建造，1854年被迁到伦敦南部，在1936年的一场大火中毁于一旦。

“什么主意？”

博比隔着吧台将脑袋凑了过来，生怕自己的话被人偷听了似的。“你可千万别一听就给吓溜了啊，”他小声说，“这画的规模可真就大了去了，要有超强的想象力才能画出这样的画，说出来别把你吓坏了，汤姆。我们来创作一幅《世界末日图》吧！”他顿了一下，接着说道，“最关键的是，尺寸大小最好和真人实物一样！”

“那不就是画地狱吗？”托马斯·赫德森说。

“不，我们要画的是打入地狱前的一刹那。在阴阳岭上的教堂里那些狂热的信徒乱作一团，只见一个魔鬼操起干草叉，他们号叫着，被干草叉子一叉叉装到车上，嘴里哼哼着，说的也不知是哪一国的话，应当是求耶和华保佑之类的话吧。有个类似舱门一样的地方，始终张着大口，不管是黑人、教堂里的教士，还是信徒，反正只要是人，魔鬼就把他们叉起来统统送进那黑洞，扔进去就没了影。黑人倒在地上，到处都是，四下爬满了海鳝啦、小龙虾啦、蜘蛛蟹啦什么的，连身上都是。海水围困了这座孤岛，一个劲儿往上涨。水里那些不停打转的褪头鲨、双髻鲨、鼠鲨，还有融鲨，蛰伏着，蠢蠢欲动。有些人跳水想逃走，他们实在不愿意被叉上扔进那直冒热气的舱门般的大黑洞，于是这些鲨看见有人下水便张开大口。最后还在反抗的只剩下还在痛饮最后一杯的醉鬼了，他们抡起酒瓶对着魔鬼就是一通乱打。魔鬼却不费吹灰之力叉起他们往洞口里扔，就是那些侥幸没被扔进洞口的人，汹涌的海浪也会把他们立马吞没。这时候的海里，除了内圈有大鲨鱼在等着抓落水的人以外，外层还有一些鲸鲨、大白鲨、逆戟鲨之类的超级大鱼，在来来回回觅食，逃到岛上最高处的猫狗也不放过，魔鬼照样叉起来就往洞口里扔。吓得汪汪乱叫的狗直往后退。全身毛发竖起的猫，能逃就逃，即使是碰上魔鬼也要用爪子去挠，实在不行了纵身往海里一跳，进行最后一搏。好在猫的泅水本领还不错，大部分的猫都逃脱了，个别被鲨鱼咬住的猫，看来是逃脱不了见上帝的命了。

“渐渐地，洞口冒出泛着臭味的热气，你我就站在画面的正中，安然自若地观察着这一切。一个魔鬼的草叉折了，他只好用手去抓，那几个教堂里的教士被一把揪住，拖过来扔进洞里。你一边看一边记录，我手里拎了一瓶提神用的酒，时不时地喝两口，偶尔也请你来一口提提神。那些个大个子教士，在魔鬼手里死命挣扎，死活不肯入洞，连指头都抠进了沙里，嘴里直嚷耶和华救命。魔鬼累得浑身大汗，但还是拖着教士，一路不停地走着，有时候还跟我们打招呼：‘汤

姆先生，劳驾让一让。今天可真是忙得够呛，劳驾让一让，博比先生。’

“看那魔鬼累得满头大汗，一脸泥垢，趁他拖着一个教士再走回来的时候，我也请他喝一口，他却说：‘多谢你，博比先生，我现在不能喝。我在干活的时候是从来不碰这玩意儿的。’

“汤姆，你说这场面够宏伟吧，这么多故事情节，要是都能表现在一幅画里，那该是怎样的一幅千古奇画啊。”

“是啊，我们今天的构思确实挺不赖，还真蛮有成绩的，我们就先谈到这里吧。”

“行啊，今儿暂且说到这儿。”博比说，“你瞧瞧我，为了构思这样一幅巨画，嘴巴都说干了。”

“我知道有个叫博斯[1]的，就画这种画，而且非常出色。”

“就是搞磁电机的那个人吗？”[2]

---

[1] 耶罗尼米斯·博斯（Hieronymus Bosch，约1450—1516）：荷兰著名画家，他的作品画面复杂且有别具一格的圣像，代表作有《人间乐园》《圣安东尼的诱惑》等。

[2] 罗伯特·博世（Robert Bosch，1861—1942）：德国实业家。1886年，他在斯图加特开设了一家工厂，专门制造汽车中的电气装置。磁电机是利用永久磁铁产生磁场的小型交流发电机，是汽油机点火系统中的点火电源。

“不是那个。是叫耶罗尼米斯·博斯的那个，他是个非常非常老的前辈。当然，他画得好极了，这种题材的画家还有彼得·勃鲁盖尔[1]。”

“也是位老前辈？”

“可不是，他的画你见了一定会喜欢，他那些画也画得好极了。”

“得了，”博比说，“什么老前辈，我们都别信那一套，谁都没见过世界末日呀，那些个老前辈们又怎么会知道得比我们多呢？”

“话虽这样说，但只怕没那么容易超过他。”

“我压根儿就不信咱们不能超越他。”博比说，“管保我们的画一问世，他的画再也无人问津。”

“大家再来一杯怎么样？”

“哎呀，我都忘了自己在酒吧了，真要命！上帝保佑，还有王太后呢，汤姆，我们一聊起来连今天是什么大日子都忘了。来，我们大家一起干一杯，祝王太后健康。我请客。”

说完他给自己斟了一小杯朗姆酒，然后把剩下的半瓶布思牌纯黄金酒给托马斯·赫德森递了过去，盘

[1] 彼得·勃鲁盖尔（Pieter Brueghel，约1525或1530—1569）：荷兰著名画家，擅长以西方风俗的手法处理宗教题材，作品内容以农村景色、农民生活和社会风俗为主。

子里还有半只酸橙、一把小刀、一瓶施韦普斯牌印度奎宁水。

“你自己调吧，我不想弄你爱喝的那个鬼名堂。喝个酒还玩那么多新鲜花样，真是的。”

托马斯·赫德森调好酒，又拿过一个瓶子来，瓶塞上插着根鸥鸟羽毛管。他将瓶子摇了摇，给酒里滴了几滴苦味汁。见他都弄好了，博比将酒杯举起，可又瞅向吧台的那一头。

“你们两位想喝些什么？请随便点吧，最好别是什么新鲜花样。”

“‘狗头’啤酒。”一个水手说。

“给！‘狗头’啤酒。”说着，博比把手伸到冰桶里，从里面拿出两瓶冰啤酒，“不好意思，没有酒杯了，那些个酒鬼成天摔都给摔光了。好！大家这都有酒了吧？各位，现在我们为王太后干杯。也许王太后的眼里根本没有本岛，估计咱也沾不上王太后多大的光，可我还是要提议：各位，为王太后请干掉此杯。愿上帝保佑她平安。”

大家在博比的提议下，都为王太后的健康干了一杯。

“我们的王太后是位伟大的女性，”博比说，“可我总觉得她有些个古板。我认为比较和蔼可亲的还是亚历山德拉王太后[1]。不过庆贺当今王太后的华诞我们还是很衷心的，上次大战，我们岛上就有一个同胞在战场上英勇奋战，一条胳膊被打断了，所以啊，本岛虽小，爱国我们却是不甘落后啊。”

“你刚才说今天是谁的生日？”有个水手问。

“英国的玛丽王太后，”博比说，“就是当今英王的母亲。”

“也就是说，‘玛丽王后号’就是以她的名字命名的喽？”另一个水手问。

“是的，来，汤姆，”博比说，“为玛丽王太后，咱们哥儿俩再来干一杯。”

---

[1] 亚历山德拉王太后（Queen Alexandra，1844—1925）：英王爱德华七世（Edward Ⅶ，1841—1910）的王后。1901—1910年，爱德华七世在位。他的继位者为乔治五世（George V，1865—1936），王后即为玛丽（即文中所说的当今王太后）。

第四章

天色渐渐黑了下来。海滩虽小，港湾里却有不大不小的三个码头。夜色中，船舶也早已收起了挑在船外的支杆，沿着航道一一归航，在码头前边的泊位上安静地停泊下来。海风轻柔地吹着，蚊虫也不见踪影。潮水退去的速度很快，在船上灯光的映照下海水绿幽幽的。海水湍急地流着，好像要把码头的脚桩一并吞下去似的，就连那两个人所在的那条大游艇的船尾处也被海水搅得漩涡连连。为了防止船只碰撞，码头的脚桩上绑着一个个卡车的旧轮胎，在游艇外壳木板的反光下，黑黢黢的水中投下了岩石一圈圈浓黑的倒影。附近水里的颚针鱼对亮光最感兴趣，逆水游向那里，浮在那里不进不退，只摆动着尾巴。这些又细又长的颚针鱼，也像海水一样给照得绿幽幽的，不过此刻它们可不是来觅食的，也不是在那儿嬉戏，只是浮在那里不想游走，它们对这灯光已经看入了迷。

这艘叫“独角鲸”号的游艇是约翰尼·古德纳的，他和汤姆正在游艇上等候罗杰·戴维斯。此刻“独角鲸”的船头正迎着渐渐退去的潮汐，其身后相邻的泊位上也停泊着一条游艇，船主正是那对成天混在博比酒店里的男女。这两条游艇舱室豪华，始终保持着船尾对船尾的架势，缆绳各自被拴得牢牢的。约翰尼·古德纳坐在船尾的一把椅子里，把脚放在另一把椅子上，右手端着一杯“汤姆·柯林斯”[1]，左手拿着一根墨西哥青皮长辣椒。“真是妙不可言啊，”他说。“这边先咬上一口，嘴里火辣火辣的，那边再喝上一口凉爽的‘汤姆·柯林斯’，不出片刻，满嘴都是要命的冰凉。”约翰尼·古德纳先吃上一口辣椒，咬一口就咽下去，然后迅速卷起舌头，“嘘”的一声呼出一口长气，再端起大酒杯猛灌上一大口。他非常享受地眯上他那双灰眼睛，接着用丰满的下嘴唇舔了舔上嘴唇，脸上浮出一丝笑意。事实上，他看上去总是似笑非笑的样子，大概是他的嘴是爱尔兰人特有的嘴角有些上扬的缘故。从他的嘴角很难看出他的性格。除了他那薄得出奇的上嘴唇比较招人注意，他的那双眼睛总让

[1] 金酒（杜松子酒）加上苏打水、柠檬汁、糖汁和冰块调合而成的一种酒。据说，汤姆·柯林斯酒是以一个善调此酒的酒店侍者的名字命名的。

人忍不住想多看几眼。他的个头中等，略重，此刻看去精神还不错，正浑身舒坦地靠在那里。不过他这神气要搁在正常人的脸上那就只能算是面色欠佳，像是得了什么病似的。他的脸被晒得黑黝黝的，鼻子和前额晒脱了皮，有些谢顶，显得脑门特别高。他下巴那儿有一道疤，如果把这道疤往中间挪一点儿的话，没准儿人家还当它是个小酒窝呢。他的鼻梁也稍显扁平，不过还不算塌，不细看很难觉察到他鼻子的奇特，给人感觉就像是一位现代雕刻家拿块石头即兴雕个头像，在鼻子的部位不小心下手略重，就多凿了那么一点点。

“近来在干些什么呀，汤姆？”

“画画。”

“我就知道你只会画画。你这个没出息的小子！”说完约翰尼·古德纳又咬了一口辣椒。那辣椒瞅着足足有半尺来长，只是有些皱巴巴、瘪塌塌的。

“辣椒也就辣第一口，”他继续说，“就好像爱情的创伤一样。”

“胡说八道！辣椒明明是两头都辣。”

“好吧，那爱情呢？”

“爱情？全都是扯淡！”托马斯·赫德森说。

“你看看你，说这种气话何苦呢？你已经被敏感侵袭了，要这样下去指不定你会变成什么样呢？我看这岛上的牧羊人都是疯子，都有疯病，难道你也想跟着他们发疯不成？”

“拜托，约翰尼，这个岛上是不养羊的。”

“不养羊？那一定就是养蟹喽？那就是养蟹的人都有疯病。”约翰尼说，“我的意思是不希望你钻牛角尖，死活出不来。来根辣椒，尝尝味道。”

“我早尝过这味道了。”托马斯·赫德森说。

“唉，你在我这儿吹嘘你的光辉历史一点用都没有。”他说，“我还不了解你的身世？那些八成都是你编出来显摆的，我这心里可清楚着呢！你大概想说辣椒都是你用牦牛驮着传入巴塔哥尼亚[1]的吧！不过我告诉你啊，汤米[2]，我这个人的思想是很新的，一点也不老土。辣椒我也吃得多了，我什么都喜欢尝试，也都尝试过，往里面放什么馅儿的都有：有的放鲫鱼肉，有的放鳄鱼干，有的放智利鲤鱼，也有放墨西哥斑鸠胸脯肉的，放火鸡肉的，甚至放鼹鼠肉的。吃得我就跟当了国王似的，那叫一个得意啊。不过这些吃法看起来新奇，其实都是歪门邪道，味道远不如这干

---

[1] 巴塔哥尼亚：位于南美洲东南部的一片高原。一部分属于阿根廷，一部分属于智利。

[2] 托马斯·赫德森的昵称。

巴巴、瘪塌塌、长长的光杆辣椒，虽然貌不惊人，可一旦蘸上些浓浓的‘楚潘戈’沙司，那味道真是妙极了。呸，去你的浑蛋——”只见他舌头又缩起了，嘘出了一口长气，“我咬太多了，啊，辣死我了！”

果然，他又端起“汤姆·柯林斯”猛灌了一大口。

“嘴里辣得要命，总得喝一口清凉清凉吧。”他的理由还挺充分，“所以吃了辣椒，我喝酒是名正言顺的。你不再来点儿什么吗？”

“那就再来一杯金汤力吧。”

“来呀，”约翰尼喊了一声，“给姆库布瓦[1]老爷再来一杯金汤力。”

“您请，汤姆先生。”很快弗雷德送酒上来了，他是约翰尼游艇的船老大在岛上雇的几个小厮之一。

“多谢，弗雷德。”托马斯·赫德森说。

“这一杯为我们亲爱的王太后，愿上帝保佑她健康。”两人一边碰杯一边说，然后一起喝了起来。

“那个老色鬼怎么还不来，跑哪儿去了？”约翰尼嘟囔着。

“还在他自已屋里吧。一会儿就到了。”托马斯·赫

[1] 姆库布瓦：斯瓦希里语，也许是托马斯·赫德森早年在东非时用过这个名字。

德森说。

约翰尼又接着吃他的辣椒，这会儿倒没有再辣椒长辣椒短地叨叨。待他把杯里的酒都喝完了，他说：“汤姆老兄，跟我说说吧，你到底过得如何？”

“我嘛，挺不错的啊。”托马斯·赫德森说，“我已经过惯了在这里的生活，一个人自由自在的，平日里也就画些画。”

“你真喜欢在这儿生活？真愿意待在这儿一直画下去？”

“是的，约翰尼。在这儿我其实过得挺好的。我厌倦了以前那样东奔西走画画的日子。现在我宁愿待在这儿画画，不骗你，这样安安静静的生活好极了。”

“论地方这儿倒是真不赖。”约翰尼说，“可像我这样的人，一向是喜欢起来恨不得马上就要，讨厌起来恨不得马上就甩，长期待在这样的地方我哪受得了？也只有像你这样有才华的人，才觉得这个地方挺好。哦，对了，听说罗杰觉得没脸见我们，是真的吗？”

“听你这么说，看来那个事情影响挺大的啊。”托马斯·赫德森说。

“那可不，我就是在大陆沿海一带听说的。”约翰尼说。

“他在那边做什么？”托马斯·赫德森不由得好

奇起来。

“我也不是很清楚他的事情，据说相当不光彩。”

“真的很不光彩？”托马斯·赫德森疑惑地问道。

“你的意思我懂，不过事情并不是你想的那样。更何况这光彩不光彩的，在那边自有另外一套评价标准。只是听说他为一个漂亮姑娘着迷，那姑娘好像还没成年。不过话说回来，那边人的‘规格’本身就比较大，从他们那里来的橄榄球球员身上就看得出来。大概的确是因为那边的气候条件比较特殊，吃的蔬菜又新鲜，再加上其他种种因素，只有十五岁的黄毛丫头看上去就跟一个二十四岁的大姑娘差不多，真是要命。回头真要长到二十四岁，就都成了梅·惠蒂女爵士[1]啦。啊啊，你要还是个光棍的话，可得仔细看看这些姑娘们的牙口才好呢。开个玩笑嘛，牙齿能看得出什么名堂来呢。这些丫头基本上父母都在，就算没有双亲也一定有个单亲，而且她们个个都非常饿。要说这可跟气候脱不了关系，只有那样的气候才把人的胃口养那么大。你说人吧，有时候心里一热就会干错事：忘了看看她们的社会保险卡或驾驶执照。在我看

---

[1] 梅·惠蒂（May Whitty，1865—1948）：英国著名戏剧演员。七十岁后她重登银幕，演绎的老人角色堪称一绝。

来，衡量一个人到底有没有成人，就不应该只是看他们的年龄，有许多冤案不就是光看年龄才造成的吗？太多太多了，真是数不胜数啊。所以啊，这个标准应该全方位地看，包括体重、身材以及总的行事能力。再说了，你听说过早熟还受责罚的吗？恰恰相反，谁都认为学徒工拿的一点月例钱那是公道的。还有要当心的，就是赌马。不能让人抓住一点把柄，我就是被这档子事整得很惨。不过，听说罗杰老兄让人家抓住的把柄却不是因这个事儿。”

“是吗？我什么把柄被人家给抓住啦？”罗杰·戴维斯问。

这个罗杰老兄，脚上穿了双麻底鞋，所以当他下了码头，一下子跳到甲板上的时候，竟然没有发出一点声响。他上身套着一件至少大了三个尺码的运动衫，下身穿了一条粗蓝布的旧工装裤，裹得紧绷绷的，整个人显得身形奇大。

“嗨！”约翰尼嚷道，“你这家伙，既不按铃也不敲门。我正跟汤姆说来着，我说我也不清楚人家到底抓住了你什么把柄，反正肯定不是搞了未成年的‘祸水小姐’这档事儿。”

“好了好了。”罗杰语速有些快，“咱们不谈这些。”

“你凭什么那么横啊？”约翰尼说。

“我这哪儿是横啊，”罗杰解释说，“我是客客气气地求你们放过我吧。你们在船上吗？”他又瞅了瞅后边那条船尾对着他们的舱式豪华游艇。“挺豪华啊，那船是谁的？”

“你不知道啊，就是混在庞塞酒店里的那对男女的。”

“哦，”罗杰说，“真是的，甭管这些丢脸的家伙，我们先来喝一杯。”

“来呀。”约翰尼叫了一声。弗雷德立刻从舱里钻出来问：“先生有什么吩咐？”

“看看那两位老爷想喝点儿什么。”

“好的，两位先生请吩咐。”弗雷德说。

“这回我的向导兼顾问是汤姆先生，”罗杰说，“他喝什么我就喝什么。”

“今年来这儿野营的人多吗？”约翰尼问。

“迄今为止只有两个，”罗杰说，“就是我的顾问和我两个人。”

“你就说‘我和顾问’岂不更简洁？”约翰尼说，“真不知道你都是怎么写书的。”

“这个啊，反正花两个钱就可以请人替我修改语句，顺便改掉不当之处。”

“能不花钱你岂不是赚得更多。”约翰尼说，“我刚跟你的顾问在这儿聊天来着。”

“顾问说他打算一辈子住在这个岛上了，还说他在这儿日子过得开开心心，心满意足。”

“你还真应该去那个地方看看。”汤姆也对约翰尼说，“有时他也请我去喝两杯。”

“那儿是不是有漂亮姑娘？”

“这倒没有。”

“没有？那你们两位老兄都在做些什么呢？”约翰尼好奇地问。

“我感觉自己一天到晚忙忙碌碌没闲过。”

“我记得你以前也常来这儿，有时还小住一段。那时候你们都做些什么？”

“不外乎就是喝酒、游泳、吃饭。汤姆画画的时候，我就看看书、聊聊天什么的，想钓鱼就去钓鱼，想游泳就去游泳，游累了回来再喝点儿酒什么的，再美美地睡上一觉。一天就这样舒舒服服地过去了。”

“也没有女人？”

“没有女人。”

“这种生活气氛似乎不大对劲吧。反正我总觉得这不大正常。难道两位老兄抽了不少鸦片？”

“汤姆，你来说？”罗杰问。

“这个，必须要挑头茬儿的。”托马斯·赫德森故作深沉地说。

“大麻呢，长得都还不错吧？”约翰尼问。

“汤姆，种大麻了没有？”罗杰问。

“去年没什么收成，”托马斯·赫德森说，“雨水太多了，给冲了个精光。”

“你们说的这些，当我听不出来吗？”约翰尼喝了口酒说，“只有一点我听了很高兴：你们酒还是照喝不误；照你们这样生活，两位老兄的境界堪称大师级，这分明到了出家修行的地步，汤姆现在已经大彻大悟，看破红尘了？”

“汤姆你自己说说？”罗杰问。

“我还跟以前那样对待上帝啊。”托马斯·赫德森说。

“很虔诚的？”

“我们一向是奉行信仰自由的。”托马斯·赫德森说，“信仰什么宗教是个人的意愿，你自己只管自己的活动就好了。岛上有个棒球场我觉得还不错，活动的地方多的是。”

“要是轮到上帝上场击球，我管保投给他一个快球，又高又刁的那种。”罗杰说。

“罗杰，”约翰尼略带责备地说，“亏你还是个作家。你难道没看见这会儿暮色四合，夜幕降临，已经到了黄昏时分？天黑以后还这样说话可要不得，这是不尊重上帝啊，说不定他这会儿正举着球棒，就站在你背后呢。”

“他不出来击球才怪呢，”罗杰故作深沉地说，“就在不久前我才见过他来击球。”

“那可不？”约翰尼说，“我还见过他打出了一个安打[1]，所以对于你投出的快球，他准能一棒击中，让你输得落花流水。”

“是啊，你没见过吗？”罗杰顺着他的话头继续说，“别说你见过，就连汤姆也见过，咱都见过。要是上帝来了，我就要用一记漂亮的快球投给他，让他出局，你们信吗？”

“咱还是弄点儿东西来吃吧，胃提抗议了。”约翰尼说，“先不谈上帝。”

“那个糟老头儿，成天在海上替你开着这玩意儿到处跑，不知道现在饭菜做得怎么样？”托马斯·赫德森问。

“他做海鲜杂烩浓汤可是一绝。”约翰尼说，“今天晚饭就可以吃到清烧的鸻鸟，就是那个一身金黄的

---

[1] 安打是棒球及垒球运动中的一个名词，指打击手能在击球后安全上垒，又能防止其他跑垒员被杀。

金斑鸻鸟，每人再加一份蛋炒饭，都是黄澄澄的。”

“瞧你这满口金啊黄的，这怎么听起来就像在搞室内装修似的。”汤姆说，“不过这个季节的鸻鸟并不是一身金黄，你这鸟是在哪儿打的？”

“南岛[1]。我们的船开到南岛，大家又想下水游泳，于是靠岸泊好船，下水游泳了。游着游着我发现空中鸻鸟还挺多，兴奋地吹了声口哨，鸟群就飞了回来。这样一连两次，每次都打下了几只。所以今晚每人都可以吃两只。”

晚饭后，他们仨悠闲地坐在船尾的甲板上，借着澄净的夜色，喝着咖啡，抽着雪茄。这时，另一条船上走过来两个人，远看起来像游手好闲的浪荡汉，只不过一个带着吉他，一个带着班卓琴，可以判断他们是艺人。渐渐地，码头上也聚集了一帮黑人，于是他们断断续续地唱了几支歌，抱吉他的叫弗雷德·威尔逊，码头上那帮黑人热情似火，一支歌刚开个头，弗雷德·威尔逊就接着边弹边唱了。抱班卓琴的是弗兰克·哈特，好像对这歌不熟，要不就是不会摆弄班卓琴，只在一旁胡乱凑合。唱歌实在不是托马斯·赫德森的强项，他索性就坐在一边，在夜色中当个安静的听众。

---

[1] 南岛：是比米尼双岛中靠南的岛屿。

从水面上望去，博比酒吧的店门大开，灯火辉煌，酒店里正在搞热闹的庆祝活动。潮水依然以很猛的势头退去，水上但凡有灯光的地方就能看见扑腾乱窜的鱼。汤姆知道，那些扑腾乱窜的鱼多半是灰鲷，它们这会儿正在享受美餐，因为潮水里裹挟着许多小鱼。有几个黑人小伙子看到了扑腾的灰鲷就用钓线在那里垂钓，可能是觉得鱼太多连钓竿都不用。不过，这样钓上钩的鱼儿很容易逃脱，时不时地听见他们在那儿骂骂咧咧的，应当是鲷鱼逃跑引发的。有时钓上来一条，便又传来鲷鱼在码头上扑腾的声音。当天下午，离黄昏还早的时候，有条渔船捕到一条旗鱼，大伙儿很兴奋，把鱼吊起来拍了照，过了磅，就宰了。这帮小伙子用大块的旗鱼肉做钓饵钓大鲷鱼。

歌声使得码头慢慢热闹起来，渐渐地，好多人围了过来。有一个叫鲁珀特·平德的黑人，即使在黑人中也算是个特大号的彪形大汉，总是以战士的身份自居。据说力气很大，有一次他曾独自背起一架钢琴，一个人顺着王家国道，从官家码头一直背到那个被飓风刮倒的老夜总会。这会儿他也来到码头上，招架不住同伙提议，便向船里喊道：“约翰尼船长，弟兄们说他们的口都干啦。”

“去买点儿喝的吧，别喝那种伤身体的啊，鲁珀特，还要少花钱。”

“遵命，约翰尼船长。我们喝朗姆[1]就行。”

“我也这么想。”约翰尼说，“那最好还是买一坛好了，买一坛比较划算。”

“多谢约翰尼船长。”鲁珀特应了一声，就带头从人群当中挤过去买酒了。酒的吸引力还是立竿见影的，人们一下子散去跟着鲁珀特去了。托马斯·赫德森看见他们径直前往罗伊的酒店。

就在这会儿，从停泊在布朗码头的一条船上“呼”的一下蹿起一枚烟火，蹿到半空中，又“啪”的一声开了花，整个海港顿时一片通明。跟着“呼”的一声，又有一枚飞了起来，这一回是斜着飞出去的，一直飞到码头的左侧尽头处，才在头顶上“啪”的一声炸开了花。

“他奶奶的。”弗雷德·威尔逊愤愤地说，“我们也早就应该差人到迈阿密去买一些烟火回来。”

就在这时候，码头上各路烟火升空，照亮了夜空，呼呼声、啪啪声响成一片。在忽闪忽闪的亮光中，码头上鲁珀特几个人回来了。他的肩上还扛着一个挺大的物件——一个外面套着柳条筐的大酒坛子。

[1] 朗姆酒，一种低度酒。

这边又有人在船上放了一枚烟火，在码头上方伴着闪光轰的一声炸开了，下面的人群被照得一清二楚。一个个都是全身黑。瞧，胳膊黑黑的，脖子黑黑的，脸黑黑的。鲁珀特更是宽肩膀、粗脖子、扁脸盘，肩上扛着的套着柳条筐的酒坛紧偎着脑袋，脸上充满了爱惜而又得意的表情。

“快去拿杯子来，搪瓷杯子。”他回过头对跟在后面的人说。

“可我们只有铁皮杯呀，鲁珀特，怎么办？”有个小伙子说。

“没有就去买。”鲁珀特说，“得要搪瓷杯子，给，我这儿有钱，你们都上罗伊店里买去。”

“去把我们的信号枪拿来，弗兰克。”正在船上的弗雷德·威尔逊对弗兰克·哈特说，“咱趁此机会打掉旧的信号弹，当作礼炮岂不是很好，后边得空我们再换些新的？”

鲁珀特神气十足，使命感很强，一直守着他的酒坛子，等人拿杯子来盛酒。有人却拿了一口长柄锅来，鲁珀特索性就先给他倒上，大家也就传来传去喝了起来。

“让小兄弟们先喝。”鲁珀特还不忘叮嘱一句，“喝吧，小子们。”

这会儿歌声还在继续，不过已经是各唱各的了。可能觉得放烟火还不过瘾，有的船上开始鸣枪了，长枪、短枪都有，甚至有冲锋枪，只见那红红的曳光弹掠过水面，打着水漂入了水。一开始只听到三四发短点射，也许鸣枪的嫌短，干脆又“嘟嘟嘟”的扫上一梭子，响声过后，只见一连串红色曳光弹尾随着一道漂亮的弧线划过港湾上空。

弗兰克·哈特终于将信号枪和各色信号弹取了来，提着箱子下船，来到船尾。那边码头上的人也正好把杯子拿来了，鲁珀特的一个帮手就在那儿给大家倒酒，一杯杯递给大家。

弗兰克·哈特端着枪，枪里装好了信号弹。他嘴里念着“上帝保佑王太后！”一扣扳机，只见信号弹“嗖”的一声，飞越码头。弗兰克应当是没有朝空中发射，只见信号弹直奔博比先生那店门而去。好在这信号弹是打在了门旁的混凝土墙壁上，在珊瑚岩大道上炸开的弹药熊熊燃烧起来，顿时周边一片明晃晃的。

“小心。”托马斯·赫德森提醒说，“别小看这种信号弹，弄不好也会烧伤人。”

“小心个屁！”弗兰克说，“老子倒要看看那些专员官邸吃我一家伙是什么样。”

“可别呀，房子烧着了怎么办？”罗杰也在一旁提醒他。

“房子烧了我赔就是了，有什么大不了的。”弗兰克说。

又一记信号弹在天空中划出一道弧线，这回真的直奔那白色门廊的高大府邸而去，可惜还没到专员府上的门廊弹药就烧成了亮堂堂的一片，看来还是距离太远。

“亲爱的专员大人，”显然弗兰克还不死心，“你这个浑蛋，今儿个好好看看我们到底爱不爱国。”趁着说话的工夫，弗兰克又将一颗信号弹上了膛。“弗兰克，你还是小心点儿的好。”汤姆继续劝他，“像这样耍火爆性子，也没啥意思。”

“可今天晚上我就是想痛快一下。”弗兰克说，“我不痛快一下就没法为亲爱的王太后祝寿了，可我自己不耍就真的没意思啊。汤姆，闪一边儿去，看我一枪打到布朗码头上。”

“真是的，你不知道吗？布朗码头上堆着汽油桶呢。”罗杰说。

“放心放心，我很快就好。”弗兰克向他保证。

结果呢，也不知道这个弗兰克当真是枪法不济，还是他一心只是想要逗逗托马斯·赫德森和罗杰，反正是没一枪打中。对于这点，托马斯·赫德森和罗杰心里也都吃不准，不过心里边还是有一丝轻松了，毕竟有一点他们还是很有谱的。那就是，他们还没见过这世界上有拿着一支信号枪说打哪儿就打哪儿的家伙，像弗兰克这样的人也太无聊或是火气太盛了，那码头上堆着很多汽油桶呢。

弗兰克站直了身子，垂下左臂，细心瞄准，俨然一副决斗般的架势。这回信号弹打到了码头较远的一头，也就是堆着汽油桶的最前端，也许是心灵感应，信号弹蹦起来反弹到水里，大伙心里又一块石头落了地。

“喂！”只听停靠在布朗码头的船里有人嚷嚷了起来，“你们在闹什么鬼把戏啊？往哪里打呢！”

“看吧，我这一枪也能赶上神枪手了吧。”弗兰克说，“好，我接着来打专员的官邸。”

“你还是趁早停手吧，别惹麻烦。”托马斯·赫德森劝道。

“鲁珀特，”弗兰克朝码头上打招呼，“让我也来一口，行不行？”他根本就不理睬托马斯·赫德森在说些什么。

“好啊，弗兰克船长。”鲁珀特说，“你有杯子吗？”

“给我拿一只杯子来。”弗兰克左右看了看，对站在身旁看热闹的小厮弗雷德说。

“遵命，弗兰克先生。”

小厮弗雷德急忙取来杯子，脸上发着光，充满了兴奋和欢喜。

“弗兰克先生，你是打算烧掉专员大人的官邸啊？”

“如果真要着了火，那就烧掉吧。”弗兰克漫不经心地说。

站在码头上的鲁珀特接过杯子，倒了足足大半杯酒递给船上的弗兰克。

“为我们亲爱的王太后干杯，愿上帝保佑她。”弗兰克举杯一饮而尽。

虽说朗姆酒酒精含量极低，可大伙这么个喝法与痛饮没什么区别。

“愿上帝保佑她，愿上帝保佑她，弗兰克船长。”鲁珀特跟随弗兰克，也郑重其事地为王太后祝酒，于是在场的人也都同声应和：“愿上帝保佑王太后。对对，保佑她健康。”

“好，现在我就专心伺候专员大人吧。”弗兰克说着，举起信号枪笔直地对着天空就是一枪。可是这回装的是颗伞投照明弹，又背风，风一吹，只见那团耀眼的白光飘啊飘，直落到游艇的后面去了。

“你这是怎么啦，弗兰克船长？”鲁珀特说，“像这样打，啥时候才能打到专员大人的公馆呢？”

“别着急，咱先照亮了看看这一派美景。”弗兰克说，“专员大人的事，迟早要办的！”

“其实啊，专员大人的公馆是很容易烧起来的，弗兰克船长。”鲁珀特俨然当起了弗兰克的“参谋”，“你想想看啊，两个月没下雨的岛上干成什么样子了，我这倒不是有意要煽动你，事实上专员公馆就是一堆干柴火，一点就着。”

“附近有警察吗？”弗兰克问道。

“你用不着操心警察。”鲁珀特说，“他们鬼精鬼精的，都躲着呢，巴不得什么都看不见，什么都不用管才省事呢。你就只管开枪吧，而且我敢保证这码头上谁也没看见有人开枪。”

“你瞧这码头上的人，个个都面孔朝下趴在地上，啥也看不见。”后面的人堆里不知谁也附和着说，“这里的人什么也没有听见，保证也什么都看不见。”

“这样吧，在场的都听我的命令，”鲁珀特这会儿不知怎么了，拼命为弗兰克打气，“大家听到我的命令就都把脸背过去啊，保证啥也看不见。”给弗兰克打完气他又接着煽风点火，“相信我，咱们专员大人的那幢房子有些老了，就相当于一堆干柴，包你一点就着。”

“哼，我倒要先看看你能不能说到做到。”弗兰克说。

说话的工夫，他又装上一颗伞投照明弹，迎着风朝天就是一枪。果真，在徐徐飘落的耀眼的白光下，码头上的人要么趴在地下，要么就是扑面卧倒，而且都掩住了双眼，无一例外。

照明弹渐渐熄灭，黑暗中传来鲁珀特深沉的嗓音，没了刚才煽风点火般的戏谑，取而代之的是庄重严肃：“无限仁慈的上帝啊，赐给弗兰克船长勇气和力量，烧了专员公馆吧，愿上帝保佑你。”

“专员的太太和孩子也在那儿？”弗兰克问。

“放心吧，我们会救他们出来的。你就专心发射吧。”鲁珀特说，“只是要烧他的公馆又不是烧人，况且我们也绝不会波及无辜，放心，那些无辜的人是不会受到半点伤害的。”

“嗨，你们怎么看，到底要不要烧？”弗兰克将头转向后舱，向那几位征求意见。

“唉，快收手吧。”托马斯·赫德森说，“这种事开不得玩笑，干不得啊。”

“有何干不得？反正我明天一早就走了。”弗兰克说，“不瞒你们说，结关手续我都已经办妥了。”

“那就痛痛快快地烧吧。”弗雷德·威尔逊也跳出来说，“我看当地人好像都很赞成，你别磨蹭了。”

“下决心去烧吧，弗兰克船长。”鲁珀特还在拼命给他打气。他趁热打铁，冲着大伙儿问道：“咱们听听大家的意见，烧还是不烧？”

“烧！烧！快去烧了吧，愿上帝赐给你力量！”码头上的那帮子人齐声吆喝。

“难道就没有人主张不烧吗？”弗兰克这会儿有些犹豫，忍不住问他们。

“烧了吧，保证没人看见，大伙儿在这儿啥也没听说，咱连个屁也没放。弗兰克船长，烧了吧。”

“好吧，真要烧的话，那还得再打两枪，练习练习。”弗兰克说。

“我说，这事儿你真要干？我可不能留你，得撵你下船，别怪我不客气啦。”约翰尼说。

弗兰克瞅了他一眼，约翰尼的头微微一摆，但是罗杰和码头上那帮子人只是瞅着弗兰克和大伙，都没有注意到他这个细微的动作。

“瞧瞧，他已经吓得不成人样了。”他说，“为了让我能铁下心来干，鲁珀特呀，再给我来一杯吧，一杯就好！”

说着他就把杯子递了过去。

鲁珀特趁此机会，弯下腰来凑到他跟前说：“这件大事你今天要是干了，能成为你一辈子的荣耀啊，勇敢的弗兰克船长。”

此刻，码头上的那帮子已经疯狂起来，唱起了自编的新歌：“弗兰克船长来到咱们港，今晚大伙儿乐了个爽。”稍微停顿了一下，又唱第二轮，这回声调唱得越发地高了：“弗兰克船长来到咱们港，今晚大伙儿乐了个爽。你看我们痛快不痛快。”

那后一句“今晚大伙儿乐了个爽”一声声唱得好比咚咚响的擂鼓，威风八面，震耳欲聋。大伙儿又接着往下唱：“专员骂鲁珀特理不当，还骂‘肮脏的黑狗’真不应当，等弗兰克船长信号枪一响，他的公馆被烧个精光呀烧个精光，就盼烧个精光。”

唱完这段，接下来他们又唱回原先的那个调子，这游艇上至少有四位是听过这曲调的。其实这是一支起源于非洲的老调。在非洲的早些年月里，蒙巴萨、马林迪[1]、拉姆之间的沿海大道上必须靠渡船摆渡。而给渡船拉纤的黑人在一齐使劲时就需要吆喝，所以他们就即兴编些劳动号子来唱。这个调子就是这样编出来的。既然都是现编的，渡船上的白人乘客往往就被他们拿来作号子的编排对象。好比大伙儿正在唱的

[1] 马林迪位于拉姆和蒙巴萨之间，是肯尼亚东部沿海的城市。

这首——“弗兰克船长来到咱们港，今晚大伙儿乐了个爽。”“弗兰克船长来到咱们港”，唱到这里时会有一连串花腔翻得很高，且带挑战意味，还含着轻蔑的口气，似乎看准了对手准得完蛋。最后才雄赳赳气昂昂唱出了后面的一句擂鼓般的一声：“今晚大伙儿乐了个爽！”

大伙儿还在外面唱呢，鲁珀特弓着腰，探身到后舱来。“你瞧见没有，弗兰克船长？”他一副继续给他打气的架势，“瞧瞧，你还没有干出光辉事业来，大家已经在为你唱赞歌了。”

“看这样子怕是由不得我了。”弗兰克向托马斯·赫德森表白道，然后对鲁珀特说，“行，让我再练一枪，看能不能成功。”

“好嘞，枪法就是愈练愈精的。”鲁珀特见此情形好不欢喜。随即，码头上就有跟风的人吆喝：“弗兰克船长就要练枪开杀戒喽！”

“真不愧是条汉子，弗兰克船长，上帝保佑你。”

“你不知道吧，弗兰克船长撒起野来可比野猪还凶呢。”又一个声音说。

“鲁珀特呀，请再给我来一杯酒吧。”弗兰克说，“我现在倒挺需要它，不是想要靠它壮胆，我这次有了它帮忙希望瞄得准点儿。”

“弗兰克船长，请！愿上帝给你当准星。”鲁珀特迅速地把酒递下船来，并对着大伙儿说，“弟兄们，咱接着唱那首歌献给弗兰克船长啊！”

弗兰克一饮而尽。

“看我练这最后一枪。”说完他就一扣扳机，信号弹飞快地掠过船后那条舱式游艇的顶部，径直飞到布朗码头的汽油桶上，弹了一下，落在水里。

“真是个没得救的浑蛋。”托马斯·赫德森低声骂了一句。

“你给我闭嘴，这一枪可是我的得意之作。”弗兰克耳力还行，毫不客气地回敬了托马斯·赫德森一句，“我不像你这个煞风景的假正经。”

就在这时候，从后面那条游艇的后舱里钻出来一个人，这人来到船尾大喝一声：“你们这些猪猡都给我听着，别再闹了，行不行？下面舱里有位太太要睡觉。”大家看见这位男士身穿睡衣却有裤无衫。

“太太？”弗雷德·威尔逊问。

“对，就是我的太太。谁还会骗你不成。”那人说，“哪知道今天这么倒霉，碰上了你们这帮混账，没完没了地打那些信号弹，害得她简直连眼都合不了，还让不让人睡觉？”

“我有个治疗睡不着的药方，那就是给她吃两片安眠药。”弗兰克说，“鲁珀特，这就派个弟兄去买几片安眠药给太太送来。”

“你这个人怎么就这么不开窍呢，老板？”弗雷德·威尔逊说，“你太太睡不着你得先反思一下，反思你自己这个男人有没有当好，反思你哪里让她不省心，怎么就说一定是我们闹的？我看，如果是你这个男人当好了，她也就安得下心睡得香睡得美了。说不定她睡不着的真正原因，是内心苦闷，硬压着一团火，这样怎么睡得着呢？你还别不信我，我太太去看精神分析医生，医生就是这样跟她解释的。”

真要论理的话，弗兰克是论不过人的，可这几位都是蛮不讲理的粗汉，再加上那个家伙已经灌了一天的酒，还摆出这种态度来跟人交涉，可见走的这第一步棋就是一个败着。约翰尼、罗杰、托马斯·赫德森三个发现了这一点，索性就在一边儿看着，谁也不吭声。眼看另外两个家伙，从对方踏上船尾大骂“猪猡”的那一刻起，就站在那儿一唱一和，默契十足，如果放在棒球场上，就是一对配合默契的游击手和二垒手。

“你们这群没有素质、肮脏的猪猡！”那人依然站在船尾骂骂咧咧，不过看来他肚子里的词汇也是相当有限的。尽管后舱的灯打开了，但还是很难看清那人的面貌，也说不准他的确切年龄，看上去也就在三十五到四十之间吧。巧的是，托马斯·赫德森今天听了不少人说他的闲话，原以为此人面相一定非常不堪，现在有机会看见了倒觉得面相还行，远没有想象的那么糟糕，托马斯·赫德森还寻思他准是已经休息一会儿了。再一想：不对啊，这是怎么回事，大家不都说他一直在博比的酒店里睡大觉吗，怎么跑船上来了？

“要不给太太试试耐波他[1]这药，”弗兰克装得十分在行似的对他说，“除非太太对这种药有过敏反应。”

“我就是想不明白他的这位太太过着这么滋润的日子，还有什么不满足的。”弗兰克话音刚落，弗雷德·威尔逊又对他说开了：“我说老板，你一定是拉盖特[2]俱乐部里的一员狠将吧。瞧你这精壮的体格，看上去还真是棒得很呢。我倒要请问尊驾，你这贵体保养得如此精壮彪悍，究竟是花了多少钱才做到的？弗兰克，你瞧瞧这老板，男式上衣这样漂亮、这样华贵，以前你见识过吗？”

“不过老板，有一点你就办得不地道了。”弗兰克接着对他说，“你还没意识到吧，你的睡衣好像是

[1] Nembutal，一种安眠镇静药，戊巴比妥的商标名。

[2] 又称回力网球。一项在四面有围墙的场地内用球拍击球，利用围墙反弹的一种球赛，有单打也有双打。

上下穿倒了吧，你睡觉时就这么穿着？说实在话，作为男人家就这么套一条裤子，我这么个岁数今天倒还第一次见识这样的穿法。”

“听听，你们这些满嘴脏话的猪猡，怎么就不能安静点，让人家太太好好睡个觉呢？”那人说。

“别在这儿开口‘猪猡’闭口‘猪猡’的，问题是你怎么就不老老实实回你的舱里去睡觉呢？”弗兰克反问他，“在这儿乱嚷嚷不好，要是惹上点儿麻烦你的司机也不在，那可就没有人来照看你了。你不是还要等着司机每天来送你上学的吗？”

“弗兰克，他还上什么学呀。”弗雷德·威尔逊将手里的吉他放下说，“你看不出来人家现在是做大买卖的人了吗？他呀早长大啦，是个大孩子，当上大老板，干上大买卖啦。”

“哎哟，老弟，你真是个买卖人？”弗兰克问道，“那这笔账就不用我帮你算啦，你赶紧躲回你的舱里去算算吧，留在这儿没你一点便宜。”

“他这话说得在理。”弗雷德·威尔逊接着说，“你跑这儿来跟我们胡闹有什么好处，最好还是赶快回你的舱里待着去吧。声音大点儿又没什么，多听听也就习惯了。”

“你们这些肮脏的猪猡！”那人也不罢休，嘴里骂声不断，眼睛狠狠地死命盯住他们。

“我再说一遍，你这健美的玉体不适合待在这里，请回舱里去，好吗？”弗雷德·威尔逊说，“我相信你一定能想出办法让你太太睡着的。”

“你们这些猪猡。”那人还是不停地骂这一句，“你们这些下三烂的猪猡。”

“我说，你这‘猪猡’长、‘猪猡’短的都骂多久了，你骂人也不换换别的名堂？”弗兰克说，“你还是快回舱里去吧，听腻味了。你有那样健美的胸膛，只有犯傻才跑到外边来呢，就今儿晚上外边这风，要是着了凉那还了得？”

那人还是不回舱，一双眼睛死死地盯着他们，仿佛想把他们一个个都牢牢刻在心里似的。

“得了，别盯着我们看啦，你忘不了我们的。”弗兰克对他说，“万一你真要是忘了的话，以后有幸再碰面时，我提醒你就是了。”

“你们这些下流种子。”那人最后丢下这一句，一转身钻进舱里去了。

“他是谁？”约翰尼·古德纳问，“我好像在哪儿见过他。”

“我知道他，他也应该认识我。”弗兰克说，“不过这样的人不提也罢。”

“是吗？他叫什么名字？”约翰尼又问。

“反正这人是草包一个。”弗兰克说，“草包的名字，还记它干什么？”

“我看倒也是。”托马斯·赫德森说，“刚才他被你们两个围攻得够呛。”

“草包就该受到如此待遇。不过话说回来，我们对他还算是客气的。”

“得了吧，我看你就是缺少点同情心。”托马斯·赫德森说。

“刚才我倒是真听见一条汪汪乱叫的狗的声音。”罗杰说，“大概是信号弹吓到他们的狗了吧。弗兰克，我知道你正玩得高兴，闹了这么久，没有闹出人命案子来，我们还是把信号弹收起来吧。你这也算是万幸，总算没有闯下什么大祸。既然如此，那又何必还要去吓唬一条可怜巴巴的狗呢？”

“哈哈哈，我看在那儿乱叫的是他老婆呢。”弗兰克喜滋滋地说，“来吧，我们再往他的舱里打上一颗信号弹，将他们的房中情景彻底大曝光。”

“那我可真要不客气走人啦。”罗杰说，“有些玩笑可不是随便开的。比如开汽车，开飞机也是，我觉得这些就没有什么玩笑可开的。这事儿显然也不能去干。再好比你现在闹着玩儿去吓唬一条狗，这有什么好玩儿的？我实在笑不出来。”

“请便！又没有谁要拦着你。”弗兰克说，“反正最近你也让大家头痛。”

“哦？是吗？”

“怎么不是？你们这些浑蛋，就是你，还有汤姆，到处装正经，老是扫人家的兴，你们这都算是改邪归正了。想当初你们是怎么寻欢作乐的，怎么现在就不许人家乐了？哼，居然抬出一块叫什么社会公德心的崭新招牌，还冠冕堂皇的。”

“照你这么说，我劝你别把布朗码头点着了，这就叫有社会公德心？”

“那也不过是面子上的！你就是打个幌子让大家看。我早在大陆沿海听说你们的事了，你们的门面也不过如此。”

“弗兰克，带上你的信号枪到别处去玩如何？”约翰尼·古德纳说，“大家本来都还挺有兴致的，可你偏要胡闹一气。”

“这么说，你跟他们也都是一个毛病喽。”弗兰克说。

“你还是冷静点儿，弗兰克。”罗杰对弗兰克发出警告。

“好吧，你们个个都是活腻了的苦行僧！大善士！

伪君子！……”弗兰克说，“只有我一个人还想找点乐子痛快痛快。”

“弗兰克船长！”这时，鲁珀特从码头边上大声叫他。

“什么事，鲁珀特？说！”弗兰克说着便抬起头来，“这里只有你鲁珀特才够朋友。”

“弗兰克船长，咱今晚还干不干专员那边的事了？”

“为啥不干！照烧不误，鲁珀特老弟。”

“我就知道，上帝保佑你，弗兰克船长。”鲁珀特说，“再来点儿朗姆酒提提神，如何？”

“不必了，现在我精神头十足。”弗兰克对他说，“鲁珀特，现在发令吧，让大家快趴下。”

“大家快趴下！”鲁珀特一声令下，“卧倒！”

弗兰克“嘭”的一声朝码头后边的专员公馆打了一枪，信号弹没有打到公馆却落在门廊前面的细石子走道上，就差那么一点点，信号弹在石子走道上烧了起来。码头上的那帮子人抬起头来见了这景象连连叫苦。

“看来时运不济！”鲁珀特骂了一声，“就差那么一点儿了，弗兰克船长，接着再来一枪如何？”

突然，后面那条游艇后舱里的灯亮了，那个人又走了出来。两条游艇尾对着尾，尽管中间隔着三尺来宽的水面，不过能看清那人的脸红一块白一块的。这一回他倒是头发梳得很整齐，上身套了件白衬衫，下身穿了条白帆布裤，脚上蹬了一双胶底运动鞋。约翰尼是这边船尾上的几个人中离他最近的，整个人背对着他，坐在约翰尼旁边的罗杰闷闷不乐的样子。没想到那人就站在自家的船尾，冲着罗杰一指，开口骂起来："你这个蠢货，肮脏的、下三烂的蠢货！"

罗杰不由得吃了一惊，抬头看着他。

这时弗兰克冲那人喊了一声："嘿，你该不会是骂错了吧？你刚才不是一直骂'猪猡'的吗？这会儿怎么变'蠢货'啦？"

那人不理弗兰克，只顾把矛头对准罗杰。

"你这个又大又胖的蠢货！"不知道为什么，那人激动得连话都差点儿说不出来了，只是指着罗杰骂："你这个大骗子冒牌货！不要脸的！还作家呢，狗屁！还画家呢，装得倒像，真不要脸！"

"嘿，你这个家伙，你知不知道到底在跟谁说话？你胡说些什么呀？这些又是哪门子的事？"罗杰被他激得站了起来。

"就是跟你这个蠢货，跟你这个孬种说的！你是冒牌货！你这个肮脏的蠢货！我呸！"

“你在这儿发什么疯啊？”罗杰有点儿怒了，但还是控制住音量。

“你这个蠢货！你这个冒牌货！”那人依然站在对面的船上。他隔水嚷嚷的那架势还真有点儿像在眼下新式的动物园里，一个游客隔着水沟（现在不用栅栏了）站在对面骂一头动物一样。

“别急，他骂的是我呢。”弗兰克还在一边儿乐呵呵地说，“嘿，我才是你骂的‘猪猡’啊。你就这么快不认识我了吗？”

“我骂的是这个冒牌货。”那人手指着罗杰，“你这个蠢货。”

“你瞧瞧，你这怎么能说是在跟我说话呢？”罗杰对他说，“你这简直就是故意不分青红皂白，乱骂一气嘛，等你将来回到纽约，你的目的就是跟人吹嘘吹嘘，你是如此这般把我骂了个够，是吧？”

罗杰这番话说得很有耐心，也确实很有道理，听了叫人觉得他是真心希望那人醒悟不要再在那儿乱骂人了。

“你这个蠢货！”没想那人根本不听劝，继续在那儿嚷嚷。看来他这回就是存心要来个歇斯底里的大爆发，穿这么整齐出来就是为了骂人，而且一副愈来愈进入角色的架势，“你这个下三烂的冒牌货！肮脏的冒牌货！”火气也大了起来。

“你这个样子怎么能说是在跟我说话呢？”罗杰还是回他那句老话，口气也非常平静，托马斯·赫德森则看出他已经打定了主意要解决这件事，“如果你真有话要跟我说，咱到码头上说去。你在这儿骂骂咧咧的算什么？”

罗杰说完这话就跳上了码头，没想那人跟着也爬了上去，那动作真是要多快有多快。这也难怪，他如此大动干戈，兴奋地骂了那么一大堆，看来一时半会儿是不准备收场的。在他上了码头之后，那帮黑人原本往后直退，随即又都围了上来，除了他们俩中间有一块空地外，四周都被团团围住了。

托马斯·赫德森还在琢磨那人跟着罗杰登上码头到底打算干什么，只见双方在那么多黑人的围观下，一句话也没说就动手了。那人先出手，原本准备给罗杰吃一记摆拳，罗杰却一记左拳打中了他的嘴，他的嘴顿时鲜血直流。他不甘心，冲着罗杰又是一记摆拳，罗杰却给他的右眼连连两记重重的勾拳。接连吃了几拳的他拼命揪住罗杰不放，罗杰只能抽出右手对准他的肚子一阵猛捶，好不容易把他推开，腾出左手立马狠狠地给了他一记反手耳光。然而罗杰的运动衫就在这一揪一推中给撕破了。

在这打斗中，不知是谁开了码头上的灯，大家都看得一清二楚。那帮围观的黑人只是把他们俩围住，没有逼得很近，谁也没有说一句话。汤姆四下看了看，估计这灯是约翰尼船上的小厮弗雷德开的。

罗杰乘胜追击，连珠炮般连出三记勾拳，直直对准那人的脑门。那人只能继续揪住他，他用力将那人推开，那人的嘴上又接连中了两记狠拳。这几个回合下来，罗杰的运动衫又撕破了一大块。

“别出左拳了。”弗兰克嚷嚷，“出右拳，揍死他算了！这个只知道骂人的王八蛋！”

“说啊，你不是有话要跟我说吗？”罗杰话刚出口，又是一记狠狠的勾拳打向那人的嘴巴。那人嘴里顿时鲜血直流，右边半张脸已经完全肿了起来，估计他的右眼皮已经睁不开了。

那人还是死死揪住罗杰不放，罗杰索性一把将他裹在怀里，夹住他，动弹不得。不一会儿，那人喘得上气不接下气，不过始终都没有说一句话。汤姆看见罗杰将自己的两个大拇指分别按在那人的两个肘弯里，然后用他的大拇指来回揉摩那人的肱二头肌和下臂之间的肌腱。

“你这个王八蛋，别把你的狗血溅在我身上。”罗杰说着，就像戏耍一般，抬起左手把那人的脑袋往后一掀，随即又在他的脸上打了一个反手耳光。

“看我再替你换个鼻子。”他说。

“揍死他，罗杰。好样的，揍死他！”在一旁的弗兰克使劲儿敲边鼓。

“你这个呆子，都打到这个份儿上了，还怎么揍死他啊？”弗雷德·威尔逊说，“罗杰早就揍得他快没命啦。”

那人还是揪住罗杰不放手，罗杰一把夹住了他，再把他推开。

“来打我呀！”罗杰对他说，“来呀来呀，你过来打我呀！”

那人气急败坏，朝着罗杰挥拳打来，罗杰轻轻一闪，然后一把把他抓住。

“说！你姓什么叫什么？”他问那人。

那人一言不答，仿佛气喘病发作似的，只顾在那儿呼呼喘气，就像要断气的样子。

罗杰又把那人夹住，用自己的两个大拇指掐他的两边肘弯。“还挺壮实嘛，你这个王八蛋。”他对那人说，“这样不经打，是哪个浑蛋教你的招式？”

那人早已有气无力，即使打过来一拳，也是软绵绵的。他被罗杰一把抓住拉到跟前，提着打了个转，又被扇了两个耳光。

“你刚才不是很会骂人吗，现在怎么不开口了？”他问那人。

“瞧他的耳朵！”鲁珀特说，“这不是一串葡萄吗？”

那人再次被罗杰紧紧夹住，罗杰拿大拇指使劲去掐他肱二头肌下部的肌腱。托马斯·赫德森一直在仔细观察那人的脸色。格斗之初，那人的脸上没有露出惊慌之色，顶多看去像一只穷凶极恶的公猪罢了。但是打到现在，他一脸惊慌。大概他完全没有料到，竟然没有人出来劝架，都在一旁幸灾乐祸地围观。想必这会儿他以前在小说中看到过的某个情节在他大脑的某个角落里正播放着：打架的一方只要一倒下，那就只有给踢死的份儿。所以，只要罗杰向他大喝一声“来打呀”，或是一把将他推开了，他总是会下意识地挥拳过来，死撑着也要打下去，始终不肯认输。

又一次，罗杰使劲儿把他推开了。他被罗杰夹得不能动弹的时候，俨然一副走投无路的可怜样。可是一旦罗杰松了手，他的恐惧便会消失，不多会儿又露出那份凶相。这会儿他就站在那儿，两只眼睛都快睁不开了，还死死地瞪着罗杰。看得出来，他的内心起先还有些惶惶然，因为他的脸给揍坏了，嘴里直淌血，这伤瞅着着实不轻，还有他那只耳朵，看上去就像一个熟得快要烂掉的无花果似的，皮肤下原先只是一个个出血点，现已经汇合成了一个好大的血包。如今罗杰的手松开了，他站着缓了一会儿，恐惧感便又消退了，那股打不怕的凶恶劲儿又要冒出头了。

“说啊，你到底有什么话要说？”罗杰问他。

那人张口就骂：“蠢货！”他一边骂着，还把下巴一缩，双手一举，微微一扭头，一个劣性难改的顽童架势活脱脱冒了出来。

“好戏来了。”鲁珀特叫了起来，“快看快看，好戏就要登场了。”

可惜根本没什么好戏，甚至连一点戏剧性都没有。还不等那人上演什么好戏，罗杰就以飞快的速度来到那人面前，向上微微一耸左肩，右手拳头已握紧了，猛地往那人头上使劲一拳，只听那人的半边脑袋上“啪”的一声响。顷刻间，那人双膝着地，跪了下去，脑门一下子撞上了码头铺板，就这样一直顶着码头铺板，不大一会儿，只见他身子一歪，软绵绵的，瘫了下去。罗杰低头看了他一眼，撇下他来到码头口，跳上游艇，自顾自走进了后舱。

说也奇怪，刚才码头上打得那么热火朝天的，那些游艇上的人一个也没有出来劝架的，现在看他歪着身子倒在了码头上，他们这才过来把他抬回自己的船上。那人被打得不省人事，抬在手里感觉沉甸甸的，瘫成了一团泥。码头上还有几个黑人帮着抬，他们把他抬上船尾送下舱去。一抬进舱，里边的人随手就把门关上了。

“是不是应该找个医生来看一看？”托马斯·赫德森说。

“别看他撞在码头上就给吓到了，那一下其实撞得并不厉害。”罗杰说，“我后来也寻思过，码头是木板的，碍不了事。”

“我看你扇他的最后那记耳光，恐怕够他受的。”约翰尼·古德纳说。

“瞧他的脸，都被你打得不像样了。”弗兰克说，“特别是那只耳朵，起初还只像一串葡萄，到最后已经肿得像只胖乎乎的橘子了，我从来没有见过肿成这样的耳朵。”

“就怪这一拳头打出去根本就没考虑后果。”罗杰说，“赤手空拳反而坏事啊，要是我以前没见过他，要是他今天不胡搅蛮缠也就不会有这样的事了。”

“嘿，被你今天这么一打啊，我保证你以后再见他，也不会认得他了。”

“但愿他一会儿就能醒过来吧。”罗杰说。

“罗杰先生，你这一架打得可真带劲儿啊。”小斯弗雷德说。

“得了，有啥可说的。”罗杰说，“无缘无故这样的事就闹出来了，想想这又是哪儿跟哪儿呀？”

“那位先生自作自受。”小斯弗雷德说。

“你也别把这事儿放在心上，罗杰先生！”弗兰克对罗杰说，“死人的事我还见得少啊？那个小子绝对死不了，你就信我的吧。”

码头上的黑人们心里都有些不自在，看见刚才那白人被抬上船去，感觉不大妙，于是渐渐散去，一路上还在不停议论刚才打架的事儿。先前一个个天不怕地不怕，嚷嚷着要烧专员公馆的架势，早就消失得无影无踪了。

“弗兰克船长，再见了。”鲁珀特说。

“要走了吗，鲁珀特？”弗兰克问他。

“是啊，大家都想上博比先生的酒店去，那边兴许有什么热闹玩意儿呢。”

“那就再见了，鲁珀特。”罗杰说，“明天再找时间跟你会会啊。”

罗杰现在是满心的不快，虽然把那人打趴下了，不过他自己的左手也肿得像个葡萄柚那么大。右手虽然没有左手那么厉害，但也肿了起来。除此以外，他这一身，除了那件运动衫的领口被撕破了，一大块耷拉着挂在胸前，看不出他打过架。他头顶也冒出一个小小的包，估计也挨了那人一拳。约翰尼正在替他涂红药水，他的几处指关节在打架时擦破了皮。罗杰连看都不看自己受伤的手，他心里可能还因这事儿堵得慌。

“走吧，大伙儿都走了，我们也去看看博比的酒店那儿有什么好玩的没。”弗兰克说。

“老罗，你真别把这事儿放在心上了。”弗雷德·威尔逊一边说着一边爬上了码头，“只有傻瓜才会为这点儿事想不开呢。”

他俩带上吉他和班卓琴，穿过码头，径直走向庞塞·德莱昂酒店。远远望去，酒店店门大开，灯火辉煌，隐约还传来歌声。

“弗雷迪[1]这小子其实还是挺不错的。”约翰尼对托马斯·赫德森说。

“他啊本来是不错的人。”托马斯·赫德森说，“可是自打弗兰克一来后，整日混在一起也变坏了。”

此刻，托马斯·赫德森正在担心一言不发的罗杰。其实，他不只是为罗杰担心，显然还担心另外一些事情。

[1] 指弗雷德·威尔逊，是弗雷德的昵称。

“罗杰，咱们是不是也该回去歇歇了？”托马斯·赫德森说。

“我始终放心不下，也不知道那人现在怎么样了。”罗杰说。

罗杰左手托在右手上，转过身背对着船尾坐在那里，一副忧心忡忡的样子。

“得了吧，那人你还有什么不放心的？”约翰尼嘲笑他杞人忧天，“你看看，人家立马就能走动啦。”

“真的？”

“你自己看嘛，哎哟，很稀奇，还端着把猎枪出来的呢。”

“怎么可能？”罗杰说。他背对着船尾在那儿坐着，并没有回过头去看看的意思。不过从他的口气中可听出多少有点儿高兴的意味。

其实现在那人果真就站在船尾，尽管这回睡衣睡裤倒是穿齐全了，不过他端着的那杆猎枪才是当下最令人瞩目的。托马斯·赫德森把目光从枪上收回来，不由得扫到那人的脸，那张脸显然已经有人替他拾掇过了，即便如此还是惨不忍睹。他的脸上涂了不少红药水，裹着厚厚的一层纱布和橡皮胶，但是露在外面的耳朵还是非常吓人的。托马斯·赫德森估摸着那东西大概是一碰就痛的，所以就没法帮他收拾了，索性就不包扎了。可是真的肿得非常大，皮肤绷得紧紧的，这成了他这张脸上最扎眼的目标。当下谁也没开口，那人也是一声不吭地站在那儿，那张开花脸，满脸凶相，他的眼睛肿得厉害，上下眼皮紧紧地挤在一块儿，还端把枪，真怀疑他是否能看清楚人影。看他站在那儿一言不发，旁人也都没敢说话。

过了好一会儿，罗杰才将脑袋慢慢地转过去，看着他，侧着脸对他说：

“行了，快把枪收起来回去睡觉吧。”

只见那人肿涨的嘴唇动了两下，却始终没说一句话，还是直愣愣地端着枪站在那儿。

“我知道你这小子不要脸，绝对能干出背后打冷枪这样的事，但我谅你没这个种。”罗杰还是侧着脸，平静地对他说，“收起你的枪去睡觉吧。”

突然，罗杰冒了个险，他转身背对那人坐在那儿。事后托马斯·赫德森觉得这样做实在太悬了。

“嘿，大家瞧瞧哦，看这小子的德性，一身睡衣睡裤就跑出来，是不是跟麦克白夫人[1]挺像？”罗杰提高音量问在船尾的另外三人。一听罗杰说这话，托马斯·赫德森心想坏了，这下要出事。可结果呢，却

[1] 指的是莎士比亚《麦克白》一剧的女主角。

什么事儿也没有发生，因为过了没多久，那人就转身提着他的猎枪钻回舱里去了。

“好了好了，这下我心里算是松快了。”罗杰说，“刚才我胳肢窝里的汗水呀，都淌到大腿上了。走吧汤姆，咱们回去休息吧。这人没事了。”

“不可能一点事儿都没有了吧？”约翰尼说。

“看他那光景，活生生的人儿一个。”罗杰说，“放心吧，保准啥事儿也出不了。”

“走吧，罗杰，”托马斯·赫德森说，“一块儿上我家坐会儿。”

“好的，走。”

他俩跟约翰尼道别后，顺着王家国道准备回托马斯·赫德森的住处。此刻小岛上还在进行着热闹的庆祝活动。

“去庞塞·德莱昂酒店吗？”托马斯·赫德森问。

“得了吧，还去干吗呀，我可不想去了。”罗杰说。

“我觉得应该给弗雷迪说一下，就说那人没事了。”

“我想直接去你家。那你去告诉他吧。”

等托马斯·赫德森回到家时，只见罗杰面孔朝下，扑在纱窗游廊里边靠里的那张床上。四下一片黑暗，只有隐约的庆祝喧闹声。

“这么快就睡着啦？”托马斯·赫德森问罗杰。

“没有。”

“再来一杯，如何？”

“谢了，不想喝了。”

“手还疼吗？”

“不碍事的。就是有点儿胀痛，估摸着明天会好些。”

“怎么，心里又不痛快了？”

“是啊。不知怎么的还是憋得慌。”

“那三个小子明天早上就到了。”

“是吗？那敢情好。”

“要么你再来一杯？”

“真不喝了，你自己喝吧，老弟。”

“我确实想来一杯威士忌加苏打水，这样就入睡快。”

罗杰依然扑在床上，托马斯·赫德森将酒从冰箱里取出来调好，又回到纱窗游廊那一片黑暗中。

“你也知道，这世上多的是无法无天的大坏蛋、大恶棍。”罗杰说，“汤姆，今天这个家伙太恶劣了。”

“好歹你今天让他尝到点儿教训。”

“我看不见得啊。今天我叫他丢了脸，吃了亏，赶明儿他肯定会在别人身上撒气的。”

“他这种人就是喜欢自作自受。”

“话是不错，可我觉得今天这事儿干得不彻底。”

“还不彻底？你报复回来差点就把他给宰了。”

“我正是这个意思。这种人今后肯定会变本加厉的。”

“可依我看，今天这顿教训也够他受的了。”

“我看未必，真的。我在大陆沿海碰到的那件事也是这样。”

“对了，到底那是怎么回事？你回来后还没说起过。”

“跟今天的情况有点像，也是跟人打了一架。”

“跟谁？”

罗杰说了一个人名，这人在当时可是个地位颇高的实业界人物。

“我其实根本就不想跟那人吵架打架的。”罗杰说，“是在一个旅馆里，我呢，当时正跟一个女人有点事儿纠缠不清，说真的，那天我就不应该上那儿去。反正那天晚上的情况比今天晚上还要气人，搞得我对那个家伙是一忍再忍，忍了又忍。你也知道我的脾气，最后实在忍无可忍了，我就狠狠地揍了他一顿。偏偏不巧的是，当时没注意，他的脑袋撞在了游泳池边的大理石台阶上，当时我们就是在那个游泳池旁闹起来的。最后，他在一个叫‘黎巴嫩雪松’的旅馆里躺了三天才醒过来，等他醒了我也万幸免了个过失杀人的罪名。假如当时真要打起官司来，他们凭着弄来的那些所谓的证人，我这个过失杀人罪可就坐实了。”

“后来呢？”

“后来他又回去继续干他的买卖去了呗。但是，他的鬼点子多，又弄了个圈套来陷害我，不断报复我。”

“到底怎么回事？”

“反正花样一套接一套，无所不用。”

“愿意说说吗，现在？”

“不说也罢。那些事儿你知道了也没啥意思。不骗你，反正就是想方设法故意给我下套。事情弄得可真够呛，你难道没注意到？大家对此也几乎绝口不提。”

“我是有点察觉。”

“所以我才对今天晚上的事觉得不痛快。那些十恶不赦的恶棍、横行霸道的坏蛋实在太多了。就是你狠狠地揍他们也仍然改变不了现状。我想就是因为这个，他们才敢来惹我。”他在床上翻了个身，脸朝着天，“汤米，我现在才知道从前的人讲要扬善惩恶，是很有些道理的。一个人的心一坏，可真就坏了，谁也改不了他像猪一样无耻的本性。”

“不过话说回来，你也不算是一个规矩人，我估计不少人会这么看你。”托马斯·赫德森毫不客气地对他说。

“那是。我自己不想也不敢这样高攀。就连说我自己是个好人，或者勉强跟好人这俩字沾点儿边，都是不敢的。不过我内心巴不得自己做个好人。更何况反对恶人未必就意味着能成为好人。好比今天晚上我反对了恶人，可是我把自己也变成了一个恶人。我能感觉到当时头脑里的种种恶念汹涌而来。”

“是啊，动手总归是不好的。”

“这我也知道。可你说碰到这样的恶棍、坏蛋，不动手又怎么办？”

“只要他们一动手，你就得立即把他们制伏。”

“话是不错。可我实在忍不住，而且一旦动手开打，我就觉得还挺开心的。”

“哈哈，今天那人要是还能再打下去的话，我看你更开心。”

“恐怕还真是这样呢。”罗杰说，“不过现在我也说不准了。我一心只想把他们打垮。我对此很无奈，可是一旦你在打他们的时候觉得开心，就说明你跟你要反对的对象恐怕也相差无几了。”

“不过这个家伙倒真是特别恶劣。”托马斯·赫德森说。

“汤米，这种人不光是恶劣，而且人数好像还越来越多。上次我在大陆沿海碰到的那一个，也不比今天这个好到哪儿去。走遍天下哪儿都有这样恶劣的人，我们真拿这事儿没办法。看来这世道不好啊。”

“怪世道不好？好的世道你几时见到过？”

“我们以前就过得很快活，不是吗？”

“对，我们以前过得快乐无比，也到过许多好地方。不过要我说，这世道从来就没有好过。”

“这些年我也真糊涂了。”罗杰说，“人人都说自己是好人，却不见一个好人有好结果；在大家都有钱的时候，我身上却一个子儿没有。可是现在我有俩钱了，却生活在这么个世风日下的社会。不管你怎么说，我还是觉得从前的人没这么卑鄙邪恶，也不尽是活该天打雷劈的。”

“就你以前交往的那帮朋友，只怕也是够呛呢。”

“谁说的，我有时也能碰上一些好人。”

“不多吧。”

“不，还是有一些的。再说我的朋友你也不全都认识。”

“我看你就老爱跟些不三不四的人混在一起。”

“那我倒要请问一下，今天晚上那几位算是谁的朋友？是你的朋友还是我的朋友？”

“是我们大家的朋友啊。他们是无聊，但没做什么坏事，真要说的话，他们还算不上恶人。”

“是啊。”罗杰说，“他们中的一些确实算不上什么恶人。可弗兰克就是个相当坏的家伙。即使算不上恶人，我也实在是看不惯他的一些品质作风。如今他和弗雷德搭档往邪路上走，变坏就快多了。”

“总之，善恶是非我心里好歹还是清楚的。我不想冤枉人家，当然也不会糊里糊涂的。”

“我就不行了，我想从善却总是失败，所以弄得我现在也不大清楚到底怎样才叫善。倒是那恶，我一向跟它打交道，恶人我不会看走眼的。”

“哎，今天晚上弄成这样，大煞风景，真是遗憾。”

“没事儿，我就是心里有些不痛快罢了。”

“你想睡了吗？要不你今晚就在我这儿过夜吧。”

“那好。既然你留我，我就遵命了。不过我想先到书房里看会儿书再睡。记得上次我住这儿的时候，你手里拿着的那本澳大利亚短篇小说吗？我想看那一本。”

“是亨利·劳森[1]写的那本吗？”

---

[1] 亨利·劳森（Henry Lawson，1867—1922）：澳大利亚作家、诗人，著有多篇短篇小说，内容多反映劳动人民的生活。

“是的。”

“好，我给你找出来。”

托马斯·赫德森很快就睡着了，可是当他夜半醒来，却看见书房里的灯还亮着，书桌前还有罗杰的身影。

第五章

在微微吹拂的东风中托马斯·赫德森醒来了，起来一看，小朵小朵的高积云在蓝天里随风飘浮，地上是一片白茫茫的平沙。清冷的海面映着云朵们一路移动的斑影。徐徐和风中，小风车发电机的叶片不停地转动。这是一个晴朗的早晨，一阵阵清新的空气扑面而来。

罗杰不在屋里，托马斯·赫德森一个人吃早饭，手里拿着昨天送来的马里兰来的报纸。他特意留着昨天的报纸到今天早餐时看。

“小家伙们今天什么时候到？”约瑟夫问。

“大概中午吧。”

“看来得给小家伙们准备午饭喽？”

“是啊。”

“对了，我来的时候罗杰先生已经不在了。”约瑟夫说，“他应该是早饭都没吃就走了。”

“他大概马上就回来了。”

“有人说看见他划着小船出去了。”

托马斯·赫德森吃罢早饭，看完报纸，准备画他的画。他到临海一边的游廊上作画。今天画得倒也顺当，很快就画了不少。快要完工时，他听见罗杰回来了，正向他走来。

“这幅画要是画好了一定错不了。”托马斯·赫德森听见罗杰站在他背后说。

“也许吧。”

“可是，你是在哪儿见过这么大的龙卷风的？”

“说真的我也从来没有见过，人家要求要这样大的龙卷风。你那手好点儿了吗？”

“哦，还肿着呢。”

“要不是这肿着的手提醒我，还真以为是做了一场噩梦呢。”罗杰在托马斯·赫德森背后看着他画画，托马斯·赫德森一直没转身。

“想想是挺可怕的。”

“后来你真看见那家伙出来的时候端着枪？”

“谁知道那是怎么回事啊。”托马斯·赫德森说，“咳，再说都过去了，别想那么多了。”

“哦，对不起。”罗杰说，“我这会儿是不是不应该来打搅你？”

“没事儿，你在这儿也不碍我事。我很快就画好了，你就待在这儿吧。”

“我看见天一亮他们就走了。”罗杰说。

“嗯？你出去干什么了，起那么早？”

“我看完书，没有一点睡意，一个人在这屋里又实在待不住，索性就去码头散步，跟那帮子人打发打发时间。庞塞·德莱昂酒店昨晚竟然通宵营业。对了，我还见到约瑟夫了。”

“是啊，早上约瑟夫跟我说你划船去了。”

“今儿个我还是单用右手划的呢。当时突然想到如果能把这单手功夫练出来，那也不错，后来渐渐地右手很熟练了。现在心里也舒畅多了。”

“好吧，今天我恐怕也只能画到这儿了。”托马斯·赫德森说完起身收拾画具。“小家伙们这会儿差不多该出发喽。”他看了看表说，“趁现在我们何不先喝上一杯？”

“好啊。我来一杯也正好。”

“只是，现在还没到十二点呢。”

“这个嘛，我看没关系。你现在已经把一天的工作完成了，我呢又正在享受轻松的假期。不过，如果你不想破了自己的规矩的话，我等到十二点再谈吃喝也无所谓。”

“也好。”

“其实我也是一直固守这规矩的。没到中午就不能喝酒，可有时难以忍受，冒出许多无名火来，只能硬憋着。”

“要不我们今天就破一次例吧。”托马斯·赫德森有点儿兴奋地说，“一会儿就可以见到三个小家伙喽，我心里实在是高兴啊。”他还特意说明了一下高兴的理由。

“我知道，我知道。”

“乔！”罗杰马上招呼约瑟夫，“请拿一下调酒器具，我们想调些马蒂尼[1]。”

“好的，先生。酒我都调好了。”

“什么，你这么早就把酒调好了？你还真把我们俩当作酒鬼呢？”罗杰有点吃惊。

“罗杰先生，没有啦，我是看你早饭没吃就出门了，想着你回来肯定能喝两杯的。”

“来，为咱俩干杯，也为那三个小家伙干杯。”罗杰说。

“今年小家伙们来这儿得好好说一下才行。要不

[1] 马蒂尼是以金酒（杜松子酒）为主料，加苦艾酒等混合而成的一种鸡尾酒。

你也跟我们一块儿住这儿吧。人多热闹，反正如果哪天你要是被他们吵得烦了的话，随时都可以回你的小屋去。”

“乐意奉陪，只要你不觉得被打扰，那我就在这儿住上几天。”

“你哪儿会打扰到我呢。”

“这下小家伙们一来，可真是太热闹了。”

****

有三个小子的生活当然过得很得劲，尽管他们都还算是很规矩的孩子。时间真快，小家伙们到这儿已经有一个星期了。金枪鱼鱼汛已过，现在岛上的渔船大部分也陆陆续续出工了，人们又都放慢了生活节奏，一切都回到了正轨。初夏悄无声息地来了。

小家伙们来了以后，托马斯·赫德森就和他们一起睡，新添了几张帆布床放在纱窗阳台上。有了孩子的陪伴，托马斯·赫德森的生活仿佛有了生机。夜半醒来听着孩子们睡梦中的鼻息，他的寂寞和孤独感确实减去了不少。这儿靠近大海，夜里微风从土山坡上吹来，相当凉快，其实即便没有风也不觉得热。

小家伙们刚来的时候还能保持整洁，后来习惯了就不大注意了。好在孩子们都很听话，只要要求他们必须把脚上的沙子冲洗干净才能进屋，或是进屋前要把湿淋淋的游泳短裤挂在外边再到屋里去换身干的，这些孩子们都能做到。幸亏还有约瑟夫替他们整理床铺。约瑟夫很勤快又会照顾孩子。早上他把孩子们的睡衣睡裤晾出去，等晒好以后又叠起来放好。所以这样看来，孩子们可以随手乱扔的无非就是他们临睡前换下的衬衫、线衫而已。不过实际状况却是，他们仨的东西房间里扔得到处都是，好在他们的老爸托马斯·赫德森也不大在意，或者说他觉得还有点儿新鲜有趣。虽说一个人独居一院久了，已经养成自己的一套生活习惯，如今小家伙们来了，他的生活里偶有一两次破例，倒也不觉得什么。他知道这是暂时的，等小家伙们一走，他也就恢复自己老一套的习惯。

现在，他坐在面对大海的阳台上画画，抬眼便能看见他们哥儿仨正跟罗杰一起躺在沙滩上。哥儿仨一大一中一小，很好分辨。他们边说话边挖沙子玩儿，好像还在争论着什么，只是离得太远他听不到小家伙们到底在讲些什么，不过这样看着他们，他心里也觉得安宁。

老大是个大高个儿，生得脚大腿长的，天生是块游泳的料。他的脖子、肩膀长得跟托马斯·赫德森活脱脱一个样。黑黑的肤色衬着他的五官，看上去颇有几分印第安人的气质。这么个快活的小伙子，在他不说不笑的时候，脸上似乎总带着一丝哀愁。

“你在想些什么呀，宝贝儿？”当托马斯·赫德森见他脸上又现出这副忧伤神情的时候，便瞅准机会问他。

“我在想怎么样做才能在鱼钩上扎个假的鱼饵。”小伙子一开口，脸上顿时神采飞扬。这是因为他一说话眼睛和嘴巴就都活动开了，而当他陷入思考的时候，眼里和嘴角便会流露出一丝哀愁。

说到老二，老爸托马斯·赫德森总会下意识地联想到海獭。瞧，老二的头发跟海獭的毛颜色一样，从头到脚都晒得黑黑的，而且他的皮肤细得很，跟水下动物不相上下。所以一看见他，就觉得这小子外形和海獭相似，浑身乌黑，透出金色的光泽，别具风采。不过，父亲觉得他像海獭，还因为他总能如此安然自在地享受自己的那片小天地，同时又顽皮逗人。说到顽皮逗人，动物里当数海獭和熊了，熊应该跟人更相似吧。不过这孩子怎么看都没有熊那魁梧的迹象，也不会长得太壮，他是铁定当不了运动员的，当然他自己也不想当运动员。但是头脑灵活的他很有小动物的那份可爱劲儿，他既能在自己的一片天地里自娱自乐，又会跟人相处。他是个重情意、有正义感的小家伙，只是大家还不太了解他的长处。他还是一个不折不扣的笛卡尔[1]式的怀疑派，总爱跟人争论，还喜欢戏弄人。但是他孩子气的戏弄从没什么坏心，尽管有时候难免有点过了。老大、老三总是联合起来，拼命想找他的弱点，戏弄他，好让他出丑，不过对他还是佩服得很。他们哥儿仨每天在一块儿免不了要吵架的，有时候彼此奚落，语言还相当尖酸刻薄，但是他们对待大人却又很礼貌，总是恭恭敬敬的。

最小的一个啊，那副小身板简直就像一艘袖珍战舰。从体格上看，他跟老爸托马斯·赫德森最像，只不过横向宽了点儿，竖向短了点儿，仍可看出他十足就是老爸的翻版。这个小家伙的皮肤也是被晒得黑黑的，还长了一些色斑。估计他一生下来就是一副老成的模样，那小脸儿显得有点儿滑稽。别看他最小，却喜欢捉弄两个哥哥。而且托马斯·赫德森还发现了他性格上的阴暗面，关于这点，父子俩谁也没有多琢磨，只是彼此都心知肚明。他身上这个毛病，相信别人是理解不了的。尽管托马斯·赫德森跟这个小儿子相处

[1] 笛卡尔（1596—1650）：法国哲学家、物理学家、数学家、生理学家。他认为一切皆可怀疑，主张抛弃所有因袭的见解，怀疑一切。

的时间最少，却不影响他们父子间的感情。做父亲的总是小心翼翼，不愿触及这个问题，他可能觉得儿子有这个毛病也是情有可原的吧。三个儿子里，就这个叫安德鲁的小儿子，小小年纪就显出优秀运动员的素质，特别是他刚学会骑马，老爸觉得他那骑术简直有点儿神乎其神。如果你没有见过他骑马，就绝不会相信这个小家伙竟会有如此不凡的身手。你瞧他纵马腾跃，俨然老行家，冷漠矜持，两个哥哥也为这个弟弟感到自豪。不过他想要胡闹的话，两个哥哥也是坚决不容许的。这孩子虽然看着处处都表现得不错，可他仿佛天生就是个坏家伙，表面上看他嘻嘻哈哈打趣逗闹，其实一肚子坏水。这点儿他自己知道，人家也知道。在这方面他会有意表现得挺好，其实心眼儿是一天比一天坏了。

托马斯·赫德森从临海的阳台上望下去，只见他们四个人并排躺在沙滩上，老大小汤姆躺在罗杰的旁边，小儿子安德鲁紧挨着罗杰夹在当中，老二戴维则躺在小汤姆边上，四肢摊开，仰面朝天，闭目享受。托马斯·赫德森收拾好画具，下楼来到他们身边。

“嗨，爸爸，今天工作顺利吗？”老大看见他后率先问道。

“爸爸，你现在打算去游泳吗？”老二问。

“我喜欢泡在海水里，可舒服了呢，爸爸。”小儿子说。

“你好呀，老爷子。”罗杰咧着嘴笑道，“请问赫德森先生今天画画的功课进展如何？”

“报告各位，本人今天画画的功课已经结束啦。”

“哇，太棒了！太棒了！”老二戴维说，“那我们就下海摸鱼去喽，我要戴上护目镜。”

“还是等吃了午饭再去吧。”

“真够劲儿。”老大说。

“你们看这风浪，会不会太大了些？”小兄弟安德鲁有点担心地问道。

“就你才觉得太大。”老大汤姆奚落他。

“可别这么说，这风浪可不算小呢，汤姆。”

“风太大的话，鱼儿也会怕大浪躲进礁石缝里不出来吧？”戴维问，“爸爸，鱼儿会不会也像人一样晕船呢？我看它们在风浪里被颠来颠去的。”

“那可不？”托马斯·赫德森说，“真遇到狂风大浪的时候，活鱼舱里的那些石斑鱼在渔帆船上闹起晕船来，死了也不稀奇。”

“看吧，我跟你说得没错吧？”戴维有点小得意。

“得了吧，鱼儿死掉是因为得了病。”小汤姆说，“再说你凭什么证明那一定是晕船病呢？真好笑。”

“我想我们可以肯定，活鱼仓里的鱼儿死掉就是因为不折不扣的晕船病。”托马斯·赫德森说，“至于鱼儿要是在海水里无拘无束地游而不是在船上被颠来颠去的话还会不会犯这病，我就不知道了。”

“可是爸爸，我觉得钻在礁石缝里的鱼儿也不能无拘无束地游啊！”戴维说，“爸爸你想想看，鱼住在鱼洞里，出了鱼洞它们才可以到处去游游。但是大鱼来了，就只能躲在洞里，如果这时又遇到狂风大浪的冲击，它们跟在渔帆船的活鱼舱里的情景不也一样吗？”

“还是不大一样。”小汤姆还是有些不服气。

“好吧，就算不大一样吧。”戴维倒是很知趣地退让，不再跟哥哥争了。

“好啦好啦，你们别再争了。”安德鲁说。然后他凑到父亲的耳边悄悄说道，“爸爸你看，他们争成这样，干脆我们不去算了。”

“怎么，你不想去吗？”

“想啊，我倒是挺想去的，可也觉得害怕得不行。”

“你怕什么呀？”

“我一到水下什么都害怕，憋不住气，心里直发毛。我们三个只有戴维是不怕往水下钻的。你见到过汤米游泳吧，本领算不错的了，可他到了水下也照样害怕，我不骗你，真的。”

“你说的这个嘛，我也常常害怕。”托马斯·赫德森对他说。

“真的？你也会害怕？”

“那当然，而且我觉得在陌生的水下，不管是谁都会害怕的。”

“谁说的，戴维就不怕。甭管哪儿的水他都敢下，一点儿都不怕。只不过戴维现在害怕马，因为他从马上摔下来的次数实在太多了。”

“是吗，小弟？”戴维听到他的话了，“我问你，你知道我是怎么给摔下来的吗？”

“那我怎么知道，谁还记得你被马摔了多少次啊？”

“我记得啊，让我告诉你我为什么老给摔下来吧。那年，我常骑的一匹马叫‘老阿花’。马夫给它系肚带，那马就生气，又无法避开，所以后来我一骑上马，它就开始撒气，这就是连鞍子带人一起往下滑的原因。”

“可是我骑这匹马的时候，怎么就没碰到这样的麻烦事儿呢？”安德鲁在一旁得意地说。

“哼，那只能是我活见鬼了。”戴维说，“因为大家都喜欢你呗，大概有人在你骑它之前给它通风报信，于是这马知道你是谁，我看八成连这马也喜欢你。”

“是啊，我还把报上文章里怎么写我的都一句句念给它听呢，它可喜欢听呢。”安德鲁不依不饶地说。

“依我看，这匹马当时肯定是累昏了，戴维骑它之前刚拼命跑过。”托马斯·赫德森说，“那回戴维真是不凑巧：戴维骑上了那匹只有我们大人才骑得惯的又老又累的夸特马[1]，而且那马当时又没有可跑的场地。你们想想，生手骑累马，在那种地方哪儿行呢？”

“我的意思是说，并不是我就一定骑得了这马，爸爸。”安德鲁说。

“算你小子有自知之明。”戴维说，可是马上又变了口吻说，“不，不，你肯定骑得了，你就是嘴上谦虚罢了。不过说实在的，安迪，你是不知道这马跑得那个冲啊，它要不跑得这么冲我能被吓慌吗？说真的，我就是叫那鞍头给吓慌的。唉，怎么说呢？反正我当时慌得真是什么都忘了。”

“爸爸，我们一会儿当真要戴上护目镜去摸鱼？”安德鲁问。

“如果风浪太大的话，今天就不去了。”

“可这风浪到底算不算太大，谁说了算？”

---

[1] 夸特（Quarter）是四分之一英里之意，用在这里特指善于短距离冲刺的马，这种马专跑赛程为四分之一英里的比赛。

“当然是我说了算。”

“那好吧，”安迪说，“爸爸说了算，不过我看这风浪实在是太大了，出不去了。”

“爸爸，现在你那匹‘老阿花’还在牧场吗？”安迪紧接着又问。

“我想应该在吧。”托马斯·赫德森说，“也不确定，我把牧场租给人家了，你们也知道。”

“真的租了？”

“嗯，去年年底就租出去了。”

“可我们还可以去那儿玩儿吗？”戴维连忙问。

“当然可以去。别忘了就在那条河下游的滩地上，还有一座很大的木头房子是我们的。”

“在我住过的所有地方里，就数咱们那个牧场最好了。”安迪说，“当然，现在住的这个地方也不错。”

“是吗？我还以为你最喜欢的是罗切斯特[1]呢。”戴维不怀好意地挖苦他说。以前每到夏天，两个哥哥都跑到西部去，安德鲁比较小，只好托保姆带回老家罗切斯特照看。

“哦，我也喜欢罗切斯特啊。你们不知道，那个地方好玩儿极了。”

[1]位于纽约州的西部。

“不过，戴维，那年我们打死了三头灰熊，你还记不记得，等到秋天你回家把咱们打熊的经过讲给安德鲁听的时候，他都说什么来着？”托马斯·赫德森问。

“天哪，那么久的事情了，我记不清楚了。你还记得吗，爸爸？”

“你忘啦？当时备餐室在饭厅隔壁，你们几个小孩子在那里吃晚饭，你还兴致勃勃地给大家讲我们打熊的故事呢。后来安娜说了一句：‘哎呀，天哪天哪，戴维。那场景一定非常惊心动魄吧，快说你们后来又怎么样呢？’谁知道这时，这位当时只有五六岁的调皮老弟，却抢先开口说：‘是啊，戴维，喜欢这种事儿的你们也许会感到挺有趣的，可是我们罗切斯特哪儿来的灰熊呢？’”

“哈哈哈，我们的大骑士，听见没有？”戴维说，“你听听，你那个时候就是这样的！”

“好了好了，爸爸别说了。”安德鲁说，“你怎么就不说说他呢，比如他当初就知道看报上的滑稽连环漫画，着迷得很，正经书也不看。我们车子穿过大沼泽地的时候，那么美的风景他不看，还在看他的漫画。还有那年秋天我们在纽约，他在那所学校读书，也是因为他沉迷于这些漫画，耽误了好多功课，你当时还说他将来只能成为一个小无赖。”

“拜托，这些事儿我自己都记得。”戴维说，“用不着劳烦爸爸再来说一遍。”

“最主要的是你后来都改正了，也没再犯。”托马斯·赫德森说。

“我不改正不行啊。要是不改这个毛病，还照老样子下去，到今天那可不得了。”

“爸爸，也给他们说说我小时候的事儿吧。”小汤姆翻过身来，抓住戴维的脚踝说，“我还记得你总说我小时候怎么怎么的，以后会怎么怎么好，可实际上我觉得我长大了恐怕也不过如此吧。”

“是啊，你小时候的情况我最了解。”托马斯·赫德森说。

“我觉得那时候你有些怪里怪气的。”戴维说。

“那没办法啊，外国那些地方都是怪里怪气的，他住在那里人也变得怪里怪气的。”那个最小的小家伙插嘴道，“你们这会儿要是把我搁在巴黎、西班牙、奥地利什么的，肯定也会认为我怪里怪气的。”

“我说大骑士，你不觉得他现在还不够怪里怪气的吗？”戴维说，“就算没有那些异国风情的影响，他的怪还不够特别啊？”

“异国风情的影响是什么？”

“这玩意儿啊，我看你没有。”

“那我将来一定要争取有，你就等着瞧吧。”

“你们俩少在这儿啰里啰唆的，还是听爸爸说吧。”小汤姆说，“爸爸，你就把你那会儿带我在巴黎闲逛的情形说给他们听听。”

“你还是个小娃娃的时候，出奇老实，没有那么怪里怪气。”托马斯·赫德森说，“那时我们住在楼上的一个套房里，从我们家的窗户望出去，能看到楼下的一家锯木厂。我跟你妈妈用衣筐给你改了一只摇篮，常常把你放在摇篮里，让你自个儿在那儿睡。在摇篮下，那只法国大猫咪就蜷曲着身子睡在那儿，守护你，谁也不让靠近。你还告诉我们说你的名字叫格宁·格宁，我们就常常逗你叫小捣蛋格宁·格宁。”

“天呢，我是打哪儿给自己弄来这么个奇怪的名字？”

“大概是我们带你乘了一趟电车或者公共汽车，你就学车上的卖票员关门要打铃的那个声音吧。”

“我当时肯定还不会说法语吧？”

“嗯，那会儿你还不大会说。”

“不久后我就会说法语了吧？后来又发生什么事，给我说说吧。”

“你不记得你的小童车了吧？后来我就常推着那个折叠的，不大考究但非常轻巧的童车，带你上街。

我常把你推到丁香园去吃早饭，你比较乖，就坐在童车里看大街上来来往往的人群和车流。我一边吃早饭一边看我的报，后来吃完了早饭……”

“早饭都吃些什么？”

“不过就是奶油鸡蛋卷或者牛奶咖啡。”

“我跟你也吃一样的？”

“哪能啊，你的牛奶里只加一点点咖啡。”

“好像这些我还有些印象。吃完早饭呢，我们接着又去哪儿了？”

“我把你从丁香园推出来，穿过大街，经过喷泉的时候你会指着喷泉池里的一些东西咿咿呀呀说些什么，比如青铜骏马、鱼形雕塑和美人鱼像。咱们再往前走，就能看到一些小孩儿在两边高高的栗树树荫下玩耍，你对此感兴趣得很，眼睛盯着看，他们的保姆则坐在细石子人行道旁的长椅子上歇息……”

“右手边就是阿尔萨斯学校，对吧？”小汤姆说。

“左手边是一座座公寓楼……”

“对对，左边的那条街上，沿街尽是一座座公寓楼。为了能作画室用，公寓还都用玻璃材料做屋面，那些房子背阴，石墙看上去暗乎乎、惨兮兮的。”小汤姆说。

“那会儿应该是秋天还是春天？又或者是冬天？”托马斯·赫德森问。

“是深秋。”

“是啊，你的两颊和鼻子都冻红了，小脸蛋儿露在外面一定很冷吧。我们接着从北面的铁门进卢森堡公园，到了湖边，绕湖一圈，然后向右一拐，就能看到美第奇喷泉，喷泉旁边不远处还有一座人像雕塑。最后，从奥德翁剧院对面的大门出来，穿过几条小街，便到了圣米歇尔大街……”

“对，大家都习惯叫它米歇大街……”

“我们顺着米歇大街向前走，又走过克吕尼美术馆……”

“好像是在我们的右边吧……”

“对，整个美术馆看上去阴森森的，再往前，穿过圣日耳曼大街……”

“这条大街上那真是车水马龙，川流不息，热闹极了。爸爸，说到这儿我总觉得很是怪异，怎么人在这条街上就会觉得非常紧张，时时刻刻都能感觉到危险似的。可一会儿到了雷恩路一带，不知怎么又一下子觉得安心了，好像买了十二万份保险似的，当然我说的是从‘双人像’到利普路口的那一段路。你说这到底是怎么回事儿呢？”

“这个啊，我也说不上来到底为什么，宝贝儿。”

“你们别只在那儿报路名啊，能不能讲点什么事儿给我们听啊？”安德鲁十分不快地说，“那些地方我们又没去过，听得我都快烦死了。”

“行啊，那爸爸就讲给他听听吧。”小汤姆说，“那些记忆里的路名，他们都不知道，那就等只有我们俩的时候再回忆吧。”

“其实当时也没有多大的事儿可说的。”托马斯·赫德森说，“我们一路走到圣米歇尔广场，找家咖啡馆，随便坐在露天座，你老爸兴致颇高，蘸着奶油咖啡在桌子上画速写呢，你呢就捧着一杯啤酒在那儿喝。”

“我那时候就喜欢喝啤酒？”

“你不记得了吧，那会儿你就是个小啤酒迷。不过真到吃饭的时候，你还喜欢往水里掺一点红葡萄酒喝。”

“掺红葡萄酒这个我有印象。我还记得法语里就叫*L'eau rougie*。”

“*Exactement !* [1]”托马斯·赫德森也回了句法语，“你啊真就是个十足的小*L'eau rougie*迷，不过你有时候也喜欢来一杯黑啤酒。”

“我记得我们在奥地利坐平底雪橇的事情。奥地利真是冰雪世界，遍地都是白雪，我们在奥地利是不

[1] 法语：一点儿没错。

是还养了一条叫施瑙茨的狗来着？”

“是啊，那你还记得我们在奥地利过的快乐的圣诞节？”

“有没有过圣诞节我倒不记得了。除了你和妈妈，我印象里就只有那一片白皑皑的冰雪世界、那条叫施瑙茨的狗，还记得我那位长得很漂亮的保姆。噢，对了，我还记得你和妈妈滑雪穿过一个果园，只是具体记不太清是在哪儿了。只能回想起妈妈登上了滑雪板，她多美啊。不过我对卢森堡公园却记得非常清楚，我们一般都是下午去。那个公园很大，树木很多，喷泉旁边有个湖，一些小船在湖上荡漾。通往卢森堡博物馆的林间小路上都铺着细石子，还有总在左手边的树下玩保龄球的男人们。说到卢森堡博物馆，我印象最深的就是在那高高的屋顶上挂着一只大时钟。我记得那会儿树枝都是光秃秃的，树叶在秋天都落了，叶子铺满石子路。看来我还真就喜欢回想秋天的情景呀。”

“为什么呢？”戴维问。

“因为值得回想的事情有许多许多。可能是因为秋天有那么多欢庆的节日吧，所以我总觉得秋天里的事物都带着那么一股好闻的气息。而且细石子路的路面总是很干净，即使周遭的东西都变得潮乎乎的。秋天的风也很洒脱，湖上的小船被风刮得疾行如飞，树林里树叶也被风吹得沙沙作响，纷纷落地。我还记得爸爸你常常在天黑前打到鸽子，还把鸽子藏在我的毯子里。在回家的路上我发现后就把鸽子紧紧地偎在怀里，感觉那鸽子身子还暖烘烘的，就那么紧紧地贴着我。我摸着它光滑的羽毛，摸呀摸呀，直到手也变得暖和了，只是这么一直抚摸着，但到最后鸽子也冰凉了。”

“爸爸，你是在哪儿打的鸽子呢？”戴维问。

“我想想啊，应该是在美第奇喷泉附近打的。打鸽子可不简单，时间和地点得配合上才可以。公园四周都用高高的铁栅栏围着，除非鸽子主动从高空飞到喷泉这儿。一到天黑公园就要关门，所有的游客都得离园，想打鸽子就得在公园快关门的那会儿。一般来说，看门的人会先来一一提醒游客，等游客都离开后，再关门上锁。我往往就等看门人前脚一走，赶紧拿起皮弹弓，瞄准喷泉附近那些落地的鸽子，一弹一只。说到弹弓，法国人做的弹弓那才叫好呢。”

“你的弹弓呢，是自己做的吗？”安德鲁问。

“可不就是我自己做的嘛。我还记得有一次我和汤米的妈妈去徒步旅行，走到朗布依埃森林里，发现一棵小树的树杈可以做弹弓，我顺手砍下削成了一个皮弹弓的架子。可是弹弓光有架子还不行啊，还得有大号的橡皮筋，我们后来在圣米歇尔广场的一家文具店里买到了，最后又从汤米妈的旧手套上剪下一块皮来做了弹兜儿。”

“子弹呢？你拿什么做子弹？”

“一般都是小石子呗。”

“你打鸽子的时候距离多远开弓呢？”

“当然是越近越好，而且要以最快的速度去把鸽子拾起来，塞到毯子里。”

“我还记得有一回居然活下来了一只鸽子。”小汤姆说，“我把它按在怀里不让它动，在回家的路上也不敢声张，因为我想养着它。那只鸽子个儿挺大的，长长的脖子，灵活的脑袋，身上的羽毛带点儿紫红色，唯独那对翅膀是雪白雪白的。那会儿咱家还没有鸽子笼，你就让我先在厨房里养着，你把它的一条腿拴住，说等以后有了笼子就好了。可是哪知道它却被猫吃了。我们家养的那只大猫在当天夜里把它咬死了，还得意洋洋地叼着死鸽子，拖到我房里，一直衔到我床前来了。你们是没看见那猫的得意样儿，活像一头威武的老虎随便叼了个土人似的。大猫猛地一蹦，就拖着鸽子蹦到了我的床上。那会儿我早就长大不睡摇篮了，摇篮在我的记忆里甚至一点印象都没有。我记得你和妈妈当时都没在家，应该是到咖啡馆去了吧，家里就剩下我和大猫。冬天，家里的窗子还都开着，望向窗外就能看见大大的月亮挂在锯木厂的上空，就连木屑的气味我都闻得到。我印象最深的是那大猫趾高气扬地拖着死鸽子走过来的样子：它把头昂得高高的，被它拖着的死鸽子几乎都离了地。那大猫简直就像飞一样，猛地一蹦就叼着死鸽子飞扑到了我的床上。虽然说它咬死了我的鸽子，我很心疼，可是一瞅见它那个得意劲儿，那个开心样儿，再想想它跟我是那样要好的好朋友，就不由自主地被它感染，跟着它一块儿开心，也为它得意。它在床上很活泼，不停地玩儿，先是摆弄那只死鸽子，玩上一阵又跑来我胸前拿爪子来回抓挠，还直打呼噜，跟我玩上一阵就再回去摆弄它的猎物。到最后，它和我一块儿抱着鸽子睡着了，我的手和它的爪子都在鸽子身上搭着。直到半夜里我醒来，听到它喉咙里打得呼噜贼响，一看才知道，好家伙，原来它正在那儿享用鸽子肉呢，那吃相简直就跟一头小老虎似的。”

“哎呀，这样的故事可比你们报路名好听多了，挺有吸引力的。”安德鲁说，“可是汤米，你看着那大猫吃鸽子，心里不害怕吗？”

“不怕。这没啥可怕的，大猫跟我是最好的朋友。我的意思是，当时我没有比它更亲密的朋友了。要我说啊，那会儿大猫心里也有我这个朋友，它巴不得我能陪它吃上两口呢。”

“没准儿你还真应该陪它吃两口。”安德鲁说，“再接着说说弹弓的事儿吧，弹弓的事还没说完呢。”

“另一把弹弓呀，是妈妈精心准备的，送给爸爸的圣诞礼物。”小汤姆说。“那把弹弓是她在一家卖枪的店里看到的，妈妈说她本来是想买一支猎枪送给你，可是猎枪太贵，她一直都攒不起买猎枪的钱。所以，每天她在去那家*Epicerie*[1]的路上，经过枪店的时候总忍不住要看看橱窗里摆放的猎枪，直到有一天她看到这把弹弓，二话不说赶快买下来，生怕她要是今天不买马上就会被别人给买走一样。弹弓买回家后她就一直藏着，等到圣诞节才送给你。这笔买弹弓的钱她想瞒着你，只好在日常开销的账目上做花样。这些可都是妈妈亲口告诉我的，而且说过好多次了。我记得收到这份圣诞礼物以后，你就把原来的那把弹弓送给我了。我很喜欢，真可惜我那会儿力气小，还拉不开。”

“爸爸，我们以前是不是一直都很穷啊？”安德鲁问。

“那倒没有，咱不可能一直都很穷啊。特别是在

[1] 法语：指食品杂货店。

生下你们兄弟俩后，我的穷日子也算是熬到头了。虽然后来有几次手头也非常紧，但真要说那种很穷的日子，倒是再没有过了。真要算穷的那会儿，还得是我跟汤姆还有汤姆他妈妈一起过的那段日子，那才是真穷呢。”

“继续给我们说说你们在巴黎的事情呗。”戴维说，“你跟汤米还干了些啥？”

“我们还干了些啥呢，宝贝？”

“那就说秋天吧，一到秋天小贩们开始卖炒栗子，你经常带着我去买炒栗子吃，我呢就喜欢用手捂着热栗子取暖。还有哦，我们去看过马戏，还看过马戏大王沃尔表演的鳄鱼。”

“这些你都还记得啊？”

“还记得很清楚呢。马戏大王沃尔表演人跟鳄鱼摔跤的这场戏时，还把鳄鱼‘crocodile’念成了‘crowcodeel’，知道不，就是把这个词的前半截念成了‘crow’，乌鸦。有个拿三叉戟的漂亮姑娘去赶鳄鱼，最大的那条鳄鱼比较顽皮，一动也不动。马戏场是个圆形的场子，大红色的地上刷着金色花纹，可漂亮了，只不过场子里一股马味儿。场子后面有个酒吧，你最喜欢去那儿喝上两杯。克罗斯比先生跟驯狮夫妇也会和你一块儿喝酒的。”

“是吗？记得这么清楚，那你还记得克罗斯比先生长什么样儿吗？”

“我就记得不管天有多冷，克罗斯比先生都很耐冷，不戴帽子也不穿大衣。他的小女儿，长得就像《爱丽丝奇境历险记》中的那个爱丽丝，披着一头长发。我记得书上插图里的那个爱丽丝就是这样的。克罗斯比先生在酒吧里总是走来走去，一副坐不住、立不定的样子。”

“还有呢，你还记得谁？”

“乔伊斯先生。”

“哦，他长什么样？”

“乔伊斯先生高高的、瘦瘦的，他留的胡子很有意思，上面两撇八字须，下巴底下还直撅撅地挂着一把山羊胡子。他戴眼镜，镜片很厚。走起路来把头扬得好高好高，只是眼神实在不怎么好。我记得有一回在街上，他跟我们面对面走过，直到你去招呼他，他才站住。那双躲在镜片后面的眼睛，看起来就像是从金鱼缸里望出来似的，望了半天好不容易才算是瞧见我们了，然后听见他说：‘啊，我正在找你呢，赫德森。’于是，我们三个人就来到一家咖啡馆，坐在露天座的一个三人位里，尽管那天屋外很冷，不过我们旁边就放着一个——你说那叫什么来着，爸爸？”

“*Braziers*。[1]”

“那不是女人戴的那玩意儿吗？”安德鲁说。

“*Brazier*是个在外面打了许多小孔的铁筒子，往里面加些烧着的煤炭就可以取暖了，就像在咖啡馆露天座，只要坐得离*Brazier*近就不会觉得冷。赛马场也有这东西，人们只要站在它旁边，就会觉得比较暖和。”小汤姆不得不对*Brazier*解释一番，“我跟着爸爸和乔伊斯先生常去的那家咖啡馆，露天座就摆了一溜儿这样的火笼，哪怕天气再冷，坐在露天里只要靠着火笼也照样又暖和又舒服。”

“听听吧，咖啡馆、酒吧间，还有夜总会，我看你们这大半辈子的时光都泡在这种地方喽。”那个最小的小家伙说。

“你别说，还真是泡掉了不少时光呢。”小汤姆说，“爸爸，你说呢，是不是？”

“还有呢，爸爸有时候会让我坐在外边的汽车里等他，说他赶紧去喝一杯就来。结果呢，我在汽车里呼噜呼噜睡了一觉也不见他来。”戴维说，“所以啊，我那会儿一听到什么‘赶紧喝一杯’这样的话就讨厌。

---

[1] Brazier（或作Brasier），意为火笼。因与Brassiere（胸罩）读音相近，所以此处是安德鲁误会了。

什么赶紧啊，我看世界上没有比这更磨蹭的事了。”

“你还记得乔伊斯先生说了些什么吗？”罗杰问小汤姆。

“哎哟，戴维斯先生，我记不起那个时候的事啦。他好像谈到了一些意大利的作家吧，还谈到了福特先生。乔伊斯先生是很看不惯福特先生的，那个庞德先生不知道为什么也很让他反感。[1]我记得很清楚的一句话是，他对爸爸说：‘赫德森呀，我看埃兹拉简直疯啦。’因为那时我仔细琢磨乔伊斯先生说的话，‘疯啦’的‘疯’跟‘疯狗’的‘疯’是不是同一个意思。我记得他们谈话的时候，我就坐在那儿正对着乔伊斯先生的脸，因为被冻着的缘故，他的脸有点发红，皮肤细滑，眼镜的镜片那个厚呀，很容易让人想起他不济的眼神。瞅着他，我不自觉地又想起了庞德先生的样子：红红的头发，倒三角的胡子，眼睛透着灵气，不过他嘴角总挂着点儿白沫，有点像肥皂泡似的挂在那儿。我心里想，庞德先生真要发了疯那还了得，但愿我们以后别再碰到他了。接着我又听见乔伊斯先生

---

[1] 此处提到的三位“先生”分别如下：詹姆斯·乔伊斯（1882—1941），爱尔兰小说家，《尤利西斯》的作者；福特·马多克斯·福特（1873—1939），英国小说家、文学评论家和编辑；埃兹拉·庞德（1885—1972），美国诗人、评论家。

说：‘难怪如此，福特不就已经疯了好多年了嘛。’我眼前立马又出现了福特先生那张苍白的、滑稽的大脸盘儿，还有他那浅色的眼珠，一口松动的牙齿和老是留着一条缝的嘴巴，他的嘴边也有令人作呕的白沫，还顺着下巴往下淌。”

“行啦行啦，别再说了。”安德鲁说，“再说下去我晚上又要做噩梦了。”

“别听他的，你接着说。”戴维说，“他总这样，上回就是因为安德鲁说他做了噩梦，我正在看的那本狼人的故事书都被妈妈锁起来了。”

“庞德先生咬过人没有？”安德鲁问。

“这样的事儿怎么可能有啊，大骑士。”戴维认真地对他说，“乔伊斯先生说的‘疯’是指做事疯疯癫癫的意思，又不是疯狗病的那个疯。不过，他凭什么说他们都疯了呢？”

“这我可就不知道了。”小汤姆说，“虽然比起和爸爸在公园里打鸽子的那个时候，我那会儿已经大得多了。但是我毕竟还是个小孩子，不可能记清楚所有事儿的。再说，我一想着庞德先生和福特先生流口水的吓人样子，生怕他们来咬人，根本顾不得想其他的。你认识乔伊斯先生吗，戴维斯先生？”

“当然认识。我和你爸爸跟他是很好的朋友。”

“可我爸爸比乔伊斯先生年轻多了。”

“确实，那会儿你爸爸是最年轻的，在这些朋友里头。”

“才不是呢，还有我呀。”小汤姆得意的样子，俏皮话脱口而出，“我想我应该算是乔伊斯先生最年轻的朋友了吧。”

“嗯，可不是，他一定还挺想念你呢。”安德鲁说。

“没认识你对他来说有点可惜，对你真是有点遗憾。”戴维对安德鲁说，“看吧，你要不是总待在罗切斯特，估计他也许认识你这位小朋友了。”

“得了吧，你们不知道乔伊斯先生是个大人物啊。”小汤姆说，“他怎么可能有时间跟你们这两个小鬼交朋友。”

“那只是你的看法。”安德鲁说，“乔伊斯先生怎么就不能跟戴维做朋友呢，就凭戴维常给学校里的报纸写文章，我看他们做朋友没什么不合适。”

“爸爸，你再跟我们讲讲当年你跟汤米还有汤米他妈妈过的日子到底穷到什么地步？”

“他们那时候的确是挺穷的。”罗杰说，“我记得，你爸爸一早起来，先把小汤姆的一瓶瓶牛奶都装好，就得赶到菜市买菜了，不是直接买，他得在最便宜的蔬菜店里挑最好的买。我出去吃早饭的时候，总能碰到他刚买了菜回来。”

“不是我自夸啊，要说识别*poireaux*好坏的本事，我绝对可以在第六区里称得上是第一。”托马斯·赫德森告诉小家伙们说。

“*poireaux*是什么？”

“韭葱。”

“长得就像大个儿的洋葱，长长的，青青的。”小汤姆说，“但是看起来又不像洋葱那么光亮，只是稍微有些暗光。韭葱的叶子是青的，底下的根是白的。煮熟了以后，加点橄榄油和醋凉拌，再加上点盐和胡椒粉，茎叶带根都可以吃，一点都不浪费。那味道真是太好了，我吃得可多了，我敢说这世界上吃韭葱最多的就是我了。”

“刚才爸爸说的那个第六什么的，又是什么花样啊？”安德鲁问。

“别打岔。”戴维教训安德鲁。

“这怎么叫打岔呢，我又不懂法语，不懂总得问吧。”

“就是区的意思，整个巴黎市区划分成二十个区，那会儿我们就住在第六区。”

“好了好了，爸爸，你接着讲讲别的好吗？咱们别谈什么区了吧。”安德鲁央求道。

“你学点知识、长点学问就这么痛苦啊，真受不了你这个运动员。”戴维说。

“我也很想学知识啊。”安德鲁说，“可我觉得区什么的太高深了，你在训我时不也说什么什么事情高深着呢，我年纪小听不懂啦，我承认这一套高深的东西我听不懂，我实在没有这个理解水平。”

“我问你，泰·科布[1]的累计安打率是多少？”

“三成六七。”

“咦，你小小年纪怎么又懂这个了呢？”

“行啦，戴维。安德鲁喜欢他的棒球，你喜欢你的区，这并不妨碍你什么。”

“我看主要原因不在他，是因为罗切斯特没有划区的缘故。”

“你别在那儿瞎说。我不过是想多听爸爸和戴维斯先生肚子里好听的故事，再说大家也都喜欢听，确实带劲，不比谈这个该死的……叫什么来着？唉，真他妈的该死！我连这个名字都记不住。”

“你怎么回事儿，当着我们大人的面骂脏话，太没规矩了。”托马斯·赫德森狠狠地批评他。

“对不起，爸爸，我错了。”那小家伙说，“我

---

[1] 泰·科布（1886—1961）：美国著名棒球运动员。

也是没办法，都他妈的怪我年纪太小不懂事。我又错了，对不起对不起。我是说，都怪我年纪小不懂事。”

安德鲁这会儿是又惶恐又委屈。每次戴维捉弄他，他都要上当！

“你不能总拿自己年纪小、不懂事当借口吧。”托马斯·赫德森教训他说，“我也知道，情绪一激动就容易说脏话，可你当着大人的面怎么说得出口呢？没人的时候随便你说什么，我也不会管你。”

“求求你别说了，爸爸。我知道自己错了。”

“我也知道你是真心认错的。”托马斯·赫德森说，“爸爸也不是故意要训你，我只是在给你讲道理。我跟你们三兄弟见面的机会少，所以好不容易见了面就难免要给你们多讲讲道理。”

“是啊，我们跟您见面的机会的确是不多呢，爸爸。”戴维说。

“是啊。”托马斯·赫德森说，“就是因为见面不多我才不免多跟你们唠叨些。”

“不过安德鲁在妈妈的面前很好，从来不会像这样骂骂咧咧的。”戴维说。

“行啦，戴维。你就别再跟我过不去啦。爸爸，这件事情到此为止，好吗？”

“我给你们两个小家伙提个建议，如果真想要精通骂人的本事，”小汤姆神秘地说，“去看看乔伊斯先生的书吧，保准你们大开眼界。”

“不用了，我的骂人本事已经足够应付了，”戴维说，“至少目前还是绰绰有余的。”

“真的，我的朋友乔伊斯先生骂起人来，他的措辞、用语我甚至连听都没有听过。我敢说，无论是谁，无论是用哪种语言，休想比他骂得还凶。”

“他凭借自己的骂人天赋创造了一套全新的语言。”罗杰此刻正闭着眼睛，仰面朝天，躺在沙滩上跟他们说话。

“你说的这种新语言我是不懂啦。”小汤姆说，“大概是因为我年纪也还太小，所以看不太懂。反正你们看过《尤利西斯》就明白了。”

“我觉得这书不适合给孩子看。”托马斯·赫德森说，“这话可不是哄你们。因为你们看了也看不懂，索性就别去看了，等你们大一些再看。”

“可我已经全看完了。”小汤姆说，“不过爸爸，你说的也是，我在看第一遍的时候简直连半句话都看不懂，完全不明白他说的是什么。可我一遍又一遍地看下去，现在我已经能领会书里的部分内容了，我不是在这儿吹牛，现在我都可以给人讲解呢。当然，最主要的是看了乔伊斯先生的这本书，作为他的朋友，我也感到很自豪呢。”

“他果真跟乔伊斯先生是好朋友吗，爸爸？”安德鲁问。

“乔伊斯先生以前倒还会时不时地问起他。”

“真是的，这还能有假？我和乔伊斯先生就是朋友，”小汤姆说，“而且他还是我最要好的朋友之一。”

“汤米，你刚说到你可以跟人讲解这部书，不过眼下我倒觉得你还是少给人讲解为好。”托马斯·赫德森说，“恐怕你眼下讲不清楚。你能跟人讲解的是书中的哪一部分？”

“最末尾那一部分啊。就是女主人公一个人在那儿自言自语的那部分。”

“就是那段独白，对吧？”戴维说。

“怎么，你也看过了？”郝德森有些吃惊。

“没有啊，”戴维说，“就是汤米念给我听的呗。”

“那他有没有跟你讲解呢？”

“凡是他能讲解的都给我讲了。不过我们觉得书里有些内容太深奥了，我们俩现在这年龄确实看不懂。”

“你们从哪儿弄到这本书的？”

“在家里的藏书中找到的。我想看看，就带到学校里去了。”

“你说什么？你还带到学校去了？”

“是啊，我的同学想听，我带上书才能给他们念上两段。我还告诉他们，这位乔伊斯先生是我的朋友，我们以前常常在一起。”

“同学们听你念了这本书以后的反应如何？”

“只有那些虔诚信教的同学认为写得太露骨了，其他都还好。”

“被学校老师发现了吗？”

“当然被发现了。哎呀爸爸，你难道没听说这件事儿吗？哦，对了，你应该没有听说的，那时候你大概是在阿比西尼亚吧。当时校长都决定要把我开除了，我不服气，就跑去向他申诉。我跟他说乔伊斯先生是位伟大的作家，并强调他跟我在私下里是好朋友，最后校长才决定：书是不能还给我的，得由他亲自交给家长。我呢，也向他保证：今后如果我要给同学们念点什么文章，或者打算讲解什么经典作品的话，一定要事先征得他的同意。这个校长当初准备开除我的时候，一口咬定我是个思想肮脏的学生，可我根本就不是，爸爸。至少我的思想不见得比别人肮脏吧。”

“那他后来把书送回家里没有？”

“最后还是送回来了。可原先他是想把书没收的，我就继续向他申诉：第一，这是正式出版的读物；第二，上面还有乔伊斯先生赠书给你的亲笔题词。这样一来，他又怎么好没收呢？书又不是我的。所以啊，到最后书也没有没收，我看他自己也显得灰溜溜的。”

“爸爸，到底我要长到多大才可以看乔伊斯先生的这本书呢？”安德鲁问。

“你啊，估计还得等些时候吧。”

“可汤米都已经看了呢。”

“那是因为汤米是乔伊斯先生的朋友。”

“是这样的，安德鲁。”小汤姆说，“不过爸爸，我们跟巴尔扎克好像并不认识，对吧？”

“傻孩子，我们怎么能跟他认识呢？他是比我们早好几代的人呢。”

“那我们也不认识戈蒂耶[1]了？我在家里发现了他们两人写的两本奇书。一本叫《滑稽故事集》[2]，一本叫《莫班小姐》。我先看了一遍《莫班小姐》，可惜什么都看不懂，不过我在想，看第二遍的话会不会能理解一些内容呢，所以我又看了第二遍，果不其然，这本书的确很好看。可我们不认识这两位作家，他们也不是我们的朋友，回头我要是拿他们的书去念给同

[1] 泰奥菲尔·戈蒂耶（Théophile Gautier，1811—1872）：法国诗人、小说家、评论家。《莫班小姐》是他写于19世纪30年代的一本小说。

[2]《滑稽故事集》是法国作家巴尔扎克的作品。

学们听，学校非把我给开除了不可。”

“那书写得怎么样，真的很好看吗，汤米？”戴维问。

“精彩极了。我保证你准喜欢这两本书。”

“那你何不请示一下校长呢？也许他会同意你念给同学们听呢。”罗杰说，“不管怎么说，这两本书要比你们这些孩子自己胡乱找来看的那些货色强。”

“不行的，戴维斯先生。我还是不要去跟校长请示的好，别没事儿找事儿了，没准儿他一听我要念什么书给大家听就又扣一顶‘思想肮脏’的帽子给我。撇开校长这一关不说，这回同学们的心理肯定也跟上次不同了：乔伊斯先生是我的朋友，这两位作家却不是，感觉很不一样。再说了，我对《莫班小姐》还谈不上有多理解，真要跟大家讲解实在是不行呢。上次讲《尤利西斯》的时候，我有乔伊斯先生的朋友这层关系作为本钱，多有说服力啊，可要讲这两位作家的作品我就没权威啦。”

“听你这么一说，我倒真想听听你上次是怎么讲解的。”罗杰说。

“说哪儿的话呢，戴维斯先生。我讲的那些在你看来一定都是皮毛。你听起来哪会有兴趣，兴许只会觉得好笑。不过，我想你对那个《尤利西斯》一定有十分透彻的理解吧？”

“嗯，可以说是相当透彻。”

“唉，要是我们认识巴尔扎克和戈蒂耶那该多好啊，然后就像乔伊斯先生那样，做个常常见面聊天的朋友。”

“是啊，我也深有同感呢。”托马斯·赫德森说。

“可我们也还认识另一些优秀作家吧？”

“那当然。”托马斯·赫德森说。此刻沙地上热乎乎的，脚踩在上面舒服极了。他今天做完作画功课，感觉有些倦怠，不过心情倒是愉快舒畅。特别是在和小家伙聊天后，心情就更好了。

“走吧，孩子们，我们现在下海去游泳，游完了再回来吃午饭。”罗杰说，“感觉天这会儿有点热了呢。”

托马斯·赫德森在沙滩上看着他们四个下海游泳。四个人慢悠悠地游着，在绿莹莹的海水里渐渐向外游去，明净洁白的沙子上落下大大小小四个身影。四个人前前后后一路凫水前进，四个身影被阳光一路斜投在沙子上。只见一条条晒得黑黑的胳膊高高举起，使劲前伸，紧接着手猛劈下去，打起水花，两条腿则一路匀速地打着水，时不时转一下头换口气，总之他们在水里的节奏，不慌不忙，不紧不慢。托马斯·赫德森就一直站在沙滩上，看着这一大三小四个人借着风势慢慢游出海去，这样的时刻叫他好喜欢。他突然觉得应该把他们游泳的姿势给画出来，尽管他也知道画起来难度不小，不过他还是决定要画，再难也要画一下试试，今年夏天就画。

尽管托马斯·赫德森感觉身子有些倦怠，懒得去游泳，可他看孩子们游得那么高兴，自己不游似乎不大好，所以最终他还是一步步走到海里。他那被阳光晒热的双腿浸到被海风吹冷的海水里，海水清凉刺骨。慢慢地，海水的凉意逐渐漫到腰部，接着他身子轻轻向前一倾，就全身没入了浅海里。正当托马斯·赫德森迎着前面四个家伙游去的时候，他们已经开始往回游了。此刻他的头正好跟他们处在同一个水平线上，不想却看到了跟刚才不同的画面，这是因为他们往回游是逆风。遇上这么点儿风浪，眼看安德鲁和戴维这两个小子快吃不消了，在水里手忙脚乱地扑腾着。托马斯·赫德森不由得心想：刚才在他心目中还是四头海中猛兽的这四个人，也就才一小会儿的时间吧，这奇妙的幻觉就一下子就被风浪打破了。他们刚开始向外游的时候游得那么得心应手、畅快淋漓，可是现在小一点的那两个孩子想要顶住风浪前行，似乎困难不小。当然，真要说已经困难到何种程度那倒还算不上，但是至少他们出发时的那种毫不含糊的水下功夫的假象已经破除了。前后两个画面截然不同，不过仿佛后一个画面更真实些。最后，五个人都上了海滩，一起向屋里走去。

“所以说我更喜欢待在水下是有道理的，”戴维说，“因为在水下面我可以不用净顾着换气。”

“那你下午就和爸爸、汤米一起下海去摸鱼呗，这样你就可以一直待在水下不是很好吗？”安德鲁立马冲他说，“不过我倒情愿跟戴维斯先生一起留在岸上。”

“戴维斯先生也不打算去啊？”

“我看我还是留在岸上吧。”

“你可别为了我不去啊。”安德鲁说，“我一个人反正也有玩儿的。我不过是瞎说的，也许你也不打算去摸鱼吧。”

“我还是不去了吧。”罗杰说，“我想趁这工夫歇会儿，看看书什么的。”

“你别叫这小子牵着鼻子走啊，戴维斯先生。他这是在耍花招呢，你可千万别中了他的计。”

“跟安德鲁没关系，我是真不太想去。”罗杰说。

说话的工夫他们已经上了楼，大家换上干净衣服来到阳台上，把短裤也晾了起来。这时约瑟夫端来一碗海螺色拉。小家伙们等不及，立马开吃了，小汤姆还很有兴致地拿了瓶啤酒喝。托马斯·赫德森则坐在一张椅子里休息，罗杰拿来调酒器，站在那里调酒。

“每天吃完午饭我就只想打盹。”罗杰说。

“哎，你要不去就我们几个去也没啥意思。”小汤姆说，“那我也宁愿不去了。”

“真是太好了，汤姆，你也别去了。”安德鲁说，“就让爸爸和戴维他们两个人去。”

“你别瞎想，我就是不去也不会给你当接球手[1]的。”小汤姆对他说。

“哼，就是你想给我当接球手我还不要呢。我已经找到个黑小子来当我的接球手了。”

“不过我倒想问问你，为什么你总想要当投球手？”汤米说，“你没看那些投球手都是大个子吗？我看你长成大个子的希望真不大。”

“我长大了准像迪克·鲁道夫[2]或者迪克·克尔那样的大个子。”

“谁知道你说的都是些什么样的家伙。”小汤姆说。

“赛马骑师出名的都有谁？快说个名字给我。”戴维悄悄向罗杰打听。

---

[1] 这里说的是打棒球。

[2] 理查德·鲁道夫（Dick Rudolph，1887—1949）：当时美国最著名的棒球运动员之一，迪克是理查德的昵称。

“厄尔·桑第[1]。”

“我知道我知道，你长大了就是厄尔·桑第那样的大个子。”戴维对安德鲁说。

“去你的，摸你的鱼去吧，真讨厌。”安德鲁说，“汤姆说他是乔伊斯先生的朋友，那我也要和戴维斯先生成为朋友。戴维斯先生你看可以吗？这样的话那我回到学校就可以跟大家说：‘我和戴维斯先生一起在那个热带小岛上度过了一个难忘的夏天，我们还一起创作，写了许多绝对精彩、非常刺激的小说，我的爸爸就在岛上画画儿，他的画你们也都见过了，画的都是些裸体女人。’你画中的女人是裸体的吧，爸爸？”

“有一部分是。不过这些画的色调都极暗。”

“太棒了。”安德鲁说，“我可不管什么色调暗不暗的，既然汤姆要乔伊斯先生，那就归他吧。”

“你这人脸皮那么薄，怕还不敢看那种画吧。”戴维说。

“脸皮薄怕什么。我多看看就敢看了。”

“不过说真的，比起乔伊斯先生在他那书里描写的，爸爸画的那些裸体画儿还差得远呢。”小汤姆说，“也难怪，你还是个小孩子嘛，所以见了裸体画就会

[1] 厄尔·桑第（Earl Sande，1898—1968）：美国著名赛马骑师。

觉得有多么稀罕。”

“好吧。那我就要戴维斯先生了，不过书上还必须得有爸爸画的插图。我记得我们学校里有人说过，戴维斯先生的小说绝顶精彩，够刺激。”

“好哇。那我也要戴维斯先生。戴维斯先生跟我原本就是老朋友。”

“我看何止是戴维斯先生，还有什么毕加索[1]先生、布拉克[2]先生、米罗[3]先生、马松[4]先生、帕斯金[5]先生。”托马斯·赫德森说，“你跟他们都认识，不是吗？”

“对呀对呀，还有沃尔多·皮尔斯[6]先生呢。”小

[1]毕加索（Pablo Picasso，1881—1973）：西班牙著名画家，立体主义画派的主要代表，其作品对西方现代艺术产生了深远的影响。从1904年开始定居巴黎。

[2]布拉克（Georges Braque，1882—1963）：法国画家，立体主义画派代表之一。曾经参加过野兽派绘画运动，后又开始创作“拼贴画”。

[3]米罗（Joan Miró，1893—1983）：西班牙画家，超现实主义绘画大师。

[4]马松（Andre Masson，1896—1987）：法国超现实主义画家、雕塑家。

[5]帕斯金（Jules Pascin，1885—1930）：美国画家，原籍保加利亚。1905年到巴黎，第二次世界大战期间又去了美国。1920年回到巴黎，1930年在巴黎逝世。

[6]沃尔多·皮尔斯（Waldo Peirce，1884—1970）：美国画家。以给书籍配插图画而著名。

汤姆说，“瞧瞧吧，小安迪，你是怎么也比不过我的啦。要怪只能怪你起步太晚了，如今怎么比得过我？别说你在罗切斯特待的那时候，事实上在你出生的前几年，爸爸早就带着我在上流社会里见大人物大世面了。我就这么跟你说吧，在当今最最伟大的画家里面，恐怕十个里有八九个我都认识。他们中的好些人还是我非常非常要好的朋友呢。”

“起步晚一点怎么了，我也算是起步了。”安德鲁说，“反正我是要定戴维斯先生这个朋友了。戴维斯先生你觉得呢？其实我们也不一定非要写那种精彩、刺激的小说不可。我可以胡编乱造嘛，就像汤米胡编乱造那样？你就跟我讲讲吧，你以前干过什么有意思的事情，只要是可以吓人的，你就随便找两件给我说说，我到时候就可以跟人讲，当真是有这么回事，我当时也在场呢。”

“你说什么？我胡编乱造，我看你简直是在放屁。”小汤姆说，“之前爸爸和戴维斯先生偶尔给我提两句醒儿，那只不过是帮助我回忆。这些事都是我亲身经历的，而且我还参与了，要知道那可是在绘画史和文学史上代表了一个完整的时代啊。如果要我写回忆录的话，只要是这方面的事情，我提笔就能写出好多来。”

“你看你越说越狂妄了，汤米。”安德鲁说，“我看你还是收敛点儿吧。”

“戴维斯先生，你什么都别告诉他。”小汤姆说，“让他也跟我们当初一样，从零开始。”

“我跟戴维斯先生的事，不劳你费心，你少管。”安德鲁说，“我们的事不用你来插手。”

“爸爸，既然我们有那么多的朋友，你就再给我说一两位的故事来听听吧。”小汤姆说，“我印象里只是知道我认识他们，常常和他们一起泡咖啡馆，可我还想再多了解一些他们的故事。就好比乔伊斯先生那样的——关于乔伊斯先生的事迹我不是就了解得很多吗？”

“这样啊，那你还记得帕斯金先生吗？”

“这位先生我不记得了。还真是记不起了。他长什么模样儿？”

“瞧瞧，你连人的长相都记不得了，还好意思说人家是你的朋友！”安德鲁说，“你再看看我，即使再过好几年，我难道会忘了戴维斯先生长什么样儿？这完全不可能嘛。”

“你少在这儿插嘴。”小汤姆说，“爸爸，请你给我说说帕斯金先生吧。”

“乔伊斯先生那本书的末尾一章，你不是很欣赏吗？如果要给这部分内容做插图的话，帕斯金先生的一些画是再合适不过的了。”

“真的吗？那还真有意思。”

“你不记得在咖啡馆的时候吗，你常常跑去跟他坐在一起，他就常常给你画像，有时就画在餐巾上。别看他个子小，脾气那叫一个倔啊，还很古怪。他总戴一顶圆顶礼帽。毫无疑问，他是位非常出色的画家。不过他平时的行为举止总给人这样一种感觉：好像他正怀揣着一个巨大的秘密，而且是他刚刚听到的，觉得是个值得玩味的秘密。也就是因为有这个秘密，他时而显得非常开心，时而又非常伤感。不过无论你什么时候看到他，你都会感觉到他揣着那个秘密，而且觉得那显然是值得玩味的。”

“说到底，那究竟是什么秘密呢？”

“还能有什么秘密啊，无非就是酗酒、吸毒之类的，还有就是乔伊斯先生在那最末一章里描写的那种秘密，当然应该也少不了诸如画好画这样的诀窍啦。就当时而言，他画画的技巧比当时所有人都出色，那也是他的秘密，不过他似乎并不在意。表面上看他好像把什么都看得很淡，可事实上根本不是那么回事。”

“难道他有坏心眼？”

“嗯，他可坏着呢。他才是真坏呢，他的秘密里就有这一条。这个人心坏还自鸣得意，想必他根本不知道有良心的谴责。”

“啊……这样的人啊，那我跟他还是好朋友？”

“可不嘛，关系还好得很。他常常叫你‘丑八怪’。”

“哈哈哈！”小汤姆听得直乐，“叫我‘丑八怪’！”

“咱们家收藏着帕斯金先生的画吗，爸爸？”戴维问。

“有两幅。”

“他给汤米画像都是正经画的吗？”

“没有，哪能正经画啊。他给汤米画画都是随手罢了，多半就画在餐巾上，要不然就画在咖啡馆的大理石桌面上。哦对了，他还给汤米起了个名儿，叫‘左岸地区[1]一个爱灌啤酒的丑八怪’。”

“天哪，好响亮的头衔，你还不赶快记下来，汤姆。”戴维说。

“那帕斯金先生的思想肮脏吗？”小汤姆问。

“我看可以这么说吧。”

“可是我看你讲得不是很肯定啊？”

“说他思想肮脏倒也没错。依我看他的秘密里就有这么一条。”

[1]因为巴黎横跨塞纳河，人们就称北岸为右岸地区，是商业中心，南岸为左岸地区，是大学生、作家和艺术家的汇集之地。

“可我认为乔伊斯先生的思想不能算肮脏。”

“对。”

“你也不能算肮脏，对吧，爸爸？”

“对。”托马斯·赫德森说，“我当然也不能算思想肮脏。”

“那你的思想肮脏吗，戴维斯先生？”汤米问。

“依我看也不能算吧。”

“那好，”小汤姆说，“回去我就去跟我们校长说，我爸爸和乔伊斯先生的思想都不肮脏。如果他还要来找碴儿，我还可以告诉他，戴维斯先生也没有那些肮脏的思想。只是不知道我们校长是怎么想的，他好像一心认定我思想肮脏似的。可我一点也不怕。要说思想肮脏，我们学校倒真有个同学是这样的，谁都能看得出来，我跟他那可是不一样的。对了，帕斯金先生叫什么名字？”

“于勒。”

“怎么个拼法？”戴维问。于是托马斯·赫德森就把拼法拼给他听。

“那最后帕斯金先生怎么样了？”小汤姆问。

“他上吊自杀了。”托马斯·赫德森说。

“天哪！他上吊了啊！”安德鲁说。

“帕斯金先生真是个可怜的人。”小汤姆一边说一边为他祈祷，“今儿晚上我也要为他祈祷。”

“我也要为戴维斯先生祈祷。”安德鲁说。

“那你可要经常祈祷啊。”罗杰说。

第六章

那天晚上小家伙们睡下后，托马斯·赫德森和罗杰·戴维斯并没有马上就睡，他们在大房间里继续聊天。那天风浪实在太大，下午带孩子们下海摸鱼时间不长，草草收场。不过吃过晚饭以后，小家伙们就又出去活动了，他们兴致勃勃地跟着约瑟夫去钓鲷鱼。回来时也高高兴兴的，不过看起来个个都疲惫不堪。很快，他们跟长辈们道过晚安就去睡了。刚开始还能听见他们在房间里说话的声音，不多会儿就都安静下来。

安德鲁睡觉的时候怕黑，好在两个哥哥这一点还算厚道，虽然都清楚这一点，却从不拿这事儿取笑他。

“这小子为什么睡觉会怕黑，你知道吗？”罗杰问。

“我也不太明白。”托马斯·赫德森说，“你小时候难道就不怕黑吗？”

“不怕，我不记得我怕过黑。”

“可是我就怕。”托马斯·赫德森说，“你帮我想想这是不是可以说明什么问题？”

“这我可真不知道了。”罗杰说，“不过我小时候有怕的事情，一是怕死，二是怕我兄弟有个三长两短。”

“你还有个兄弟？我怎么不知道，他现在在哪儿？”

“死了。”罗杰说。

“啊，对不起。”

“没事儿。他死的时候，我们都还小。”

“他比你小几岁？”

“就小一岁。”

“怎么回事？”

“我们坐的小船翻了，当时没得到及时救援。”

“当时你有多大？”

“也就十二三岁吧。”

“咱不提这个也罢，你要是不想说的话。”

“已经没什么了，没准儿说说心里反倒还痛快些。”罗杰说，“不过，你以前真的不知道这件事？”

“真的一点都不知道。”

“嗨，我那会儿总觉得这件事已经闹得满世界都知道了。现在想想小孩子的想法还真就这样奇怪。我记得当时湖水冷冰冰的，他没了力气，松了手，我也迷糊了。最后，好像被人发现，我才算是捡回一条命，可他就再也没有回来。”

“哦，可怜的罗杰。”

“行了，你就别咒我了。”罗杰说，“你怎么不想想，我这么小就尝到这种滋味，也未免太残忍了些。何况我和我弟弟的感情很深，我本来就一直在担心他会有什么三长两短。谁知我的担心成了现实，你不知道我有多难受啊，我也顶不住当时那样冰冷的湖水啊。但我怎么都不能以此来原谅自己。”

“这事儿出在哪儿？”

“北边缅因州。后来父亲在这件事上表面上看起来很通达，可我知道，他心里始终没原谅我。自打这件事以后，我就天天巴望自己快死。不过我又想想，人总不能就这样痛苦一辈子吧。”

“你弟弟叫什么名字？”

“戴夫。”

“怪不得呢！那你今天说不想下海摸鱼，也是因为这个吧？”

“多半是这样。可我还是每隔一天下一次海。说真的，这种事情真的很玄乎，谁能说得准呢？”

“你都这么大的人了，怎么还信这个？”

“我当时发现他不见了，还钻到水里去找他，可就是怎么都找不到。”罗杰说，“湖水太深、太冷，冻得挺不住啊。”

“叫戴维·戴维斯。”托马斯·赫德森说。

“嗯。在我们家，老大名字都叫罗杰，老二都叫戴维。”

“不过罗杰，都过去这么多年了，终归你也得想开呀。”

“没有用的。”罗杰说，“不管过多久都没用，这样的事一辈子也忘不了。要不然呢，我还总忍不住翻出来叨叨两句。出了这样的事我心里始终感到有愧，就好比那天在码头上我跟人打架一样。”

“这怎么能一样呢，你那天在码头上完全问心无愧。”

“不不，我心中有愧。这件事我那天也对你说过了，今天就不谈了吧。”

“好吧。”

“我就想再也不能跟人打架了。一辈子也不与人打架了。别看你是从来不打架的，真要打起来的话其实你并不比我差。”

“得了吧，打架我哪儿比得过你。不过我确实是拿定了主意不打架。”

“得，今后我也不打架了，做个好人，再也不写那些乌七八糟的东西了。”

“我这儿听你说半天了，就数这句话我最爱听。”托马斯·赫德森说。

“说实话，你认为我真能写出点有价值的东西吗？”

“试试看嘛，不试怎么知道。不过你当初把画画搁下，又是为什么？”

“我觉得不能再欺骗自己了。其实现在在写作上也是，我也不能再欺骗自己了。”

“说具体点儿，你到底打算怎样？”

“找个地方，踏踏实实地写小说，尽我最大的努力，写出一本像样的小说来。”

“还找什么地方啊，你为何不住在我这儿写呢？回头这三个小家伙就都走了，你只管在我这儿住下来。你自己那间屋里太热，根本没办法写作。”

“我在这儿住着，真的不会太打搅你吗？”

“你看你，这是说的哪门子话，罗杰。实不相瞒，我在这儿常年一个人住着，也觉得冷清。虽说想要专心工作就得躲开一切烦扰之事，可也不是什么都能躲开，最后躲得就只剩自己了呀。哎呀，不说了不说了，我这话听着像是在做演讲似的。”

“别呀，你接着说。我倒是很想听听你的经典言论。”

“那好吧，你真要是打算开工写作，就在我这儿开始吧。”

“原本我想去西部[1]写，你觉得那儿是不是更好？”

“这跟在哪儿写没关系，依我看在哪儿都行，关键在于你能不能坚持。”

“那未必，我就是觉得不是哪儿都行。”罗杰显然不同意，“这个我心里有数。原本是很好的地方，往往到后来就都变得不行了。”

“这话倒也没错。不过就目前来看，我这个地方倒还不坏。尽管无法保证会一直这样好下去，不过眼前总归是好的地方，你觉得呢？再说了，你工作之余还有我这个伙伴，我呢，除了工作也有你做伴。我们在一起工作，却互不相扰，你尽可以好好去发挥、去创作。”

“也就是说，你真觉得我能写出有点价值的小说，对吧？”

“听着，你要不动手试一试，你就永远也写不出来。好比今儿晚上你给我讲的那些，要是你愿意写出来的

[1] 指美国的西部。

话，那可不就是一部绝佳的小说吗？对啊，不妨就从小船开始写……”

“结尾呢，安排一个什么样的结尾？”

“可以根据小船这条主线虚构情节嘛。”

“别提了。”罗杰说，“我已经厌烦了那俗套的写法，那跟邪门歪道没什么分别。一说到故事里有一只小船，那小船里就一定而且毫无悬念地有一位美丽的印第安姑娘。为此，我还得设计出一个叫琼斯的青年，这个年轻人正要去向移民们报告塞西尔·德米尔[1]正在赶来的消息，他是在赶路途中经过这里的。只见他一手提着那把老式火枪‘老贝齐’，一手抓着乱蓬蓬的荒藤野蔓，你说他赶个路干吗要从临河的崖壁上攀缘而下？结果呢还出其不意地落在了小船里。美丽的印第安姑娘在见到他的一瞬间便说：‘天哪，原来是你啊，琼斯。既然上帝让我们遇见，那就让我们好好恩爱一番吧，我们这经不起风浪的小舟任由它去，向着大瀑布漂去吧，要知道那就是将来要闻名天下的尼亚加拉！’”

“那不行，绝对不行。”托马斯·赫德森说，“哪

---

[1] 德米尔（Cecil B. de Mille，1908—　）：美国著名电影导演、编剧、制片人，好莱坞黄金时代的大师，以拍摄圣经题材的史诗巨片而著称。所以文中用他代指其导演的影片中那种常见的大队人马的景象。

需要这些编的故事呀，这样编显得你多浮躁啊。你只需要写你自己的那只小船，写那刺骨的湖水，还有你的小弟弟……”

“戴维·戴维斯。他当时才十一岁。”

“以及你们随后的遭遇。然后从这儿起直至终篇你仍然可以自由发挥。”

“可是我实在不喜欢这个结局。”罗杰说。

“说心里话，我想我们谁也不喜欢这个结局。”托马斯·赫德森说，“可是一部小说总得有个结局吧。”

“小说我们就先谈到这儿吧。”罗杰说，“不过关于这部小说到底怎么写，我倒要认真考虑一下。汤米，我有个问题想请教你，就我个人经验来看，为什么感觉好好画画是一种乐趣，可是好好写作却是一种痛苦呢？尽管我自己画得也不像样，但却始终乐在其中。”

“这个我也说不上来。”托马斯·赫德森说，“也许是因为在绘画这门艺术上，传统和基本法则都比较明确，画家们可以借鉴的技巧也多。即使你想要摆脱伟大绘画艺术的正统法则，另辟蹊径，也总可以找到值得借鉴的东西，而且还不乏其数。”

“我看还有一个关键就是，画画的人人品要好些。”罗杰说，“就拿我来说吧，我要是人品再好些，也许早就成了一个了不起的画家。可我大概就是一块不成器的料吧，所以顶多也只能当个好作家。”

“哪有像你这样看问题的，这也太简单化了。”

“是啊，我看问题就老是这样简单化。”罗杰还觉得自己挺有理，“所以你看我这个人，啥用也没有，就是这个原因，这是很重要的一个原因。”

“走吧，我们去睡吧。”

“现在我还不想睡，想再看会儿书，静静心。”罗杰说。

那天夜里孩子们睡得很香甜。罗杰看书看到很晚才去阳台上睡觉，托马斯·赫德森则一晚没睡。吃过早饭，风明显小了，天上仍然没有一丝云彩，他们计划今天下海捕鱼去。

“你也跟我们一块儿去吧，戴维斯先生？”安德鲁问。

“好的，一起去。”

“真的吗？那太好了。”安德鲁说，“我真高兴。”

“安迪，你现在在水下感觉怎么样？”托马斯·赫德森问。

“还是怕。”安德鲁说，“我总是这样。好在有戴维斯先生跟我们一块儿去，我确实没那么怕了。”

“千万不要害怕，安迪。”罗杰说，“没有出息的人才害怕。这还是你爸爸教导我的。”

“天哪，说这话的人还真不少呢。”安德鲁说，“这真说得上是老生常谈啊。可在我见过的孩子里，就戴维的脑瓜子最特别，他都不知道什么叫害怕。”

“你少胡诌。”戴维说，“你这个家伙就是喜欢胡思乱想，所以才弄得自己成了这副德性。”

“不光是我啊，还有戴维斯先生，他也老是害怕呀。”安德鲁说，“我想这或许是我们智力超群的缘故吧。”

“戴维，回头到了海里，你可要给我小心点儿啊，听见没有？”托马斯·赫德森说。

“一定小心。”

安德鲁看了一眼罗杰，高兴地耸了耸肩。

第七章

那天他们决定把船停在一个暗礁附近下海捕鱼。当年在这儿触礁沉没的轮船，人们还能看到礁石旁露出水面的破船的铁壳。涨潮的时候，一些锈钢烂铁被推出水面，可以分辨出船上的锅炉。今天吹的是南风，托马斯·赫德森把捕鱼船开到一块礁石的背风面，但又不敢靠得太近，隔开点距离才下锚，这时罗杰和小家伙们已经准备好了面罩和鱼叉。他们拿的鱼叉极为原始，形状五花八门。说到捕鱼，托马斯·赫德森和小家伙们都各有高招，这些鱼叉也就是按他们各人的需求分别打制的。

他们把约瑟夫也带来了，他今天的任务是负责划小艇。安德鲁乘小艇过来。他们的小艇才刚出发，只见那边捕鱼船上的人都已经陆续离船下水了。

“你怎么还不下来呀，爸爸？”戴维对着捕鱼船驾驶台上的父亲喊道。圆玻璃镜罩住了他的眼鼻和前额，鼻子和脸颊紧紧贴着橡皮面罩，压住顶门，脑后紧紧勒着一条橡皮带子——戴维这副戴上面罩的模样，跟那种科幻连环漫画中的人物装扮一样。

“马上，我一会儿就下来。”

“你就别在那儿磨磨蹭蹭的，再晚下来一会儿，只怕鱼儿早就吓跑了。”

“这里那么多礁石，随你怎么掏也掏不完。”

“可我晓得有两个特别精彩的洞啊，位置就在过了锅炉再往前点儿。我是在那天咱们两个人来的时候发现的。洞里满是鱼，看着像是还没有动过的样子，我就特意留着，想等今天大家一起来了再去摸。”

“我也知道那儿。好啦，你先去吧，我再过个把钟头就下来。”

“那我就先不去动，等你来了再一起去摸。”戴维说完，就使劲划着水赶紧追赶大伙儿去。他右手里拿的是那根六英尺长的硬木长矛，在长矛头上还装了个手工打成的双齿鱼叉，用一根又长又粗的钓鱼线牢牢地绑在长矛头上。这小家伙水性真好，他只管把脸没在水里，一边划水，一边透过面罩上的玻璃镜仔细察看水底情况。他遍体黝黑，再加上他在水里游时只露出湿淋淋的后脑勺，托马斯·赫德森看着游在水里的戴维，越来越觉得他像一头海獭。

他就看着小家伙一路游去。小家伙在水里的动作舒缓而沉稳，他用左臂划水，两条长腿不停地蹬着使劲把水往后踢。他并不常常换气，只是偶尔稍稍侧一侧脑袋，扬起脸来换口气。那间隔之长让人惊讶，这水平在很多大人之上。这会儿，罗杰跟大小子汤姆早就把面罩往脑门上一推，先游了出去，远远游在了前边。安德鲁和约瑟夫坐着小艇也到了礁区，但是安德鲁并没有立马下水。微风轻轻吹着，放眼看去，礁石一带微波荡漾水色清浅，能看出礁石是褐色的，远处海水那一片蓝被衬得更浓了。

托马斯·赫德森下了驾驶台，径直来到厨房。看见埃迪正用两膝夹着个提桶，在那里削土豆皮呢。他不时地透过厨房的舷窗向礁石那边眺望。

“小家伙们这样散开了可不好，”他说，“得都向小艇靠拢才行。”

“你看会不会有什么玩意儿从礁石那边游来？”

“这几天正是大潮，你看现在的潮水已经涨得很高了。”

“水色看着倒还是挺清澈的。”托马斯·赫德森说。

“外洋里是肯定有坏玩意儿。”埃迪说，“要是让它们嗅到了鱼味，这一带的海上就别想太平了。”

“可是到现在为止，他们还没有捕到一条鱼呢。”

“我敢保证他们马上就能捕到了。他们应该赶紧把鱼捕到手，放到小艇上去，不然等到鱼味、血腥味随着大潮一散开，那可就太迟了。”

“那我这就浮水过去通知他们。”

“不用浮水过去。你在这儿喊话就好了，你立马就喊，让他们互相靠拢不要散开，把捕到的鱼都放在小艇上。”

托马斯·赫德森就爬上甲板，对着他们大声喊话，他把埃迪的意思告诉罗杰。罗杰朝着他举起鱼叉挥了挥，表示领会了他的意思。

不一会儿，埃迪一手托着满盘的土豆，一手拿着小刀，跑到后舱来了。

“汤姆先生，你现在赶紧带上来复枪到甲板上去，可要带好的那把，就是小的那把。”他说，“我还是放不下心。在这样的大潮下让小家伙们出海，我实在不放心。何况咱们这儿离外洋太近。”

“那我还是去把他们叫上来吧。”

“倒不用急着把他们叫上来。也可能是我有点神经过敏吧，昨儿一晚上我都没睡好。你也知道我疼这几个孩子，就像疼自己亲生儿子一样。所以，一想到他们要下海捕鱼我就担心。”说着说着，他放下手里那盆土豆，“我说我们还是这样吧：你现在就把船发动起来，我这就去起锚，咱们把船再往礁石跟前靠靠，靠近点儿再下锚。像今天这样的风潮，估计船会晃动但还不至于撞到礁石。走吧，我们这就把船靠过去，这样有什么事才好照应。”

托马斯·赫德森又上了驾驶台，来到总控制台前，开动了主机。趁埃迪还在起锚，托马斯·赫德森又朝前一望，看见那边几个人全都下了水。他正在遥望他们，就看到戴维从水里一头钻了出来，把手里的鱼叉举得老高。嗬！尖头上插着的一条鱼还在那里扑腾。托马斯·赫德森听见他大声向小艇招呼了一声。

“把船头往礁石这边靠吧！”这时埃迪在船头上呼喊，他手里捧着铁锚。

托马斯·赫德森把船缓缓地向礁石上靠去，他小心翼翼地，险些就要擦着了。忽然，他看见了大片褐色的珊瑚礁顶，还能清楚地看见沙子上黑乎乎的海胆，紫红的海扇[1]随着潮水正在向他躬身下拜。等到埃迪把铁锚抛下去，托马斯·赫德森便开始倒船，船向后退去，礁石也纷纷后退。埃迪把锚绳放出去，绳子拉紧后托马斯·赫德森才关了引擎。他们的船就停在那儿，轻轻地晃来晃去。

---

[1]一种动物，学名称作柳珊瑚。

“这下好了，停在这儿我们就能照看他们了。”埃迪站在船头上说，“这几个小家伙可让我担心得够呛，我是折腾不起了。乖乖，弄得我现在连饭都吃不下了，你说够呛不够呛。”

“我就守在这儿照看他们吧。”

“我马上把枪给你递上来，而且我还得赶快回去侍弄那盆要命的土豆呢。我看小家伙们都挺爱吃土豆色拉不是吗？还偏偏就爱吃我们做的土豆色拉是不是？”

“是啊。何止孩子们爱吃，罗杰也挺爱吃。别忘了多加些白熟老蛋和洋葱。”

“好的，我的土豆保管又耐嚼又好吃。给你，快带上枪。”

托马斯·赫德森伸手接过埃迪递过来的来复枪，沉沉的，可能是连着枪套的缘故，看起来也就是把短短粗粗的枪。枪套是用羊皮做的，剪短了的毛做里子，是为了防止枪套被海上咸湿的空气锈蚀。它散发着“神手牌”枪油的味道。这下他抓住枪把，一把就把枪抽了出来，随手将枪套塞在驾驶台的铺板下面。那是一把0.256口径、18英寸老式枪管的曼利歇·肖纳牌来复枪，眼下，这样的枪早已不准出售了。枪托和前把被擦拭成胡桃仁那样的棕色。枪管看上去也是油光光的，没有一丝锈迹，估计是插在马鞍皮套里长年摩擦的结果。托马斯·赫德森的腮帮子很皮实，把枪托上的贴腮磨得滑溜溜的。一拉枪栓，只见旋转弹仓里装满了胖鼓鼓的子弹筒，金属壳的弹头又长又细，如同铅笔似的露出个尖儿。

这么一把好枪，说实在的，备在船上未免有点儿可惜了，但是托马斯·赫德森对这把枪情有独钟，他无论走到哪里都随身带着这把枪。看到这把枪他就会想起许多往事，忆起许多熟人，想起去过的那许多地方，何况他早就实践出真知，积累了保养经验：只要把枪收藏在羊皮枪套里，再让剪短的毛里子浸透“神手牌”枪油，即便是接触到含有盐分的空气，照样也能毫发无损。再说了，他一直认为枪就是应该用来射击的，而不是套在枪套里供收藏的，何况这把枪确实好，不光自己用起来顺手，就是教人也是一教就会，这么一把好使的枪在船上当然更显得灵便和必要。每回他用这把枪射击，都是信心十足。照以往经验来看，只要目标在近距离，他打起来准是百发百中。事实上他有好几把来复枪，还从来没有哪一把打起来像这把那样得心应手。现在他从枪套里抽出枪来，拉了拉枪栓，推子弹上膛，这样的几个动作已经让他感到无比快活。

虽然海上有潮有风，不过船停在那儿却几乎感觉不到晃动。他顺手把枪挂在控制台上的一支操纵杆上，他觉得挂在那儿是再方便不过了，要用的时候手一伸便能拿到。把枪挂好，他便慵懒地躺在驾驶台的日光浴垫子上。准确地说，他是肚皮贴在那儿趴着，希望把后背晒得黑一些，再说趴着也正好能看见罗杰和小家伙们在前边叉鱼。这会儿他们几个都钻到水下去了，他们各自待在水下的时间长短不同，通常是探起头来换口气，转眼一扭头就又不见了。有时候人还没见着，只见叉着鱼的鱼叉先露出水面。最忙的还是约瑟夫，他划着小艇，一会儿赶来招呼这个，一会儿又忙不迭地去接应那个，把他们鱼叉尖齿上的鱼一条条摘下来丢在小艇里。托马斯·赫德森在船上都听得见约瑟夫在那儿叫啊，笑啊，不亦乐乎。还能看见船上一片五光十色的鱼儿，有红鳞的，有红鳞带褐斑的，还有红黄相间的，甚至金黄条纹的都有。约瑟夫连拽带扯，把鱼摘下来使劲往后舱里扔，因为只有那儿晒不到太阳，鱼放在那儿才更新鲜。

“埃迪，有空给我来杯酒好吗？”托马斯·赫德森探出头朝下面喊了一声。

“行啊，想喝点什么？”埃迪立马从前舱里伸出头来。他还是戴着他那顶旧毡帽，穿着白衬衫还挺精神。在耀眼的阳光下，托马斯·赫德森看见他两眼布满血丝，还注意到他嘴唇上涂着红药水。

“啊呀，你这嘴怎么啦？”他问埃迪。

“没啥，昨天晚上不小心惹了点小麻烦。我就给自己随便涂了点红药水。怎么，弄得挺难看的是不是？”

“怎么说呢，感觉就像岛上一些下等去处的婊子。”

“去你的。”埃迪说，“黑咕隆咚的，我当时看都没看就涂了，全凭感觉涂的。要不要给你用椰子汁兑酒喝？我这儿正好有几颗鲜椰子。”

“那敢情好。”

“那就来一杯‘绿色艾萨克’吧，我给你特别加料调制如何？”

“好。今儿就来个特别加料调制的。”

托马斯·赫德森趴在这垫子上晒着日光浴，驾驶台前端的控制台正好替他的脑袋挡住了阳光，他的头就晒不到太阳了。这样他可以望得更远。埃迪从船头给托马斯·赫德森把酒端来了，这酒是用金酒、酸橙汁、青椰子汁加冰块调制的，最后再滴上几滴安古斯图拉苦味汁，酒色红到透出了点锈褐色，就像好看的玫瑰那样红。如此冰凉的一大杯，为了不让太阳把酒里的冰块晒化，托马斯·赫德森索性把酒杯拿在手里，自顾自地望着大海。

“看来小家伙们今天的成绩不错。”埃迪说，“鱼捕了不少，今儿晚上这一顿足够了。”

“除了鱼还有些什么吃的呢？”

“可以再来个鱼肉土豆泥，凉拌番茄也不错。当然，首先必须要上的还是那道土豆色拉。”

“好丰盛。土豆色拉做好了吗？”

“好是好了，就是还没有凉透呢，汤姆。”

“埃迪，我看你挺喜欢做菜，是吧？”

“你可说对了，我喜欢做菜。我这个人挺简单，除了坐船，就是做菜，我最喜欢的就是这两件事，别的没有。我最不喜欢惹是生非啦，打架拌嘴什么的。”

“不对吧，你以前不就一直是个惹是生非的人？”

“你这是说的哪儿的话啊，汤姆，我一向是见了麻烦就躲。虽然有时候麻烦是你想躲也躲不过的，不过我总是尽量能避则避。”

“那昨晚上这嘴又是怎么回事呢？”

“这个啊，没什么。”

显然埃迪不怎么想谈昨晚的事。自打认识他以来，他好像从来不提过去，也许是因为过去那些疙疙瘩瘩的事情实在太多了。

“好，那就不谈这事儿。咱看看除了这些我们还能给孩子们弄些什么吃的？他们现在正在长身体，我们得想办法让孩子们多吃点儿有营养的东西。”

“放心吧，我来之前特地在家做了蛋糕，也带上船了。还有几个新鲜菠萝，眼下用冰镇着，一会儿我就去切。”

“太好了。那鱼怎么吃？”

“你们想怎么吃咱就怎么做。回头先看看他们捕到的鱼，挑最鲜的，再听听孩子们的意见，你和罗杰也说说，你们爱怎么吃这鱼我就怎么做。戴维刚捕的一条黄尾鱼，看起来挺不错。他之前还抓了一条，可惜给逃走了。目前看来就这一条最大，算得上是顶级的喽。不过戴维似乎游得也太远了点儿吧，手里还叉着那鱼。还有，你看看乔，他怎么拼命一直往安迪那边划小艇呢？”

托马斯·赫德森随即把酒往阴凉处一放，站起身来。

“哎呀，糟糕！”埃迪说，“那玩意儿果然来了！”

隔着蔚蓝的海水望去，他俩看见一个高高的三角形鱼鳍露在水面上，就像一只小船的褐色风帆，此刻它正用力地甩动尾巴，凭借这股强大的推力划破水面，直扑礁石外端的一个洞穴。他俩不由得倒吸一口凉气：天呀，戴维还在这洞边呢，他正把叉到的鱼挑出水面，举得高高的，面罩还蒙在脸上。

“糟了糟了！”埃迪说，“这槌头鲨来势汹汹啊，汤姆，这下可糟了。哎呀，完了完了。”

据托马斯·赫德森事后回忆说，那槌头鲨当时给他印象最深的就是那立得高高的鱼鳍，东一转西一扭，就像一条猎狗闻到了气味一路紧追不舍，如同一把尖刀插来，又有点东摇西摆。

他毫不迟疑地拉起那把“0.256”，对准鱼鳍前端就是一枪。可惜打了个“远弹”[1]，冲起一股水花。他还记得当时拿着枪管，手上油乎乎的。那鱼鳍依然摇摇摆摆直冲过来。

“戴维，赶紧把那条鱼扔给它，真是要命，快！”埃迪冲戴维大喊，顺势翻过甲板室后墙跳进后舱里。

只听托马斯·赫德森又打了一枪，无奈还是“远弹”，又冲起一股水花。这会儿他觉得胃里一阵翻腾，肚子里好像被什么东西给死死揪住不放似的。他必须开第三枪。他也十分清楚这一枪有多么重要，他极力稳住自己，深呼吸，沉住气，小心翼翼地扣动扳机。可是这枪打出去后，仍只见水花在鱼鳍的前方冲起。如今他只有一枪可打，子弹已经没了，但是那鱼鳍还

[1] 即子弹落点远于目标所在地。

是杀气腾腾，直冲而来。这时候鲨鱼离小家伙只剩三十来码了，它如一把利刃划破水面长驱直入。戴维把叉齿上的鱼捋下来拿在手里，面罩推到脑门上，他镇定地瞅着那条向他直奔过来的鲨鱼。

托马斯·赫德森此刻正极力说服自己别紧张，一定要沉住气，什么也别想，凝神屏息，专心打好这最后一枪。眼看那鱼鳍摆动得越来越猛烈，他正打算扣动扳机，对准那鱼鳍根部前边一点点的地方，却突然听到船尾响起了冲锋枪“嘟嘟嘟”的开火声，鱼鳍周围顿时水花四起。紧接着又是“嘟嘟”一个短点射，那鱼鳍的根部立刻扬起一片密集的水花。随即他也扣下扳机，冲锋枪声此时再次响起，在短促而又密集的一阵“嘟嘟嘟”之后，那鱼鳍沉了下去。水下立马就像开了锅似的，转眼间水面上就冒出一头巨大的槌头鲨。这鲨鱼的白肚皮翻着，肚皮朝天歪歪斜斜地掠过水面，好像滑水板一样一路滑了出去，溅起两道大水花。那鱼肚皮白得发亮，丑恶刺眼，嘴巴足有两三尺宽，就像翘起嘴唇在狞笑，头上还长着两个分得很开的大角，角梢上各有一只眼睛：就是这么个东西，在埃迪雨点般的枪弹扫射下，在水面上一颠一跳的。没多久，它白肚皮上的黑点子枪眼就泛红了，接着那大家伙便一翻身沉了下去。托马斯·赫德森看见它不停地在水里打着滚沉下去。

“这几个孩子真急死人了，你快把他们都叫回来。”他听见埃迪在嚷嚷，“我真看不惯你们这样胡来。”

说时迟，那时快，罗杰早已飞快地向戴维游了过去，约瑟夫也把安迪拉上了小艇，然后把船向另外两个孩子划去。

“我的天！”埃迪说，“好大的槌头鲨，你以前见过这样大的吗？感谢上帝，让这种家伙在打人家主意的时候自己一定得露出水面。再次感谢上帝让它们生了这么个短处。这些个王八羔子可是没少占便宜。你看见没，那家伙到死还想跑呢。”

“给我来盒子弹。”托马斯·赫德森说。说话时他身子还在打颤，想吐。他高声嚷嚷：“赶快到这儿来。”水里的几个人正随着小艇往这边游，罗杰托着戴维，用力托他爬上小艇。

“啊，怎么不叫他们捕鱼啦，这一下能捕的鱼可多了。”埃迪说，“很快外洋的鲨鱼都要来分享这家伙啦。你就看着吧，这家伙一会儿就能招来满海洋的鲨鱼啦。汤姆，你刚才看见了吧？乖乖，这么大的一条槌头双髻鲨！难怪那家伙肚皮都朝天了还想跑呢，你瞧它后来那几个滚打得真是厉害！你注意到没有？小家伙当时拿着鱼打算要扔给这家伙。戴维这小家伙果真机灵！真是好样的！我看戴维这小家伙机灵得很！”

“我看还是让他们都赶紧回来吧。”

“那当然。我刚才说的是气话。必须让他们赶紧回来。你放心，这会儿他们要是还不想回来那才怪呢。”

“哎，刚才可是把我吓坏了。你那枪是从哪儿弄的？”

“还不是因为专员大人找我的麻烦，他不让我把枪带上岸，所以我就一直把枪藏在我那铺位底下的箱子里。”

“你的枪法可真准。”

“我的天，汤姆，这种要命当口哪会打不准啊！你没看见那鲨鱼杀气腾腾地向戴维冲来？戴维这小家伙倒是看着不慌不忙，就等着把鱼扔过去呢，我看他是胸有成竹地瞅着那直扑过来的鲨鱼，好在有惊无险！不过好家伙，见到戴维这么个好样儿的，我这辈子也活得值了。”

戴维他们下了小艇，一个个接着上船。小家伙们浑身是水，激动的情绪难以平复。罗杰就不同了，心有余悸。他没说话，过来跟埃迪使劲儿握手。埃迪说：“像这种涨潮的时候我们就不该让他们出海，本来就不该。”

罗杰还是一边摇头，一边伸出一条胳膊搂住埃迪。

“这事儿都怪我。”埃迪说，“你从外地来，不了解情况，我是当地人，这事儿不能怪你，都赖我。”

“别这么说，你已经是尽心尽责到家了，比我们尽责。”罗杰说。

“这不算什么，”埃迪说，“就这么点距离，谁还会打不中嘛。”

“那大家伙你可看清楚了，戴夫？”这回，安德鲁的口气可是客客气气的。

“起先只看得见它的鱼鳍，一直到最后靠近了我才看到了鱼身。可就在这时埃迪打中了。我就见那大家伙中弹先是沉了下去，不知道怎么回事很快又肚皮朝天浮了上来。”

埃迪拿了块干毛巾替戴维擦身子，托马斯·赫德森清楚地看见戴维这小家伙从两腿到肩背的皮肤上满是鸡皮疙瘩。

“是啊，那大家伙肚皮朝天浮在水面上了，居然还想逃跑，这样的事我倒还从来没有见过呢。”小汤姆说，“真是走南闯北到哪儿也没有见过这样的。”

“这样的事的确不常见。”他父亲对他说。

“要把这大家伙拿来称称的话，一千一百磅总该是有的吧。”埃迪说，“我看天下再不会有比这更大的槌头鲨了吧。哎哟，罗杰，你看到那槌头鲨的鱼鳍了没有？”

“当然看到了。”罗杰说。

“你们说，我们可以去把它抓回来吗？”戴维问。

“那怎么可能呢？”埃迪说，“你没见它打了好几个滚，再加上那么重的身体，像那样一直往下沉，鬼知道现在沉在哪儿。也许它已经沉到了好几百尺深的海底，这海洋里的大鱼小鱼都在庆幸有了这顿美餐。这会儿，只怕它已经把四面八方的鱼都招来了呢。”

“哎，我想要是能把它抓到该有多好呀。”戴维说。

“你就别异想天开了，戴维老弟。瞧你身上，还满是鸡皮疙瘩呢。”

“那时鲨鱼朝你袭来，你心里也害怕吧，戴夫？”安德鲁问。

“可不是吗？怕极了。”戴维老老实实地回答。

“当时你有什么想法没，打算怎么办？”小汤姆的口气中充满了敬重。

“我啊，当时就打算先把鱼扔给它。”戴维说。托马斯·赫德森望望正在说话的戴维，感觉自己肩膀上突然又起了鸡皮疙瘩，不由得心里一紧。“然后等它靠近了，瞅准它的正中面门一鱼叉刺过去。”

“唉，真是的。”埃迪嘀咕了一声，拿着毛巾转身准备走，“你想喝点儿什么，罗杰？”

“你有毒药吗？”罗杰问他。

“行了，别胡说，罗杰。”托马斯·赫德森说，“遇上这事儿其实我们大家都有责任。”

“是有责任，但是没有负起来啊。”

“好在事情已经平安过去了。”

“是啊，那也只好如此了。”

“那我去调两杯金酒来。”埃迪说，“汤姆已经来过一杯了，就在刚才闹得正紧张的时候。”

“没呢，我看到酒搁在那边他还没有动过呢。”

“都搁到这会儿了还怎么喝？”埃迪说，“我还是给你重新调一杯。”

“你真是好样儿的，戴维老弟。”小汤姆抑制不住自己万分自豪的心情，对戴维说道，“你等着吧，等将来回到学校，我就去给同学们讲讲你今天的故事。”

“你讲了他们也不会信。”戴维说，“你别讲了，除非我从此不上学了。”

“为什么不能讲？”小汤姆问。

“这个，我也说不清为什么。”戴维话刚出口，忽然就像个小孩似的哭了起来，“你说吧，可要是你说了人家还不信，我怎么受得了？”

托马斯·赫德森一把抱起戴维，把他揽在怀里，小家伙的脑袋就紧紧靠在老爸的胸前。另外两个孩子这会儿都很懂事地把脸背了过去，罗杰也把头转向别处。就在这会儿，埃迪端着三只酒杯从舱里出来，只见他的一个大拇指还扣在其中的一只酒杯里。托马斯·赫德森看到他这动作就知道他刚才在下面已经先喝过一杯了。

“戴维，好家伙，你这是怎么啦？”埃迪一来就问。

“没什么。”

“没什么就好。”埃迪说，“说得这么有志气，我听着喜欢，你这个亲爱的小鬼，淘气的小鬼。没事儿了没事儿了，不哭了，快下舱里去，让你爹好好喝一杯。”

戴维却没有动，站得笔直。

“等到了退潮的时候，我们可以去那个地方捕鱼吗？”他问埃迪。

“当然可以，那时候就只管放心地去捕鱼吧，不会再有什么危险了。”埃迪说，“大不了就是遇到一些海鳝。不过大鱼那时候也不会来，潮太低大鱼来不了。”

“那我们等退潮的时候再去一次好吗，爸爸？”

“埃迪说可以去就去，埃迪说了算。”

“你可别这么说啊，汤姆。”看得出来埃迪嘴上虽这么说，心里却是美滋滋的，就连那涂了红药水的嘴唇也显得喜滋滋的，再看他那布满血丝的眼睛，也显得喜不自禁，“不过依我说，谁要是带着家伙去了，却打不了那贼鲨鱼，那他倒还不如把家伙也扔了算了，别去那儿自找麻烦。”

“怎么，你把那大家伙打得还不够吗？”托马斯·赫德森说，“你这一顿打可真是太出色了。只恨我的嘴太笨，实在形容不出你打得有多出色，有多精彩。”

“得了，你用不着在这儿捧我。”埃迪说，“反正我一辈子也忘不了它那凶狠的样儿。杀得肚皮都朝了天还想逃跑，那情景怕是我这一辈子也忘不了喽。说真的，这么穷凶极恶的东西，你可曾见过？”

这会儿大家都坐在那儿等着吃午饭。托马斯·赫德森向海面上望去，看见约瑟夫把小艇划到了鲨鱼沉下去的那个地方。只见约瑟夫从小艇里探出身，拿着水底观察镜往水底下瞧。

“看到什么了吗？”托马斯·赫德森大声问他。

“水太深啦，看不清楚啊，汤姆先生。估计那大家伙掉到暗礁底下，这会儿八成已经躺在海底啦。”

“可惜啊，要是把它那副牙床骨弄来该多好啊。”小汤姆说，“晒干，挂家里，这主意如何，爸爸？”

“真弄回来，只怕我天天晚上做噩梦。”安德鲁说，“弄不到才好呢，我开心。”

“这样的战利品才有意义！”小汤姆说，“你想想，把它带到学校多有面子啊！”

“是啊，不过就算弄到了也该是戴夫的。”安德鲁说。

“不对，应该是埃迪的。”小汤姆说，“我相信我如果管他要的话，他一定会给我的。”

“要我说他肯定会给戴夫。”安德鲁说。

“戴夫啊，我看你就先别急着再出去了吧。”托马斯·赫德森说。

“我没急着出去啊，怎么也得吃过午饭，再过上好半天呢。”戴维说，“我得等到退潮时才能出去。”

“我的意思是说你不要急着再去摸鱼了。”

“可埃迪说过潮低了就没事了。”

“我知道，可我心里还是发怵。”

“埃迪说得不会错。”

“我就求你不要去了，行不行？”

“当然行啊，爸爸，你都这么说了还有什么不行？只不过我就是喜欢到水里去。去不去别处都不打紧，我最喜欢到水里玩了。而且既然埃迪说了——”

“那好吧。”托马斯·赫德森说，“我就说嘛，千难万难，求人最难啊。”

“我并没有这样的意思啊，爸爸。好吧，既然你要我别去，那我就不去。不过埃迪说了——”

“不是还有海鳝吗？埃迪不是说过还会遇到海鳝吗？”

“爸爸，其实海鳝到处都会碰到的。你忘了你自己还教过我碰到海鳝不要害怕，还教了我对付海鳝的办法，提防海鳝也有门道，更何况海鳝的洞是认得出来的。”

“是啊，我都让你去了有鲨鱼的地方呢。”

“爸爸，那是我们大家一块儿去的呀。这事怎么能单怪你呢。要怪都怪我，一下水就游得远了，主要是一条黄尾鱼没叉住，让它给逃了。海水染上了血腥味，这才招来了鲨鱼。”

“它像不像猎狗？”托马斯·赫德森说。他有意消除刚才的紧张情绪，“它这可真算得上是高速了，要说速度这么快的鲨鱼我也不是没见过，以前在信号礁一带的海里就有那么一条鲨鱼，只要闻到鱼味儿就飞速而来。不过今天我的枪法臭到家了，连开了四枪，竟然一枪也没有打中。”

“我都看见了，只差那么一点点就打中了，爸爸。”小汤姆说。

“没打中就是没打中，说啥都没用。”

“我看那家伙不是冲我来的。”戴维说，“它就是来抢鱼吃的。”

“可它也不会放过你的。”埃迪一边摆餐具准备开饭，一边说，“你想得可真天真，你身上带有鱼味吧，水里又有血腥，它怎么不敢吃你？就算是匹马它也会一口吃掉。这种鲨鱼最大的特点就是再大的东西都要一口吃掉才过瘾。上帝，咱别谈这档子事了好不好？我得再去喝一杯才行。”

“埃迪，”戴维说，“潮水低了再去真的安全吗？”

“是啊，我刚才不是跟你说了吗？”

“你这小家伙该不是还没死心吧？”托马斯·赫德森问戴维。他不再望向海面，心里应该平静了下来。他也想明白了：不管小家伙的动机如何，像戴维这样一再争着要去总归是好的，小孩子就应该这样。他也总算看清了：倒是自己，遇事就只考虑自身了。

“爸爸，我没有别的意思，我只是喜欢到水里去，比哪里都喜欢。何况今天天气又这么好，下海再合适不过了，说不准什么时候就又刮风了——”

“而且埃迪说了——”戴维还没说完，托马斯·赫德森就替他接了一句。

“对，而且埃迪说了——”戴维一边说一边对爸爸傻笑。

“埃迪说了，什么捕鱼什么下海的，你们都别扯得远了。快来敞开肚子吃午饭吧，再不来吃我可要一股脑儿倒进大海里啦。”只见埃迪站在那儿，面前摆着一大碗色拉、一大盆炸鱼，还有孩子们爱吃的土豆泥，“怎么不见那个乔呢？他上哪儿去啦？”

“找那条鲨鱼去了。”

“我看这家伙是疯了吧。”

埃迪又下到舱里去忙了，小汤姆则把菜一一传给大家，这时候安德鲁悄悄地问他爸爸：“爸爸，埃迪是个酒鬼吧？”

托马斯·赫德森这会儿正在往自己盘里盛凉拌土豆色拉，色拉上面撒了一层粗粗的黑胡椒末。这还是他教给埃迪的，模仿当年巴黎利普餐厅的做法，现在这道菜已经成了埃迪船上的拿手菜之一了。

“你看见他刚才开枪打鲨鱼了吗？”

“当然看见啦。”

“想想吧，难道酒鬼有这样的好枪法？”

他一边说着，一边给安德鲁的盘子里盛了些色拉，自己也盛了一些。

“我这么问心里对他没有什么别的看法，而是我坐的这个地方对面就是厨房，我们才在这儿坐了这么一会儿工夫，我就看见他不停地从一个瓶子里倒酒喝，喝了大概有八杯了呢。”

“那瓶酒是他自己的。”托马斯·赫德森一边给安德鲁解释，一边又盛了些色拉给他。像安德鲁吃饭这么快的家伙，他还没有见到过第二个，安德鲁说他在学校里就吃这么快。“安迪，别吃太快了。我知道埃迪每次来船上，都要带上自己的酒。据说大凡好的厨子都是喜欢喝两口的，有些厨子酒量还蛮大呢。”

“我刚才算了算他一共喝了八杯。等等，他正在喝第九杯。”

“安德鲁，你这个人是怎么回事儿？”戴维说。

“别说话了。”托马斯·赫德森对他俩说。

可是小汤姆却忍不住插了两句：“你也不想想，这次要不是埃迪，你哥哥刚才就没命了，他可是多么了不起的一个好人呀。你倒好，就因看见人家喝了几杯酒，居然就在背后说人家是酒鬼。你不适合跟人相处！”

“我没有叫他酒鬼。我问爸爸就是想知道他到底是不是酒鬼。我也没说酒鬼就不好。我只是想了解一下他到底是不是酒量很好的人罢了。”

“等我将来挣了钱，第一笔就拿来请埃迪喝酒。不管他喝什么，反正他想喝啥我就给他买啥，我不但要请他喝，还要陪他一起喝呢。”小汤姆摆足了架势说。

“喝什么呀？”埃迪在扶梯口那儿露出脑袋，旧毡帽推在了后脑勺上，晒得黑黑的脸庞上方出现了一大圈白印，涂着红药水的嘴角叼着一支雪茄，“除了啤酒，你们三个要是胆敢偷喝，三个娃娃一个也别想跑掉，非把你们揍个半死不可。不许再谈喝酒了。要不要再来点儿土豆泥？”

“那就劳驾你了，埃迪。”小汤姆说完，埃迪便又下舱里去了。

“好，马上就是第十杯了。”安德鲁从扶梯口向下望了一眼说。

“你少在这儿啰唆，大骑士。”小汤姆对他说，“你不懂得如何尊敬这样了不起的人吗？”

“再吃点鱼吧，戴维。”托马斯·赫德森说。

“我捕的那条黄尾大鱼呢？”

“大概埃迪还没有来得及下锅烧吧。”

“那我就来一条黄石鲈好了。”

“嗯，这种鱼味道可鲜呢。”

“要是能把叉住的鱼马上就烧来吃，我看味道一定更鲜美，因为这一叉子下去就见了血，活杀的鱼最鲜最好吃，是不是这样，爸爸？”戴维说。

“爸爸，请埃迪来跟我们一块儿喝一杯吧，好不好？”小汤姆问。

“好啊。”托马斯·赫德森说。

“他跑来跟我们喝过一杯了，你们忘啦？”安德鲁插话说，“我们一上船他就迎出来喝了一杯。这么快你们就不记得啦？”

“爸爸，我想现在再去请埃迪来跟我们一块儿喝一杯，让他也跟我们边聊边吃饭吧，你说好不好？”

“那太好了，你去吧。”托马斯·赫德森说。

小汤姆说着就跑进舱里去了，托马斯·赫德森听见他说：“埃迪，爸爸让我来请你到上边去，跟我们一块儿喝酒，你给你自己调杯酒咱们上去吧，跟我们一块儿吃饭。”

“不吃啦，汤米。”埃迪说，“我从来就没有吃午饭的习惯。一般我是早饭吃一顿，晚上再吃一顿。”

“那就上去跟我们一块儿喝一杯，总可以吧？”

“哎哟，我都已经喝过好几杯了，汤米。”

“行，那你就陪我喝一杯，我来瓶啤酒陪陪你，好不好？”

“好，就听你的，小家伙。”埃迪说。托马斯·赫德森听见冰箱门一开一关，“来，祝你好运，汤米。”

接着托马斯·赫德森听见两个瓶子在舱里碰得叮当响。他看了眼罗杰，罗杰正望着大海。

“祝你好运，埃迪。”他听见小汤姆说，“能跟你干一杯，真是我的荣幸。”

“哪儿的话，汤米。”埃迪对他说，“我能跟你干一杯才是有幸呢。我今天真是太开心了，汤米。我打死了那条贼鲨鱼，你看到了吗？”

“当然看到了，埃迪，你真厉害。你真的不去跟我们一块儿吃点儿？”

“不吃啦，汤米。我真的不吃啦。”

“那我也在这舱里陪陪你吧，免得你一个人喝酒怪冷清的。”

“你不用陪我，汤米。你脑子里该不会在胡思乱想些什么吧？我又不是不喝酒就过不下去的那种人。我过得很好啦，除了替人做做饭混口饭吃，啥都不用操心。没别的，今儿个我心里痛快，汤米。你真看到我打死那条鲨鱼啦？真的看到啦？”

“看得一清二楚呢，埃迪，你干得太棒了，打死了那么大一条鲨鱼，我今天算是开了眼界。我倒没有胡思乱想，就是特别想问你，你一个人在舱里不觉得冷清吗？要不要人陪陪你？”

“我这辈子还从来不知道冷清两个字怎么写呢。”埃迪对他说，“我这人本来就喜欢快活，在这儿越发觉得快活了。”

“埃迪，不管你说什么我都要留在这儿陪陪你。”

“真的不用，汤米。对了，这儿还有盘鱼，你快端上去吧，赶紧到上边好好吃饭去。”

“我先端上去，然后再下来陪你。”

“我这儿没病没痛，汤米，真的不用陪我。我真要是有个什么病痛，倒很希望你能来陪陪我。不过我现在心里痛快着呢，真的，可以说我从来没有这样痛快过。”

“好吧，埃迪，你的酒真的够喝吗？”

“够啦够啦。不够的话我自然会向罗杰和你爹借一瓶来喝。”

“那好，我这就把鱼端上去。”小汤姆说，“埃迪啊，看到你我就觉得很开心，真是太好了。”

小汤姆端着那一大盘香喷喷的鱼来到了后舱。盘里盛着黄尾鱼、黄白两种石鲈鱼，还有石斑鱼。埃迪的做法很特别，他在它们胸腹上划一道道长条切口，切口很深，呈倒三角沟状，露出白白的鱼肉，炸得又黄又脆，很是鲜美。他把盘子依次递到各人的跟前。

“埃迪刚才说他多谢你，酒他也喝过几杯了。”他说，“还说他这人从来没有吃午饭的习惯。这鱼味道怎么样？”

“鲜极了。”托马斯·赫德森对他说。

“你也尝尝吧。”小汤姆对罗杰说。

“好。”罗杰说，“我来尝下。”

“怎么，你还什么都没吃吗，戴维斯先生？”安德鲁问。

“是啊，安迪。我这就吃。”

第八章

托马斯·赫德森在夜里醒来好几次，每次醒来都听见小家伙们熟睡的轻微鼻息。借着月光，三个小家伙和罗杰都看得一清二楚。罗杰睡得好香，睡觉的姿势一动也不动。

最近的日子里有他们陪在身边，托马斯·赫德森觉得生活真正快乐起来了，他巴不得孩子们和罗杰都不要走。他们没来的时候，本来他独自一个人过着倒也快乐。每天也都干着工作，对这一点他早就适应了，虽然冷清一点但他还能够承受。可是如今小家伙们一来，把他建立已久的这套生活规律完全给打破了，好在他对新的生活不但习惯，而且非常享受。诚然，原先的那套“闭关自守”的生活规律对他来说也不失为一种乐趣：工作是生活里最重要的事情，每做一件事情都有固定的时间，东西从来不乱放乱丢，各有其所。当然吃也是少不了的，一日三餐到时候保准有加酒，想要看新书就有新书可看，想要翻翻旧书的话也还有许多旧书可以开卷重读。在这样按部就班的生活中，就连每天的报纸送不送得到都成了一件大事，而且因为报纸不是每天必到，所以假若少看了一天报纸的话，心里竟然不免会有一种怅然若失的感觉。想必这也就是为什么孤独的人往往会想出一些点子来保护自己，甚至可以说是借以摆脱寂寞。他的生活中就不乏这样的点子。他给自己定了很多规矩，也逐渐养成了不少习惯，有的是有意的，有的则是无意的。但是自从这个夏天小家伙们来了以后，这些规矩呀习惯呀就统统被他抛在脑后，不必遵守，确实也没法儿遵守了，因此他自己也感觉好像松了一大口气。

不过转而一想，回头等孩子们都走了，他还得再从头按照这一套生活来过，顿时感觉心里很不是滋味。他心里比谁都清楚那样的生活是什么样。一天里称心的不过也就半天时间：屋子干净整洁，适合思考问题，看书的时候保管耳边不会有人说话，有什么看法尽可以都放在自己肚子里，工作时不受外界干扰。但是他知道，除了这称心的半天，余下的可就只有寂寞了。孩子们占据了他的大半部分生活，一旦孩子们离开，他心中绝对会留下大片的空白，那种空虚寂寞和想念，他可是得生生地承受了。

经过这么些年下来，他的工作和生活已经有了非常牢固的基础，就是在岛上傍湾流而居。他估计这种生活一时半会儿是垮不了的。但是在他生活里可以与寂寞对抗的也就只有那几个帮工，还有无非就是他的那一套生活习惯和做事规律，而且他现在深知自己的内心开拓出了一大片新的疆土，一旦孩子们离他而去，寂寞就将长驱直入。可那也是没办法的事儿啊！他反过来又想，反正这些都是以后的事儿了，既然是免不了的，怎么惧怕都毫无益处。

今年夏天过到现在，他自我感觉运气还算不错，或者可以说是相当不错了，过得很愉快。好几次差一点就要捅出大娄子了，最后也都被他一一化解掉，想想真是有惊无险。不光是一些很大的风波如此，好比那天晚上，罗杰和那个讨厌的家伙在码头上打架的事也是如此，本来是很有可能要闹出大乱子来的。也不光是像今天戴维险遇恶鲨的事是这样。他想了想，真的是就连各种各样的琐事，也都进行得顺顺当当的。原来这就是幸福，极其平常的幸福。因为睡不着，他索性让思想活跃起来。其实这道理真的很简单，往往那些脑子平常的人要比一些主意多多、脑子灵活的人过得更幸福，后者反倒是弄得自己苦恼，也弄得身边的人都跟着不好过。他试问自己，以前怎么就不晓得幸福竟是这样平平淡淡呢。以前他总觉得幸福是比什么都刺激的，所谓幸福的感受可以极其强烈，跟伤心可以伤到断肠一样强烈。尽管这种想法也许并不正确，但是长久以来他却真的是这样认为的。他和孩子们在这个夏天已经足足享受了一个月的幸福滋味。如今幸福的日子虽然还在继续，但是一到夜晚，他就明显地感受到与幸福相对的寂寞滋味了。

说到孤身独居的滋味，他完全称得上是已经遍尝无遗，再说跟自己相爱的人住在一起，他也是早就有过体验的。他一向明白自己很爱孩子，可是以前还没有意识到自己对三个小家伙的爱竟是这样深，身边如果没有了他们竟又是这样难以忍受。此刻他真巴不得能把他们长久留在身边，也巴不得能跟汤姆的妈妈恢复婚姻关系。可这样的想法闪现不过几秒就消失了，他甩甩头觉得自己还真是傻气。那等于是巴望自己能拥有全世界的财富，然后用你最明智的方案来规划使用；等于是巴望自己的画技直追列奥纳多[1]，或达到勃鲁盖尔一样高的水平；等于是巴望自己能拥有绝对的否决权，并且凭借一己之力就可以惩治世间的一切

[1] 列奥纳多·达·芬奇（Leonardo Da Vinci，1452—1519）。列奥纳多是他的名。

邪恶，一旦坏事露头就能立即察觉，万无一失，而且绝无差错，随后就以按电钮那样简单易行的方式加以禁止。光有这样的权力还不行，自己还得体不衰、脑不坏，长生不死，永远健在。今天晚上他确实有点儿想入非非，他想要的就是这样的好事儿。可惜这些都是不可能办到的，就好比孩子们是留不住的，心爱的人死了也不可能重生，这一切如果走出了你的生活就不可能复原了。当然，除了这些不切实际的想法，总还有一些想法是可以办到的，其中一条便是：身在福中要惜福，当幸福就在身边的时候就要好好地珍惜幸福的时光。怎么样，这一条就很好吧。他想了想自己身在福中的时候，幸福的到来也是因了多种多样的因素。不过眼前的这一回幸福，在这一个月里，是四个人给他带来的幸福。从某些方面来说，这完全比得上当年一个人所能给他的幸福。而且最让人欣慰的是，这一回至今都没有出现过不愉快。真的，半点儿不愉快都没有。

他现在即使睡不着也并不觉得苦恼。他想起了好久以前，有一天夜里也是睡不着觉，就躺在床上想着三个孩子的抚养权，想想自己是多么愚蠢，竟放弃了这三个孩子。当时他觉得自己是情非得已，不得不这样做，或者说是自以为是的决定。可想而知，这就造成了一连串的灾难性的错误判断，而且犯的错一次比一次严重。事到如今他已经把这些都看作不能改变的陈年往事，也不再感到悔恨了。他是做了傻瓜，而且他也受到做傻瓜要受到的惩罚。不过既然都已经过去了，眼下孩子们不都在这儿吗？大家一起欢乐地过着假期，他们是爱他的，他也爱他们。那么这些事儿暂时也就只好这样了。

孩子们来他这儿小住，假期满了就要回去上学，到那时他又要感到寂寞了。不过转念想想这也只是个过渡，等到下一个假期他们还是要来的。好在他还有罗杰作伴。如果罗杰决定留下来写书的话，他这日子也就不那么寂寞了。不过他感觉总也摸不透罗杰的心思，虽然向他发出邀请了，但从他的话语来看也不知道他到底打算怎么做。想起罗杰，他在黑暗中不禁笑了，他对罗杰不觉起了怜悯之心，可是很快这想法被他压制了，如果这样未免也太对不起朋友了，罗杰可是最讨厌人家可怜他的，托马斯·赫德森只好收起自己的思绪。深夜里听着他们轻微的鼻息，渐渐地，他也睡着了。

可是还没睡多久月光照到他的脸上，他又醒了。醒来后无事可想的他又琢磨起罗杰来，想起了跟罗杰好过的那些女人。说实话，在对待女人这方面他和罗杰一样笨拙，一样无能。既然不愿意想自己干下的那些蠢事，他就只能去想罗杰的。

他自己在心里揣摩：自己只是想想又没什么，只要我不去可怜他，就不是对不起朋友。再说我自己也曾经麻烦不断，所以想想罗杰遇到的那些麻烦根本就不算是对不起他。不过，我自己的麻烦跟他不同，那就是我真心爱过的女人只有一个，后来却把她丢了。不过这样的陈年往事我已经不再去多想了，个中缘由我自己心里比谁都清楚。按说罗杰的事恐怕也是不要去多想的好。但是烦人的月光照在脸上，弄得他睡不着觉，因此他今天晚上又想起罗杰的事儿来了，想起他所知道的罗杰跟女人的交往，那些看似正经却又十分滑稽的事儿来。

他不由得想起了罗杰在巴黎时最后爱上的那个姑娘。当时他和罗杰都住在巴黎，罗杰就把姑娘带到他的画室里来。他第一眼见那姑娘觉得她真是婀娜多姿，可也真会装腔作势。他不明白罗杰为何一点也看不出她的装腔作势。或许这个姑娘是罗杰的又一个幻觉。罗杰有个优秀品质，一向待人忠诚。这下可好，他一股脑儿把真心给了这个婀娜的姑娘。最后，两人都有了结婚的意思。其实，熟悉她的人个个都知道这个姑娘是个什么样的人，而且都能看得清清楚楚的，可是罗杰却是到了要结婚时，也就是在个把月的工夫里才突然看清她。不用想也知道，在刚看透她的时候，他的日子肯定很不好过。不过罗杰又到画室来的那一天，已经是过了些日子，也把她早就看得再清楚不过了。当时他看了一会儿画，提了很有见地的一些意见。这些都说得差不多了，最后才说："我已经跟那个艾尔斯说了，说我不想跟她结婚。"

"好。"托马斯·赫德森记得自己当时这么说的，"怎么这么突然？"

"不能说是很突然。早就听了些风言风语。这女人就是在那儿装呢。"

"不会吧？"托马斯·赫德森说，"怎么装？"

"她就是在跟我装假，彻头彻尾的，怎么看都是装。"

"我还以为你挺喜欢她的。"

"不。我试着去喜欢她。可我实在做不到，不过一开始我确实爱过她。"

"爱过是指什么？"

"你知道的。"

"对。"托马斯·赫德森说，"我应当知道。"

"那你不喜欢她？"

"不喜欢。简直受不了。"

“那你怎么什么也不说？”

“她是你的女友啊。再说你也没问过我。”

“反正我现在已经跟她敞开来说得很明白了。既然已经说了，就一定要说到做到。”

“你最好离开。”

“不。”他说，“让她离开。”

“我只是觉得你离开更干脆利索。”

“这既是她住的城市也是我生活的城市。”

“我明白。”托马斯·赫德森说。

“那一不也是强硬了一下才解决的，对吧？”罗杰问。

“是啊。这样的女人欺软怕硬，非得来硬的。要不你搬离这个地区吧？”

“可我已经在老地方住习惯了。”罗杰说。

“我倒是记得碰到这种情况的话，在法语里有句俗话是这么说的：*Je me trouve très bien ici et je vous prie de me laisser tranquille.*[1]”

“是的，不过前边还得加一句*je refuse de recevoir ma femme.*[2]”罗杰说。

---

[1] 法语：我在这里挺好，请不要打搅我。

[2] 法语：我的女人来了我不见。

“人家这话是对*huissier*[1]说的。不过这又不是离婚，不过是恋爱不成分手罢了。”

“可如果以后你见了她心里不会觉得不好受吗？”

“不。要是见了她，听她说话，兴许我的毛病还都好了呢。”

“那她以后怎么办？”

“你还担心她自己没有个算计？这四年来她算计我还不够吗？”

“五年。”托马斯·赫德森说。

“不过我看第一年她倒没有算计我什么。”

“你还是走吧。”托马斯·赫德森说，“如果你觉得她第一年没有算计你什么的话，那我认为你还是赶紧远走高飞。”

“不行，她写信可厉害着呢。我真要一走反而坏事了。这回我就要留在巴黎，好好地玩它个够。我下定决心要一劳永逸地彻底治好这毛病。”

在跟这姑娘的关系彻底破裂之后，罗杰还真就在巴黎大玩特玩。表面上他还把这当个笑话来说，不惜拿自己取笑，其实内心早已火冒三丈，因为自己竟然做了这么大的蠢事。本来他身上那种忠诚待人的优良

[1] 法语：指的是看门人。

品质是他最难能可贵的优点。如今这对他来说已经无所谓了，远不及画画、写作的才华重要，当然也不及他风度好、体格强来得重要。如此一来，他索性就肆意地、无所顾忌地糟蹋自己的忠厚本质。要说他这样放荡的生活对谁都没好处，对他自己危害更大，这点他自己也明白，而且也深以为恨，然而他却还是乐此不疲，继续进行着“拆圣殿柱子”的错误。谁都知道一旦一个人在心灵上搭建起了一座圣殿，这座圣殿不仅结构良好，而且造得很坚实，想要拆毁可不是那么容易的。不过他当时也真是够了。

罗杰一连搭了三个女人。托马斯·赫德森认为：这三个女人都是只能跟她们客客气气，万万不可有半分亲近的。为什么罗杰会一而再、再而三地搭上这同一种类型的女人呢，恐怕只有一个理由可以解释，那就是后两个女人活脱脱就是那头一个女人的翻版。话说罗杰跟原先的女人前脚刚分手，这后面一个女人就粉墨登场了。尽管那第一个女人的地位和出身都比罗杰低那么点儿，但她在床上一向是春风得意，而床下也是有利必钻：先是从美国一个排名第三还是第四的大财东那里捞了不少，后来又嫁了个大阔佬，肯定也得了一大笔。这个女人名叫塞妮斯，可是在托马斯·赫德森的记忆里，罗杰不但从来不这么叫，还一听到这个名字就皱眉。谁也没有听过他叫塞妮斯的名字，每次提到她，他都说的是“骚货大王”。要说这个女人的人品嘛，她看上去就像是钦契[1]家的一个年轻女人，每时每刻都打扮得漂漂亮亮。一身黑黝黝的肌肤也很光洁，可脸上时不时地露出一股乖戾的邪气。她的心地和赛马场上分赌彩的那台机器相比可以说不相上下。她在罗杰身旁并没待多久，等到条件成熟，她前一只脚稳稳当当地踏进了上流社会，后一只脚就甩掉了罗杰。

被女人甩，对罗杰来说还是第一次，这给他的刺激着实有点儿大，或许就是这个原因，很快他又搭上了两个跟她长得极像的女人。真够怪的呀，这三个女人活脱脱就像是一户人家里走出来的三姐妹。不过这后面两个女人可是被他硬生生地给甩了。托马斯·赫德森觉得罗杰直到连甩了这两个女人似乎才出了口气，不过真要说到完全消气那还差得远呢。

罗杰跟这后面两个女人的分手，没有闹任何不愉快，更没有一句吵架拌嘴，他跟其中一个约在“二十一

[1] 这里指的是比阿特丽斯·钦契一家。比阿特丽斯·钦契（1577—1599）本是一名罗马贵族妇女，因联合兄弟、后母谋杀了残暴的生父，被教皇处死。历史上以她为题材的文学作品很多，雪莱亦著有《钦契一家》。

点”[1]好好叙叙，然后借上洗手间就一去不回了。无论怎样，这样一走了之甩人的方式显得没礼貌也不可爱。不过罗杰却正经八百地说，他可是堂堂正正地在楼下付完账才走的。据他自己说，他后来很喜欢回想最后一眼看到她的情景：一个人坐在大厅角落里的餐桌旁，看着她喜欢的如此气派的饭店，跟她是那么搭！

至于另外一个女人，他原打算把她甩在她喜欢得不得了的白鹤夜总会[2]，不过他又担心比林斯利先生会不高兴，那就算了吧，他有时还得向比林斯利先生借钱花呢。

“那你最后是在哪儿甩的人家？”一次托马斯·赫德森问他。

“在摩洛哥动物园。我让她坐在几头斑马中间。反正这摩洛哥动物园她是非常喜欢的。”他说，“不过我想这斑马栏的幼仔房才应该是真正让她刻骨铭心忘也忘不掉的。”

这段儿过后，他又和另一个女人混在一起，托马斯·赫德森的直觉告诉他，像这么个见貌难见心的女人真是天下少见呀。要说相貌，这位长得总算不再像

[1]位于纽约的一家著名高级餐馆。

[2]一家夜总会，20世纪三四十年代在纽约非常红火。比林斯利应该是该夜总会的老板。

“钦契”家的了，甚至是完全不同，也不太像公园大道[1]版的波吉亚[2]之流。她看上去十分健硕，头发是茶色的，有着修长的玉腿、曼妙的身段，还有一张聪明活泼的脸蛋。她的脸蛋虽说没有多惊艳，却真的是要比常人好看得多。她的一双眼睛才是她最美丽的地方。最初跟她乍一相见，感觉这不但是个聪明的姑娘，而且非常和蔼可亲，事实上她却是个十足的好酒之徒。要说是酒鬼倒也说不上，因为单从她的表现上还看不出那嗜酒如命的特点。她不过就是喜欢没日没夜地喝个不停而已。通常要看一个人喝酒是不是厉害，从这个人的眼睛里就能看得出来。比如罗杰，一喝酒眼睛马上就变颜色。可是你看看这个叫凯瑟琳的姑娘，她的一双茶色的眼睛长得那么水灵动人，和她的茶色头发是那么和谐，仔细看还能看到在鼻子周围和两颊还长着几点可爱的小雀斑。总之，她身上的每个细胞都透露出一派健康和悦的气息，实在是让人看不出有什么嗜酒的癖好。这么个姑娘，看去倒应该像是经常驾驾帆船，或者是搞一些野外活动之类的人，所以身体才会这么好。就是这么个姑娘，看起来也挺开心的。

[1]公园大道是纽约的一条街道，该街道上坐落着很多时髦豪华的公寓。

[2]卢克雷齐亚·波吉亚（1480—1519）：罗马教皇亚历山大六世的私生女。波吉亚家族以政治手腕毒辣闻名，擅长玩弄政治婚姻阴谋。

可是谁也想不到，她竟纵酒无度。她这条帆船可真是够蹊跷的，也不知她最终要驶到哪里去，反正行驶到中途她就让罗杰上了船。

那会儿托马斯·赫德森正好在纽约租了一间画室。那天，罗杰一大早就到画室来了，托马斯·赫德森一眼就看到他左手手背上尽是伤痕，而且可以肯定那是被香烟烫的，看去就像有人要把烟头掐灭，便一个又一个地在桌面上使劲儿碾，而他的手背就硬是给当成了碾烟头的桌面。

“昨天晚上她硬是要来跟我闹，看看这都是让她给胡搞的。”他说，“你这儿有碘酒吗？我这副样子可不好上药店去。”

“她是谁？”

“凯瑟琳。就是那个像是每天都在外边野的那位姑娘。”

“你怎么能由着她胡闹呢？”

“她就喜欢这么胡闹，女人嘛，她乐意的事儿我们还不由着她？”

“你被烫得不轻。”

“其实这倒也没什么。但我想了想，我还是得离开纽约，去别的地方待上一阵子。”

“你爱去哪儿只管去。”

“话是没错。不过我不想那么多相识的朋友都不知道。”

“你想去哪儿？”

“听说西部不错，想到那里去住一阵。”

“住哪儿其实都一样，换个地方也解决不了你的问题。”

“的确是这样。不过，去一个新的地方，过健康的生活，好好地干活儿，是没有害处的。虽然戒酒估计解决不了我的问题，但是这酒我要是再喝下去没半点儿好处。”

“好吧，那你就走吧。你要不要考虑一下，去我那个牧场住住？”

“牧场还在你手里吗？”

“嗯，还有几间屋子是我的。”

“我可以去那儿吗？”

“当然可以。”托马斯·赫德森对他说，“只是那个地方春天之前的气候条件非常恶劣，即便是春天也不见得有多好。”

“我就是要去条件艰苦些的地方。”罗杰说，“我要以此开始我的新生。”

“你倒说说这是你第几次新生？”

“还真是记不清次数了。”罗杰说，“得了得了，你别老揭人家的旧伤疤。”

这样看来他现在是计划要重新开始他的新生了，这一回他是不是就能有结果，真的就新生了呢？他这人到底是怎么搞的？难道他真的以为听命于市场上的要求，沿袭那些能够赚钱的模式，就可以写出真实、优秀的作品来？他不觉得这样写书简直就是浪费自己的才华吗？说到底，无论是画家的画作，还是作家的那些作品，都与他本人的修养、他在这一行磨炼所修得的功力分不开。罗杰是有才华没错，不过这些年来他也扔了不少，浪费了不少，还有的就是彻底用错了地方。不过他即使浪费了这么多，依然元气满满、体力充沛，灵性也还没有受到多大的侵蚀，所以从头干起也未尝不可。托马斯·赫德森心里暗自思量：按理说一个有才能的作家只要为人正直，他必然会写出一部好的小说来。可是罗杰这个作家呢，在他应该为写一部好作品而用功的时候，却在肆意糟蹋自己的才能。谁知道这一番糟践过后他是否还有灵气？至于写作的技巧那就更不用多说了。他心想，倘若你平时就是个忽视技巧、看不起技巧，甚至是对技巧嗤之以鼻的家伙，哪怕只是故作姿态的嗤之以鼻，真等到了非得用技巧不可的时候，难道你还指望能笔下生花？脑筋一转起来就会有技巧从天而降？要明白，技巧是什么也替代不了的，托马斯·赫德森心想。当然，才能也是什么都替代不了的，说白了这两者都是放不到酒杯里去的。到底才能在哪里？其实它就在你的身上，在你的心中，在你的脑子里，它就在你身上且无处不在。同样，技巧也是一样。他心想，那种仅仅把技巧当作自己会用的一套工具，对于创作者来说显然是不够的。

他转念又想，跟作家相比，似乎画家要幸运一些，因为画画这一行实在是有太多的参考和凭借。而且我们画画得好就好在是靠手，要说技巧那可都是实实在在的硬功夫。所以罗杰就不一样了，他现在要从头干起的话可以依靠什么？就他那点老底儿早都叫他给作践了，糟蹋了，败坏了，而且这一点他都是藏起来的。当然话说回来，别看他浪荡了这么些日子，但可以肯定地说，从根本上看他的品质依然高尚正派，甚至可以说是优秀的。这“优秀”两字，我要给作家去评的话是不会轻易说出口的，托马斯·赫德森心里这么想。但事实上罗杰能有现在这样的表现，足以证明他是真的具备这样的品质。你必须相信，如果他把码头上打架的那种精神用在写作上，尽管这样干的过程会艰苦些，但最后一定是会出成果的。如果他能像那天打架后那样用清楚的头脑来思考问题，如果他能保持这样的思考状态，那他的前途还是相当乐观的。

思来想去，月光从托马斯·赫德森的脸上溜走了，渐渐地他也就不再去想罗杰。是啊，想有什么用？他干得成与干不成，关键都得看自己。不过他要是真干成了，那结局再好不过。我希望自己能助他一臂之力。这个忙我也许还是能帮的，他想。就这么想着想着，他一会儿就睡着了。

第九章

第二天早上，当太阳照到身上的时候，托马斯·赫德森自己就醒了。他照例下楼先来到海边下海畅游一番，才溜达回来吃早饭，进屋看见他们几个还在熟睡。埃迪说依他看今天很有可能是个静风天，不太可能出现什么能掀起狂浪的海风。船上的钓鱼用具他都准备妥当，现在派人去弄鱼饵。

托马斯·赫德森想，这船闲了这么久，很长时间没有出海去钓大鱼了，便问埃迪有没有检查一下钓线。埃迪说他检查过了，并且把烂线都去掉了。他接着说，需要添置一些三十六号线，尤其二十四号线需要多添一些。托马斯·赫德森点头表示回头派人去买。埃迪扔掉烂线后，暂时用好线补上，一段段拼接起来，把两个大号绕线轮子绕得满满当当的，看着倒也够用了。大鱼钩也都擦干净、磨尖了，还要接钩绳和转环，不过也都一一检查过了。

“这些事儿你是什么时候干的啊？”

“昨晚一晚上没睡，连夜接的钓线。”他说，“接完了钓线又看到网有点问题，于是我又开始编网，你瞧这张网就是我新编的。哎，都怪那要命的月光，搅得人睡不着觉啊。”

“是吗？你也是满月这几天睡不着觉？”

“可不是嘛。那睡不着的滋味真是叫人苦恼。”埃迪说。

“埃迪，你也相信睡觉时身上有月光照耀当真是对人有害的吗？”

“反正老一辈的人都是这么说的。到底是什么样儿我也不敢说。只是觉得睡觉时月光照在身上总不是个滋味儿。”

“你看我们今天出海会不会有收获？”

“这事儿可就难说啊。接理说这个时令的海上应该是有些大鱼的。你打算今天跑到老远的地儿去，到艾萨克[1]去钓？”

“小家伙们说想去那儿钓鱼。”

“去那儿的话，那我们吃罢早饭就得动身了。中

[1] 位于美国佛罗里达海岸以东的比米尼以北的地方，有大艾萨克岛和小艾萨克岛。

午我也不打算生火做饭了。眼下有现成的吃的：海螺色拉、土豆色拉和啤酒，我再做些三明治就够了。你记不记得上回渡轮捎来的一块火腿？我们还没吃呢。哦，对，我这里还有些莴苣，切完拌上点芥子粉和那种叫印度酸辣酱的，这不一道菜又成了嘛。不过让孩子们吃点芥子粉不碍事吧？”

“应该没事。”

“记得我还是小孩子的时候，很讨厌芥子粉，从来不吃。还有用那个印度酸辣酱来夹三明治吃，哎呀，那才叫一个美味，你吃过没有？”

“没。”

“你刚买来这玩意儿那阵子，我想不明白这东西该怎么吃。索性就拿它当橘子酱涂面包吃了。结果一尝，味道还挺好的。后来我就经常拿它当作酱料来涂面包、糕饼什么的。”

“我们过些天再弄些咖喱来烧菜，好不好？”

“我已经托渡轮上的人下一趟来的时候替我带条羊腿来。不过想到小汤姆和安德鲁他们在一起吃饭，我们就暂时别给饭菜里添咖喱，等吃过了两回——我看一回也可以了吧，然后再来一顿咖喱腿，如何？”

“好啊。想想今天就出海钓鱼了，还有什么事需要我办的吗？”

“没什么了，我都准备好了，汤姆。你快去叫他们起床就是了。你现在想喝一杯吗？要不我给你调一杯？反正你今天也不画画，喝一杯也没关系的吧？”

“那一会儿吃早饭时，给我来一瓶冰啤酒就好。”

“好极了。冰啤酒可以祛痰，有痰可真是讨厌。”

“乔来了吗？”

“还没有。弄鱼饵的那小子到现在还没来，他去找了。我这就给你把早饭端出来吧。”

“不急，我还是先去把船开出来。”

“你不用忙活了，就到饭厅开一瓶冰啤酒，一边喝一边看报纸。船我早就替你准备得妥妥当当的了。去吧，我这就给你把早饭端出来。”

埃迪准备的早饭有炒得黑乎乎的咸牛肉末土豆泥，还加了个炒得金黄的鸡蛋，配的是牛奶咖啡，外加一大杯冰镇葡萄汁。托马斯·赫德森没有喝咖啡和葡萄汁，要了一瓶冰透的喜力啤酒。他就一个人在那儿一边喝啤酒一边吃土豆泥。

“我把葡萄汁再拿去冰上，一会儿给小家伙们喝吧。”埃迪说，“清早起来喝这种啤酒挺够劲儿吧？”

“是啊，感觉人变酒鬼其实是很容易的事情，你说呢，埃迪？”

“放心吧，你是变不成酒鬼的。你的心思都用在画画上了，生活也规规矩矩的。”

“不过一大早来两杯，那种感受还真是挺爽。”

“你这话说得可是太对了，尤其是喝点儿够劲儿的，就像这种啤酒。”

“可是一旦我喝了酒就根本画不了画。”

“那有什么关系呀，反正你今天又不画画，一点儿也不碍事儿。这瓶你喝吧，完了我再给你拿一瓶。”

“行了，我喝一瓶也就够了，不想多喝。”

很快他们就出发了，那时候还不到九点，船随着潮水顺利地上了航道。托马斯·赫德森在驾驶台上掌舵，他的船经过水底的沙洲，一直驶向外海。

他们的船沿着湾流的边沿行驶着，在外海那边有一条黑乎乎的线，那就是湾流的边沿了。海面上波澜不惊，清澈至极，连三十英寻深的海底[1]都看得一清二楚，真的是就连海扇随着潮流纷纷弯倒了身子都看得十分清晰。再深一点的四十英寻深的海底也还能看见，只不过有些朦胧，再深些便都是黑乎乎的一片了。这时候他们的船也终于来到了这片水色深浓的湾流里。

“哇，今天天气真棒，爸爸。”小汤姆说，“湾

[1] 1英寻约合1.828米。30英寻约等于55米，40英寻约等于73米。

流的势头看来也挺足的呢。”

“的确。你瞧，边沿上有小小的浪卷说明那里就有漩涡。”

“这海水真的和我们家门前沙滩上看到的那个海水一样？”

“有时候就是一码事呢，汤米。这会儿正是退潮的时候，潮水把海上的湾流往外顶，这样一来，湾流就到不了我们家所在的港湾的口子外。所以你在家门前沙滩上看到的海水，就是那些无路可出而又倒流回来的潮水了。”

“可是在我们家门前看到的海水颜色，简直跟这儿的蓝色一模一样。为什么湾流的海水这样蓝呢？”

“那是因为这两种海水的密度不一样。这种海水的水质本身就和一般的海水不一样。”

“可按理说应该是水越深，水色也就越深吧。”

“其实那是源于你盯着海底瞧所产生的视觉效果。你知道不，倘若水里有浮游生物的话，海水还会深得发紫呢。”

“为什么？”

“我想大概是因为浮游生物本身是红色的，红蓝混在一起就成了紫色。据我所知，红海之所以被称作红海，就是因为海里有很多浮游生物，使得海水看上去像染红了一样。那儿的浮游生物非常密集，多得不得了。”

“你喜欢红海吗，爸爸？”

“非常喜欢。那里虽说热得要命，让人吃不消，但是它那儿的礁石特别好看，而且在其他任何地方都见不到。等到了两个季风的季节里，海洋里满是游来游去的各种各样的鱼。怎么样，汤姆，你喜欢这样的地方吗？”

“或许吧，有关红海的书我倒看过两本法文的，是德蒙弗里先生写的，他的书写得可好了。他本人是干奴隶买卖的，可不是贩卖白人妇女啊，就是那种老式的奴隶买卖。我还知道他是戴维斯先生的朋友呢。”

“我知道德蒙弗里。”托马斯·赫德森说，“我也认识他。”

“戴维斯先生以前跟我说起过他的事儿。说是德蒙弗里先生不干奴隶买卖后就回到巴黎生活。有意思的是，他每次带女朋友出去，不管去哪儿，总要出租车司机放下汽车顶篷，他要看看星象，再根据方位来指挥出租车司机把车往哪儿开。比如说吧，德蒙弗里先生正在协和桥上，要到马德莱娜教堂去[1]。爸爸，要是你和我来走这一段路，那还不简单，我们只需要告诉出租车司机去马德莱娜教堂就好了，或者嘱咐下让他穿过协和广场沿着皇家路开过去就是。可是德蒙弗里先生却不是这样走的，他在出发之前一定要先根据北极星的位置推算方向，然后让司机按照这个方向开去马德莱娜教堂，神奇吧？”

“是吗，我倒还从来没有听说过德蒙弗里先生有这样的一段故事。”托马斯·赫德森说，“他别的故事我倒是听了不少。”

“在巴黎跟人交往可不是件轻松容易的事儿吧？戴维斯先生好像说起过，他曾一度想跟德蒙弗里先生一块儿去做奴隶买卖，可后来不知什么原因把这事儿给耽搁了。到底是怎么回事我也不太记得了。啊，对了对了，我想起来了！这事儿八成是因为德蒙弗里先生后来不做奴隶买卖改做鸦片生意了。是的是的，就是这么回事。”

“那戴维斯先生呢，他不想去做鸦片生意是吗？”

“是啊，他不想做这个生意。我记得他是这么说

[1] 协和桥在协和广场南面，是塞纳河上的一座桥梁。马德莱娜教堂则在协和广场以北，两者之间由皇家路连接。

的：这鸦片生意嘛，我看德·昆西[1]先生和科克托[2]先生已经做得挺好了。他还说人家做得好好的生意，这样去抢他们的生意怕是不大妥当。其实有些话我听不太懂，好比当时这句话我就没有听懂。爸爸，虽然那会儿你们谈话时，我有什么不懂的就问你，你倒是总能给我解答清楚，可如果我总是这么问你打断你们的谈话，那你们肯定说得不痛快，所以后来我就用一个办法：遇到一些听不懂的地方，不打断你们，我就先自己记在心里，等哪天有空了再一并问你。比如刚才这句话，我就是预备以后再问你的。”

“这样说来，那你岂不是积累了不少这样的问题？”

“可不是嘛，少说也有几百啦。没准儿都上千了呢。不过有些问题渐渐地我自己也弄懂了，所以每年总可以去掉一大批问题，这算是我自己独立解决的。但是我知道有些问题却是非请教你不可的。而且今年开学后要写英文作文，我就打算把这些都详详细细地写出来，当作文喽。其实有些问题还挺有意思的，当作文

[1]托马斯·德·昆西（Thomas De Quincey，1785—1859）：英国散文作家，本人吸鸦片成瘾，并著有《一个英格兰鸦片吸食者的自白》一书。

[2]让·科克托（Jean Cocteau，1889—1963）：法国诗人、小说家、剧作家。曾在1930年左右出版过一本戒毒日记《鸦片》。

写是再合适不过了。”

“说真的，你喜欢上学吗，汤姆？”

“哎呀，有些事情可是由不得自己的，比如上学。要说喜欢那还真谈不上，我看没有谁会对上学有多么喜欢。更何况在经历了别样的生活之后，谁还会喜欢上学呀？”

“其实这个我也说不太清楚。反正我小时候一想到上学心里就烦。”

“连艺术学校你也不喜欢？”

“不喜欢。单说学画画我是喜欢的，可是跟学校一沾边，我就又觉得烦了。”

“我倒是没有多大的不乐意。”小汤姆说，“可是你想想啊，我跟乔伊斯先生、帕斯金先生、戴维斯先生这样的人在一起，都一起相处过了，再回到学校去跟那些孩子作伴，总觉得有点不乐意，他们未免太幼稚了点。”

“可毕竟你觉得在学校还是挺有意思的，对不对？”

“这倒也是。在学校里我的朋友多。各种运动只要不是那种傻傻的、拿个球扔过来接过去的，我都喜欢，读书我也是很用功的。可是爸爸，这样的生活过起来感觉也没有多大的意思啊。”

“我以前也跟你一样，常常会有这样的感觉。”托马斯·赫德森说，“不过不管怎么说，一个人还是应该多想想办法，尽量让自己过得快乐些，你说呢？”

“我就是这样想的。所以我总是想方设法让自己过得快乐，不过该规规矩矩地生活时，我总这样规矩地生活，大多数时候都是这样吧。所以想让自己过得快活，也实在不容易啊。”

托马斯·赫德森不由得望向船后，船后翻腾的浪花在这平静的海面上欢快地荡漾开来。船舷外支架上挂下了两个钓饵，拖在船后面，在浪花掀开的水波荡漾中时起时伏。戴维和安德鲁手拿钓竿，坐在那两张钓鱼椅上。哥儿俩这会儿正目不转睛地盯着鱼饵，托马斯·赫德森看到的也只是他们的背影。他再抬眼一望，好家伙，前边的海水里跃出了好多鲤鱼。那鱼不像常见的那样在水里甩啊搅的，把水打得哗哗响，而是一个个的，或成双成对的，跳出水面马上又落入水中。这鲤鱼跳水的景象好看极了，它们出水时在阳光的映照下，亮闪闪的，耀眼夺目，可是水面却几乎没有激起一点波澜。随即它们一翻身，又大脑袋朝下一头入了水，轻盈得没有溅起半点水花。

“快看，有鱼！”托马斯·赫德森突然听见小汤姆叫嚷的声音，“有鱼！有鱼！快看，有鱼上钩啦，戴夫！就在你的背后呀，小心小心，别叫它给跑啦！”

托马斯·赫德森一看，海水跟开了锅似的，出现一串巨大的漩涡，可不管怎么看就是看不见那鱼影。这时戴维把手里的钓竿把儿插在活动插座上插好，仰起脸来，两道目光投向舷外支架上的钓线，最后落在扣在钓线上端的衣夹上。托马斯·赫德森这才清楚地看见那舷外支架上的钓线已经软绵绵地掉下了好大一圈，可是一落到水面上便绷紧了，随即又飞快地被斜斜地向外拉着，在水面上划出一道口子。

“快提线拉钩，戴夫。快使劲拉钩呀！”埃迪站在扶梯口着急地喊叫。

“快提线拉钩呀，戴夫。天哪天哪，你怎么还不拉钩？”安德鲁急得快要去央求戴夫了。

“你瞎嚷嚷个啥呀。”戴维说，“看着吧，我自会收拾它的。”

也许那鱼很狡猾，这会儿还没有把钩咬住，钓线还是以那样一个角度在不断往外拉，钓竿被拉得弯弯的。戴维使尽全力把钓竿把住，任凭钓线一直这样放出去。托马斯·赫德森早就把油门关小了，此刻引擎几乎是在空转。

“哎呀求你了，快点拉吧，你还不拉钩？”安德鲁还在那儿一个劲儿地央求，“那你走开，你不拉就让我来。”

戴维根本不理他，只管稳稳地把住钓竿，始终盯着钓线，钓线仍保持那个角度不断放出去。他把绕线轮子上的制动螺丝松开了。

“不出意外的话，那是一条剑鱼，爸爸。”戴维头也没抬，说道，“它上钩的时候我看见它嘴上的剑了。”

“真的？是条剑鱼啊？”安德鲁说，“天哪，好家伙！”

“我看你应该快些提线拉钩吧！”罗杰这会儿也站到了戴维身边。他离开椅子顺手把身上的保险带扣在绕线轮子上，“拉钩吧，戴夫，动作快点，这下可千万要钩牢了。”

“你觉得它咬上钩了吗？”戴维问道，“它会把钓钩拽跑吗？”

“快点拉钩把它钩住，再不拉的话它可能真要把钩子给吐掉啦。”

戴维听了罗杰的建议，叉开双腿立稳身子，右手把绕线轮子上的制动螺丝死死按住，然后全身用劲儿提线拉钩，顿时他感觉到钩子上的分量。他一次次地用力、使劲，钓竿都快拉成一把弓了，可是钓线仍然还在不断往外送。看样子那鱼似乎还是丝毫不动。

“再拉呀，戴夫。”罗杰说，“记住，千万要把它钩牢才行。”

戴维再次提拉，使足了全身的力气，那不断往外抽的钓线发出“吱吱”的声响，钓竿弯得快抓不住了。

“天哪，上帝！”他从心底发出一声呼唤，“我好像已经把它钩住了。”

“那现在快把制动螺丝松开，快！”罗杰连忙对他说，又对着汤姆吼了一句，“汤姆，注意观察钓线，随时跟着鱼儿转。”

托马斯·赫德森又重复了一句：“随时跟着鱼儿转，注意观察钓线。戴夫，你还顶得住吧？”

“放心吧，爸爸，对付它我没问题。”戴夫说，“万能的上帝啊，让我快抓住这条鱼吧。”

为了帮助戴夫，托马斯·赫德森把船几乎来了个一百八十度的大转弯。眼瞅着戴夫绕线轮子上的线快要放到尽头了，托马斯·赫德森立刻把船向着那鱼靠过去。

“好，站稳，收线。”罗杰发出指令，“收线吧，戴夫，可要给它点厉害瞧瞧。”

戴维把线一提，以最快的速度绕线，绕得连腰都弯了下去，然后再次把线一提，完了又赶紧绕线。他就这样一而再再而三地循环往复，看着就像一台绕线的机器。不过绕线轮子上的线终于越绕越厚了。

“我们家以前还没人捕到过剑鱼吧？”安德鲁说。

“哎呀，我求求你了大骑士，你就少说几句行不行？”戴维说，“别总拿它磨牙啦。”

“我才不是磨牙呢。”安德鲁说，“我真的没说什么呀，自刚才你把它钩住以后，我这儿替你祈祷都还来不及呢。”

这时小汤姆跑到父亲跟前，悄悄地问：“爸爸，那鱼嘴吃得住钩子吗？”托马斯·赫德森正把着舵轮，他望着船后，盯着黑乎乎的海水里的那根斜斜的钓线。

“应该吃得住吧。戴夫又不是个使蛮力的家伙，还不至于把它的嘴巴给捣烂了呢。”

“听我说，只要能把这条鱼钓上来，让我干什么都行。”小汤姆说，“真的，干什么都行。我什么条件都可以答应，我也什么都可以牺牲。安迪，你快去拿些水来给他补充能量。”

“给，我这儿有水。”埃迪说，“戴夫老弟啊，可千万不能松劲，一定要跟它顶着干。”

“不能再向它靠近了。”罗杰对着驾驶台喊道。他是一名捕鱼的好手，他配合托马斯·赫德森开船，默契至极。

“好，那我就把船尾对着它。”托马斯·赫德森应道，立刻调转船体，转得那样轻巧自如，船尾扫过之处，海水还是如刚才那般平静。

谁知道那鱼这时候似有警觉，突然往深水里一头钻了下去，钓线的压力更大了。托马斯·赫德森为了减轻钓线的压力，尽量以很慢很慢的速度往后倒。可是一倒退，船尾就向鱼缓缓靠去，钓线压力虽然减少了，但是钓线入水的角度却是由斜变直了，你看那钓竿竟然笔直朝下，钓线还老是一抽一抽地一个劲儿地往外放呢。每次钓线一抽，戴维手里的钓竿便会跟着往上一弹。托马斯·赫德森只好把船头向前挪了挪，以戴维手里的钓线直直地在水里上下。他非常清楚像这样弓起背按着钓线、手还握着钓竿的戴维有多吃力，可钓线还必须得尽量扣住啊。

“制动螺丝已经不可能再拧紧了，再拧这线就断了。”戴维说，“戴维斯先生，依你看这鱼下一步会怎么个动法？”

“估计它还会一直往下钻，你不拉住它，它就会一直钻下去。”罗杰说，“除非它自己停下不动。不过你也得想办法把它拉上来。”

钓线还在继续往外、向深水里钻。于是戴夫一个劲儿地往回拉，而鱼则继续向水里钻。往回拉与向水里钻这两个动作一直持续着，眼看钓竿必断无疑，钓线绷得紧紧的，简直就像是调好了音的大提琴弦，而绕线轮子上的线已经没剩多少了。

“我该怎么办，爸爸？”

“别想怎么办。坚持下去就是最好的办法。”

“它就这样不停地一直钻下去吗？难道就没有底？”安德鲁问。

“也许还真没个底呢。”罗杰告诉他说。

“只管拉住它别松劲，戴维。”埃迪说，“到它钻得不耐烦了，自己就乖乖地上来了。”

“可是这保险带快勒死我了。”戴维说，“真要命，我的肩膀都要给勒断了。”

“要不我来替你吧，我来把它拉上来！”安德鲁问。

“省省吧，你这个蠢货。”戴维说，“我不过只是说保险带勒得我够呛。放心，就是勒得再厉害我也不会松手的。”

托马斯·赫德森对着下面的埃迪呼喊：“能不能再弄条保险带来？替他系在腰上。要是保险带太长，咱们再用绳子重新绑结实。”

埃迪很快就找了块又大又厚的棉垫垫在戴维的后腰，再把保险带给他绕在腰上，最后再用粗绳箍上几圈用力束紧。保险带的另一头连在绕线轮子上。

“这下感觉好多了。”戴维说，“多谢你啊，埃迪。”

“好啦，这下你肩膀、腰背就可以一齐使劲把它拉住了。”埃迪拍了拍戴维说。

“可是你看看，我的钓线也快没有了呀。”戴维说，“哎呀，该死的家伙，怎么还在一个劲儿地往下钻呢？”

“汤姆！”埃迪朝着驾驶台喊，“你快把船朝西北方向挪一挪，我看那鱼好像在往外游。”

托马斯·赫德森轻轻地转动舵轮，把船慢悠悠地开向外海。前方有一大摊像发黄的果囊马尾藻，上面站着一只海鸟。海面上风平浪静，海水那么清那么蓝，往水里望去，水下还有亮光，就像是三棱镜折射出的光带。

“看见没有？”埃迪对戴维说，“这会儿钓线不再往外拉了。”

现在尽管钓线已经不再一跳一跳地往水里拽，可是戴维还是提不起手里的钓竿，只能勉强握住。线还是绷得紧紧的，绕线轮子上剩的线不足五十码，但是好在总归是没再往外放了。戴维死死地拉住鱼，整条船跟着鱼在走。不过几乎听不到引擎转动的声音，也压根儿感觉不到船在动。只有正在掌舵的托马斯·赫德森看得清楚：那根藏在蓝蓝的海水深处的白线目前有那么点倾斜。

“看到了吧，戴维，它刚才拼命往下钻，你就让它爱钻多深钻多深，现在它又想往外游，你还是这么对付它，让它想上哪儿就去哪儿。让它再这么折腾下去，估计一会儿你的线就可以收一点回来了。”

话虽这么说，可小家伙黑黝黝的背一直弓着，估计也挺紧张。他手里的钓竿早给拉得弯弯的，钓线在水里缓缓划过，船在海面上徐徐前行，而那条大鱼正在百丈深处的水下游来游去。刚才还栖息在海藻上的那只海鸟这会儿向船上飞了过来。它在把舵的托马斯·赫德森头顶上绕了一圈，又朝水面上另一摊发黄的海藻飞去。

“收吧，现在就可以收点线了。”罗杰指挥戴维说，“既然你稳住它了，那就多少能收点线回来，放心拉吧。”

“汤姆，再朝前开一点！”埃迪朝驾驶台大喊，托马斯·赫德森把船轻轻往前挪了挪。

戴维把钓竿使劲提了提，没想到那钓竿越发弯了，线反而绷得比刚才还紧。仿佛他的鱼钩钩住的是一只正在飘移的铁锚。

“别担心，不要紧的。”罗杰对他说，“这是正常现象，过一会儿肯定就能收起来。挺得住吗，戴维？”

“没问题。”戴维的回答很干脆，“我绑着保险带呢，没问题。”

“你真顶得住那家伙吗？它好像力气挺大。”安德鲁问。

“我说，你少跟我在这儿啰唆行不行。”戴维说，“埃迪，能再给我点水喝吗？”

“哎呀，我把水放哪儿去啦？”埃迪问，“糟糕，大概是刚才给泼掉了。”

“那我马上去倒一杯来，你等着。”安德鲁说着就下到舱里去了。

“我能帮你点儿什么吗，戴夫？”小汤姆也跟着问，“要不我还是回上面去，免得在这儿碍你的事。”

“没什么需要帮忙的，也不碍事儿的，汤姆。哎呀，真是要命，我怎么就提不起它来呢？”

“别着急，戴夫，这鱼是真大。”罗杰对他说，“你想要凭力气跟它硬来是不行的。对付它你就得靠智取，你得弄得它无路可逃，不得不跟着你来才是。”

“那你赶紧教教我，具体该怎么干，我一定照你说的办，死了才算完。”戴维说，“你也知道我信得过你。”

“这孩子，什么死啊活的，别胡说。”罗杰说，“说这种话可不好。”

“我说的是真心话，”戴维说，“不折不扣的真心话。”

小汤姆又上到驾驶台来到父亲身边。爷儿俩目不转睛地盯着底下的戴维。戴维身上绑着保险带，一直弓着身子，专心致志地对付着那鱼，罗杰则像军师一样站在旁边给他压阵，埃迪替他扳住了椅子。这时安德鲁端来了一杯水，赶紧凑到戴维嘴边。戴维嘬了一口立马就给吐了出来。

他对安德鲁央求道："安迪，替我在手腕子上浇一点好不好？"

这时小汤姆悄悄儿地问他父亲："爸爸，你看戴维真顶得住这鱼吗？"

"是啊，这么一条大家伙，只怕不大好对付呢。"

"我现在担心得要死。"小汤姆说，"我爱戴维，可不愿意为了一条贼鱼而让他出什么事。"

"我又何尝不是呢，包括罗杰，埃迪，相信他们也都跟咱们一样。"

"那我们就应该好好关照戴维。如果他要是实在挺不住的话，那就让戴维斯先生来捕这条鱼，或者你来也行啊。"

"看现在的情况，他还绝不至于挺不住吧。"

"那可未必，你对他的了解还不如我们呢。要知道现在的情况就是：为了要捕到这条鱼，他是连命都可以不要的，真的。"

“你先不要着急嘛，汤姆。”

“我能不着急吗？”小汤姆说，“我看咱家就生了我这么一个天生就爱着急的人。事实上我也巴不得能改改这个急脾气呢。”

“我是觉得现在这个样子还根本不用着急。”托马斯·赫德森说。

“爸爸，戴维可是这么个小屁孩呀，哪儿能捕得了那么大一条鱼呢？就他捕到过的鱼里面最大的也不过是旗鱼、黄条蛳什么的了。”

“但是鱼迟早会给累垮下的。别忘了，鱼的嘴里还吞着个钩子呢。”

“可那鱼有那么那么大呢。”小汤姆说，“它被戴夫缠住了这不假，可戴夫也同样被它给缠住了呀。今儿戴夫要是能逮住它，那固然是我们家的一桩美事，美得我都难以置信，所以我还是希望你或者戴维斯先生去帮帮戴夫，把那大鱼给抓上来。”

“相信我，戴夫没问题。”

船还一直在缓慢地向外海驶去，越来越远，不过这里依然是水平如镜的海水。到了这一带，到处都是一摊摊泛黄的果囊马尾藻，浮在紫红色的海水上。如此一来，那紧绷绷的白色钓线在缓缓移动的过程中，就不可避免地撞进一摊摊的马尾藻里，遇到这种情况，埃迪就把手伸到水里，一一清除缠在钓线上的海藻。他把身子探出舱口挡板，从钓线上扯下枯黄的海藻，站在驾驶舱里的托马斯·赫德森只看得到他皱巴巴的红褐色脖子和那顶旧毡帽，听见他对戴夫说："看吧，这大家伙，简直就是在拖着船走呢，戴维。它在这么深的水里一直这样拖啊拖的，不是很容易把自己给拖垮吗？"

"是啊，可它也把我给拖垮了。"戴维说。

"头疼吗？"埃迪问。

"不疼。"

"找顶帽子给他戴上。"罗杰说。

"帽子就算了，戴维斯先生。我倒情愿在头上浇点儿水。"

埃迪很快打了一桶海水过来，他先是用手小心翼翼地捧起海水往戴维头上浇，把他的头浇透了，又很细心地替他把挡住眼睛的一绺头发撩开。

"戴维，听着，你真要是感到头晕或者头疼的话就赶紧说啊。"他说。

"我没问题，"戴维说，"就是请你快快指点我，接下来具体该怎么干吧，戴维斯先生。"

"你先试着收收线，看看有啥反应。"罗杰说。

戴维开始收线了，一连收了三次，可是一点点都没见他提起来，更别说那条鱼了。

“哎呀，还是算了，先不要费力气了。”罗杰对戴维说，随即又招呼埃迪，“快去拿顶帽子来，浸透了水给他戴上。像这样没风的天儿，热得真够呛。”

埃迪赶紧找了顶长舌帽，放进那桶海水里浸一浸，拧也没拧就一下扣在这小家伙的头上。

“哎哟，水流进眼睛啦，戴维斯先生，好难受。”

“别慌别慌，我马上拿些淡水给你擦擦。”埃迪说，“罗杰，快给我块干净手绢。安迪，赶紧拿些冰水来。”

尽管咸咸的海水流进戴维的眼睛，不过这小家伙耐力惊人，依然稳稳地叉开双腿，拱起脊背，硬是顶住了拉力，船呢则还是缓缓地向着外海行驶着。西边的鱼群，引来众多燕鸥，纷纷向这边飞来。你瞧，它们这一路上都还在唧唧啾啾地相互报信儿呢，想必这群鱼里不是鲣鱼就是长鳍金枪，平静的海面让它们给搅得热闹了起来。但是鱼群也是聪明得很，它们很快就又沉到了水里，不过纷纷赶来的那伙燕鸥就像猜到似的也不飞走，就落在平静的水面上，耐心地等着鱼儿露面。埃迪先是替小家伙擦了脸，这会儿又把手绢放在一杯冰水里浸了浸，拿冰手绢敷在戴维的脖子上。就这样敷完了脖子又敷两个手腕，然后又把手绢重新放在冰水里浸泡，拧干以后，又敷在戴维的脖子上。

“头疼的话可要赶紧说啊。”埃迪再次叮嘱戴维，“小家伙，那也不叫临阵退却，是讲求策略和方法。在这种没有风的天，可没人受得了这么毒的日头。”

“我挺得住，你就放心吧！”戴维对他说，“别的都没事儿，不过就是感觉到肩膀和胳膊酸痛得厉害。”

“那是当然的喽。”埃迪说，“经过今天这样的锻炼，才能把你磨炼成男子汉呀。我们担心的就是中暑，别太猛，小心伤了身子。”

“你看它坚持到现在，接下来还会有什么动作，戴维斯先生？”戴维问道。他的嗓音听上去都干涩沙哑了。

“现在恐怕也只能这个样子了吧。要么它继续牵着你兜圈子，要么它就乖乖冒出水面。”

“也是真够糟糕的，我们完全没有想到它刚才会一下子钻得那么深，现在弄得我们钓线也不够，只能眼巴巴地看着，拿它没辙。”托马斯·赫德森对罗杰说。

“幸亏戴夫拉住了它，这是这场较量的关键。”罗杰说，“依我看，要不了多久那鱼就会打退堂鼓。等到了那会儿，它就该任凭我们处置了。戴夫，现在你再试试，把线收收看。”

戴维依言又试了试，却还是半点儿线都没提起来。

“没事儿，迟早这家伙会上来的。”埃迪说，“你们就等着瞧吧。戴维呀，到时候包你一下子就搞定了。这会儿你要不要先漱漱口？”

戴维点了点头。他也是真快顶不住了，坚持到现在，连说话的力气都快没了。

“吐出来吧。”埃迪给戴维喂完漱口水说，“你要咽的话也只能稍微咽一点儿。”他转过头去对罗杰说，“你瞧瞧，这鱼跟咱较量已经有整整一个钟头了。”随后又转过头来问戴维：“你真的不觉得头疼吗？”

小家伙点了点头。

“爸爸，你看呢？你觉得他现在怎么样？”小汤姆还补充了一句，“你可得对我说实话。”

“要我看，他的情况还可以。”他父亲说，“更何况埃迪一直在他身边，应该不会出什么问题。”

“是啊，我估计也不至于出什么问题。”小汤姆的看法跟父亲一样，“我可不能这么闲着，现在大家都这么紧张，我总得帮点什么忙心里才好受。要不我去给埃迪调杯酒吧。”

“这想法不错，请给我也调一杯。”

“好啊。顺便我也给戴维斯先生调一杯。”

“他啊，我看他现在未必想喝呢。”

“那我先去问问他。”

“好了戴维，你试试再提一次。”罗杰说这话时沉住了气，于是小家伙也屏住呼吸，双手紧紧按住绕线轮子的两边，用尽浑身力气往上提。

“很好，你提起了一点点。”罗杰说，“先慢慢绕，看看能不能再多收点儿。”

好戏开始上演，真正的搏斗现在才开始。在先前那么长的时间里，戴维只不过是把鱼拉住了，可是鱼在往外海游，船也被迫跟着鱼走。可是现在得他这个“渔夫”亮相了：他得开始往上提线，等到线提起来之后，还得让钓竿先恢复平直，然后再缓缓放低，最后瞅准时机把线绕起来。

“慢慢地，干这个千万不要想着快。”罗杰对他说，“不要急于求成。稳扎稳打一步步地来。”

于是，小家伙就这样向前探出身子，看得出铆足了劲，一次次试着把线往上拉。每一次都动用全身的部位，再把自己那仅有的几十磅重的分量也整个儿压上去。提了线之后再把钓竿一点一点放低，趁此工夫他赶紧用右手把线快快绕起来，这个“渔夫”现在可是够紧张、够专心的。

“看，戴维钓鱼还真有两下子。”小汤姆说，“虽然他从小就钓鱼，不过我真不知道他钓起鱼来原来还有这么大的本事。可他平日里还总说自己体育运动不行，常常拿这个当笑话给我们讲。可你现在看看他干这个多行啊。”

“体育运动又算什么？”托马斯·赫德森说，“你刚说什么，罗杰？”

“我说，朝鱼的方向略微再往前动一动。”罗杰向上大声喊道。

“朝鱼的方向略微往前动一动。”托马斯·赫德森照样重复了一遍，以确保行动无误。就在船慢慢往前挪动的那一刻，戴维及时把线一提，这下子可收回了不少线。

“我想知道，你也不喜欢体育运动吗，爸爸？”小汤姆问。

“谁说的呢，以前喜欢，还非常喜欢呢。可现在不再喜欢了。”

“所有运动里我就喜欢网球和击剑。”小汤姆说，“我想大概是因为我从小在欧洲长大的缘故吧，反正我是半点儿都不喜欢那种把球扔过来接过去的运动。其实戴维要是想学击剑的话，我敢肯定他一定非常出色，他脑子特别灵光，可惜他就是不肯学。我看了看，他喜欢的无非就是看书、钓鱼、打枪、扎假蝇[1]这几样。我们打猎的时候，他的枪法可比安迪准多了。你见过他扎的假蝇吗？那也是像得没话说。爸爸，是不是我话说得太多了，你听着挺厌烦吧？”

“怎么会呢，汤姆？”

说这话的时候，父亲的一只手爱怜地搭在小汤姆的肩上，小汤姆也用手扶着驾驶台的栏杆，跟父亲一样望着船尾。他的肩上有细细的盐渍，摸上去有点儿像沙子，那是因为在鱼儿上钩之前，这三个小家伙相互泼过好几桶海水玩儿，海水晒干了就有些盐渍残留。

“其实我就是看戴维看得心里好紧张，也没什么，就觉得说话能分分心，减轻几分紧张感罢了。说实话，我现在什么都舍得，一心巴不得戴维能把这条鱼赶紧捕到手。”

“这条鱼一定是大得不得了。一会儿出了水看看就知道了。”

“还记得几年前，有一次我跟你去钓鱼，就见到过一条好大好大的鱼。只见那鱼好一张剑嘴，嘴一张就吞了我们做饵的大鲭鱼，它再往上一跃，一口就把

[1] 假蝇兼具钓钩和钓饵的作用，是一个用羽毛、金属丝等扎成的蝇状钓鱼钩。

鱼钩吐得老远。那鱼真的超级大，后来我做梦还常梦到它呢。好啦，我这就下舱里给你们调酒去。”

“慢点儿，不着急。”父亲对他说。

底下戴维正坐在这张“斗鱼椅”上，那椅子没有靠背，底座可以旋转。他坐在椅子上，叉开的两脚死死抵住后船地板，拼命把钓竿往上提。这就要求他必须从两臂两腿一直到肩背各处都一齐使劲。就像刚才那样，一提起来就放下，而且要在第一时间把线绕上，等把这些线绕好了再提第二次。就这样，一次提个一两寸、两三寸的，一直像这样提个不停，然后就看见绕线轮子上收回的线也愈绕愈厚了。

“告诉我，你的头真的不疼？”埃迪问他。埃迪一直在他旁边把椅子的扶手按住，免得椅子摇晃。

戴维没说话，依然点了点头。埃迪又伸手摸了摸小家伙头顶上的帽子。

“不错，帽子还是湿的呢。”他说，“这小家伙，你这下可要给它点儿颜色瞧瞧了，戴维。瞧你那手脚快得真跟机器一样。”

“跟刚才拉它的那阵子比，现在省力些了。”戴维回答道，嗓音还是干涩的。

“那是肯定的喽。”埃迪告诉他说，“现在它已经远不及原先那么凶了。记得它拼死逃脱那阵，差点儿连你的脊梁骨都被它来个连根拔呢。”

“所以啊，你对付它就要能耐得住性子，快不了就不要强求。”罗杰说，“今儿你一直干得都很棒，戴夫。”

“那现在是不是在等它露头啊？我们可不可以用手钩把它拉上来？”安德鲁问。

“哎哟，我求求你，能不能少说它几句？”戴维说。

“我又没有说它什么呀。”

“那我就求求你，请你别说话行了吧。对不起啊。”

安德鲁默默转身爬上了驾驶台。尽管他戴的是顶长舌帽，但是他眼里闪着的泪花还是被父亲看见了。小家伙把头又别了过去，哽咽着，嘴唇都在哆嗦。

“小家伙，别放在心上，你并没有说错什么。”托马斯·赫德森对他说。

安德鲁还是把头扭向一边，“你看吧，万一要是鱼没钓上来，他肯定要怪我多嘴。”他伤心地说，“我能有什么坏心，我不过是也想出点力，把该用的都准备好。”

“戴夫现在心里烦，这是人之常情，你也多理解理解他吧。”他父亲对他说，“他说话还是有礼貌的。”

“这我知道。”安德鲁说，“我也承认他钓鱼的本事甚至不比戴维斯先生差。我只是很难过他竟那样看我。”

“这个嘛，你得知道戴夫还是第一次跟这么大的鱼打交道。所以一想到要对付那么大的鱼，他难免脾气大点儿。”

“什么嘛，你待人就一向都是好言好语，还有戴维斯先生，也总是和颜悦色的。”

“你是不知道，我们以前并不是这样的。当初我跟他在一起学钓大鱼的时候，我们俩也都是火药味十足，态度粗暴，说话尖酸刻薄。哎呀，我们两个人，那才叫难缠。”

“真的？”

“还能有假？我告诉你，那时候我们处处表现得好像谁都在跟我们作对似的，其实自己也觉得很痛苦。这对人来说啊其实是一种自然的现象。我们也是后来才懂得，做人不应该反其道而行之，应该有理智，有控制。于是我们就慢慢变得斯文起来，因为我们的亲身经历告诉我们，粗暴加急脾气是干不成任何事的，钓大鱼更是妄想。我们要是还死抱着火爆脾气不改，那个滋味可不好受，真的。我们俩原先那可都是不好惹的，火气大，脾气坏，几乎别想得到人家的理解，那个滋味现在想想都难受。所以你才看到我们现在钓鱼都斯斯文文的。关于这事儿，我们俩曾经琢磨过，后来我们终于丢掉那份火爆，下定决心，不管碰到什么事，都要斯斯文文的。”

“那我也要跟你们一样斯斯文文的。”安德鲁说，“不过跟戴夫相处，有时候很难做到斯文。爸爸，你看戴夫真能把这条大鱼钓上来吗？真希望他到最后不会是一场空。”

“我们还是别谈这些了。”

“是不是我又说错了什么话？”

“不是。不过我总觉得说这样的话好像不大吉利。这都是我们从老渔民那里听来的一些规矩。是不是有什么来历我也不知道。”

“我今后注意就是了。”

“你的酒来了，爸爸。”小汤姆说着，把酒从下面递了上来。他为了防止冰块融化，在酒杯外面特意垫了三层纸巾，还用橡皮筋紧紧箍住。“跟你说一下，酒里我加了酸橙皮、苦味汁，但是没有加糖。不知道合不合你的口味？要是不合口味我去给你换一杯？”

“看着挺不错的呢。你是用椰子汁调的？”

“是的。埃迪那杯是威士忌。果真像你说的戴维斯先生他不想喝。怎么，你就打算在上边待着啦，安迪？”

“不，我这就下去。”

安德鲁下去了之后，小汤姆又上了驾驶台。

托马斯·赫德森回头望向船后方，发现水里白色的钓线开始倾斜了。

“注意注意，罗杰！”他对着下边大声叫喊，“注意啦，鱼好像在往上浮。”

“快看，鱼在上浮啦！”埃迪跟着也嚷了起来。他也看见钓线发生了倾斜，“注意把舵！”

托马斯·赫德森赶紧往下瞅，他得瞅准绕线轮子上还有多少钓线可用，跟鱼周旋手里没有钓线那是万万不行的。一看轮子上的钓线还不足四分之一，而且就在他瞅这一眼的工夫里，呼的一声钓线又被往外拉了好长一截。托马斯·赫德森往后倒了倒船，只感觉船猛一下子向后靠去，这下就缓和了钓线倾斜的角度。船这样不停地倒过去，船上只听见埃迪在使劲儿嚷嚷：“继续，赶紧冲着它倒呀，汤姆。眼看这畜生在往上浮啦。真急人，可是我们手上没多少线好用啊。”

“把住钓竿，戴维。”罗杰指挥着，“别叫它给拉下去了。”然后他又关照托马斯·赫德森：“就这样倒吧，尽量冲它倒过去，汤姆。加大油门。”

他们还正说着话，在船后右侧，原本平静的海面突然就像破开了一个口子，只听“腾”的一下，从下面冒出好大一条鱼。大家这才看清，这鱼蓝里透黑，银鳞闪闪，虽然它一个劲儿地从水里往上冒、往上冒，却迟迟见不到那尾巴在哪里。天哪，大家都看呆了，谁能想到这鱼竟会这样长、这样大啊！好不容易那鱼终于全身露出了水面，高高跃起在空中，它在空中滞留片刻，这才“扑通”一声又落到了水里，白沫纷飞，水花溅起好高。

“哎呀，天哪天哪！”戴维说，“你们瞧见这家伙了没？”

“天呢，剑嘴好长啊，跟我一样高。”安德鲁在一旁看得连声惊叹。

“真是太壮观了！”小汤姆说，“刚才的情景比我梦中见到的至少还要壮观十倍。”

“你照样冲着它倒过去，对，倒过去就是了。”罗杰对托马斯·赫德森说，然后又回过头来关照戴维，“快点收线，趁这个机会把线收点回来。刚才这大家伙从那么深的水下蹿起来，必定能松出好长一段线，你正好趁这机会收点回来。”

还好，托马斯·赫德森的船倒得快，向着鱼一下子靠了过去，这样绕线轮子上的钓线就没有继续再往外放了。此刻他看见戴维钓竿一起一落地绕线，这连环作业干得很漂亮。他把手柄摇得能有多快就有多快，很快，绕线轮子上的钓线就绕了厚厚一层。

“开慢些，”罗杰指挥着说，“可不能撞上它了。”

“我看这畜生准有千把磅重呢。”埃迪说，“趁线好收快快收啊，戴维老弟。”

就这么一会儿的工夫，那鱼刚才跃出的地方，现在看着又是一片空阔平坦的海面了，只是激起的一圈圈波纹在不断扩大。

“爸爸，你看见那鱼在蹿起来的当口儿掀起的浪头没有？”小汤姆掩饰不住内心的激动问他父亲，“那场面，真像整个大海炸开了似的。”

“它跃出水面，我估计它是在一个劲儿地往上爬升呢，你看见没有，汤姆？那鱼体的颜色多么蓝啊，还有那闪闪的银鳞如此灿烂，你以前见过吗？”

“我看见它嘴上的那把剑也是蓝的。”小汤姆说，“整个儿鱼背也全是蓝的。你说它真有千把磅重吗，埃迪？”他扯起了嗓门问下面。

“我看准有。不过这事谁也打不了包票啊。反正那份量谁见了都应该感到挺吓人的了。”

“戴维，趁这会儿钓线好收，赶紧地把能收起来的都收起来。”罗杰对他说，“很好，收得不错。”

为了收回浸在水里的大量散线，这会儿小家伙跟架机器一样，不停地重复收线的动作。船在托马斯·赫德森的掌控下，倒得很慢很慢，几乎觉察不出任何动静。

“你看这鱼下一步会有什么动作呢，爸爸？”小汤姆问他父亲。托马斯·赫德森没有立刻回答，这会儿却在认真观察钓线在水里倾斜的角度，他正琢磨着：要说保险的话，还应该把船往前开点儿才是。但是他也知道不把这线收回来，罗杰心里是绝不会踏实的。可是万一那大鱼一口气拼死冲出去的话，绕线轮子上的那点儿线很快就会被用完，那就肯定会被拉断，所以罗杰现在是顶着风险在积蓄用线。托马斯·赫德森再顺着钓线看去，只见戴维的绕线轮子已经快绕满半盘了，而且还在不断回收钓线。

“你刚才说什么？”托马斯·赫德森这才想起小汤姆刚才在问他什么。

“我问你，觉得这鱼下一步会怎么样？”

“等等，汤姆。”他父亲这会儿已经顾不上回答，赶紧招呼下边的罗杰说，“再这样下去只怕船要撞上那大家伙了呢，老弟。”

“那就只能减速前进。”罗杰说。

“好的，减速前进。”托马斯·赫德森重复了一遍。这样一来戴维就没有那么多线可收了，但也因此减少了跟鱼相撞的危险。

可是没多久，钓线又开始往外拉了，罗杰立马朝上面喊道："快把离合器松开！"托马斯·赫德森立即照办，松开了离合器，让引擎空转。

"松开了。"他应了一句。罗杰还在下边弯着腰照看戴维。小家伙叉开双腿稳在那儿，使劲拉住钓竿，即便如此，线还是悄悄地一直往外拉。

"得把制动螺丝拧紧点儿，戴维。"罗杰说，"这下可不能就这么轻易地让它把线拉走，得让它费点神。"

"我是怕线被它拉断了。"戴维话虽这么说，可还是听罗杰的话把制动螺丝紧了紧。

"放心吧，拉不断的。"罗杰对他说，"只要不拧死，就肯定拉不断。"

线还在一点点往外拉，戴维手里的钓竿也弯得越发厉害了。只见小家伙的一双光脚板死死抵住船尾的地板，挺起身子，以此来顶住钓线的拉力。不过没过多久，那线就不再往外拉了。

"好的，趁机会赶紧收些线上来。"罗杰对小家伙说，"那鱼现在是在跟我们兜圈子，它此刻正在朝里来。我们应该趁这个机会尽量收线，多收点儿线回来最保险。"

小家伙听着罗杰的指挥，落竿就绕，绕了几下又把钓竿一提，再放下接着绕。好几个来回不断重复之后，绕线轮子收回的线又多起来了。

“我这样干还可以吗？”他问。

“你干得还真不赖。”埃迪对他说，“刚才它蹿起来的时候我可算是看清楚了，那鱼钩扎得可真深呢，戴维。”

就在埃迪跟他说话的时候，小家伙一举竿，钓线又在往外拉了。

“可恶，真见鬼。”戴维说。

“不要紧的。”罗杰对他说，“就是这么个道理。此刻它又在朝外奔，轮到它把线‘收’回去了。就像刚才它向着你绕过来，你才能收一些钓线。”

戴维仍死死拉住那鱼，只觉得手里的线很紧很紧，绷到了极点。线还在一点一点不断往外拉，汤姆看到刚才好不容易收上来的那点儿线，现在又统统叫那鱼给拉了回去，而且还多拉出了一些。终于，使尽全力的小家伙又把鱼拉住了。

“准备好，接着跟它磨。”罗杰悄悄儿对戴维说，“它跟咱兜大圈子呢，不过此刻它又朝里来了，咱的机会也来了。”

到了这个地步，如今托马斯·赫德森也只是偶尔才开一下引擎，把那鱼始终甩在船后。他现在连小家伙的安危以及教他如何跟鱼斗智斗勇的事儿都顾不上，他也很放心把这些都统统交给罗杰来处理，他能做的就是想尽一切办法驾好船来配合戴维。照目前的情形来看，其实他也别无良策了。

到了下一回合，那鱼又往外多拉出了一些线。再下一回合，被它拉出的线还是有增无减。尽管和这鱼这样你来我往地反反复复，小家伙的绕线轮子上的线仍有将近半盘。毫无疑问，他还是非常坚定地、一丝不苟地跟鱼较量，所以每次罗杰要他干什么，他总能很好地完成任务。但是双方毕竟较量了这么久，不知鱼怎么样，反正他已经很累了。他那黑黝黝的背上、肩上，留下了汗水加海水晒干后的一摊摊白花花的盐霜。

“整整两个钟头了。”埃迪小声对罗杰说。“你的脑袋怎么样，戴维？”

“没什么。”

“不疼吗？”

小家伙摇摇头。

“你得喝点儿水才行啊。”埃迪说。

戴维点了点头，安德鲁立马把杯子凑到他嘴前，喂他喝了几口。

“戴维，你跟我说实话，感觉到底怎么样，还好吗？”罗杰弯下腰来，凑在他跟前问。

“还好。就是胳膊、大腿和后背有点儿难受，别的什么都好。”他闭了会儿眼睛，却始终把一颠一跳的钓竿紧紧抓在手里。虽然绕线轮子上的制动螺丝已经拧得很紧了，线却还在往外拉得紧绷绷的，看来那鱼仍在拼命往外游。

“我不想说话。”他说。

“好的，听我说，你现在又可以把线收点上来了。”罗杰刚一说完，疲劳的小家伙马上又开始收线了。

“看到没，戴维还真有圣徒的风范、殉道者的气概呢。”小汤姆对他父亲说，“像戴维这样优秀的好兄弟，我同学里根本就没有谁有这样的水平。哦，爸爸，我絮絮叨叨的，你不嫌烦吧？都怪遇上这样的事，我心里好紧张啊。”

“没事儿，汤米，你有话就只管讲吧。要说担心，我们心里肯定都有一点。”

“你也知道啊，戴维向来就了不起。”小汤姆说，“他跟安迪不一样，他也不是什么天才，也生来就不是当运动员的料，可他就是很了不起。我也知道你最爱他，或许这是理所当然的，因为他比我们俩都强。我也明白像今天这种机会摔打摔打他对他肯定是有好处的，不然你也不会放手让他这样干。我也相信他，不知为什么，可我心里还是挺紧张的。”

托马斯·赫德森伸出手来搂住小汤米的肩膀，另一只手掌舵，他专注地望着船后。

“汤姆，事情可没有你想的那么简单。你想啊，如果我让戴维中途打住，你能想象得出这对他的打击有多大吗？好在捕鱼这行罗杰和埃迪都算是老手，我也知道他们都是很疼爱他的，所以，真要是他干不了的事，他们是绝不会让他干的。”

“可你什么时候见过他承认有自己干不了的事呢，爸爸？这话我可绝不是瞎说的。你就看着吧，他呀，就是他干不了的事他也照样会干的。”

“你就相信我吧，反正我是完全信得过罗杰和埃迪的。”

“好吧。现在我要开始为他祷告，这是我目前能做的。”

“行，你就祷告吧。”托马斯·赫德森说，“不过，你说我最爱他，有什么根据吗？”

“我就觉得应该是这个理儿。”

“可是我明明爱你的年头最长啊，你得到的爱应该比任何一个都要多。”

“好啦好啦，我们先不要谈你我的事了。我们还是一起来为戴维祷告吧。”

“好吧。”托马斯·赫德森说，“啊，对了，我怎么忘了这茬儿呢！鱼儿上钩是晌午的事了。现在应该有些阴凉地儿了。我想船上估计也已经有些阴凉地儿了吧。让我来把船稍稍转个向，想个办法让戴维待在阴凉地儿里。”托马斯·赫德森赶紧招呼下面的罗杰，把自己的想法告诉他：“罗杰，我想慢慢把船掉个头，这样能让戴维遮点阴，你觉得行吗？我寻思那鱼现在既然是这样兜圈子的话，我把船转个方向应该也没多大关系，不管它到底往哪儿跑，反正我们是盯着不放的。”

“好啊，你转吧。”罗杰说，“哎呀，这一点我怎么早没有想到呢。”

“早先根本没有阴凉地儿啊，直到这会儿才算有了一些。”托马斯·赫德森说。他以极慢的速度转舵，其实也就是以船尾为中心变了个角度，所以虽然进行了这样一番调整，线却并没有拉出去多少。船调了个角度，果然舱后部有了一处阴凉，把戴维连头带肩膀都罩进去了。埃迪随即拿了一块毛巾替他擦脖子和肩膀，还在他的后背和脖颈上抹了些酒精。

“感觉好些了吗，戴夫？”小汤姆在上面关心地问他。

“好多了，这下可真是舒服啦。”戴维说。

“是啊，这下我也总算觉得安心了些。”小汤姆说，

“爸爸，你不知道，在学校里总有人说戴维跟我不是亲兄弟只是隔山兄弟，我就对这些家伙说，我们家才没什么隔山兄弟呢。话虽这么说，可我想想这些还是觉得挺心烦的。”

“等你们长大些自然就好了。”

“唉，生在我们这样的家庭里没有人觉得心烦那才叫奇怪呢，”小汤姆说，“不过要说我担心的人嘛，我现在已经不用担心你了。最担心的就是戴维。算了，不说了，我看我还是下去再为你们调两杯酒吧。而且一边调酒一边还可以祷告祷告。你想来一杯吗，爸爸？”

“好啊，倒很想来一杯呢。”

“哈哈，估计最想喝的应该还是埃迪吧，怕是都快想死了呢。”小家伙说，“从鱼儿上钩到现在算算，已经有三个来钟头了。天哪，这三个钟头里埃迪那么喜欢喝酒的人总共才喝了一杯。瞧我这人，做事多不周到啊。可是爸爸，你说戴维斯先生为什么不想喝呢？”

“我看要是戴维没结束这个，他是不会喝酒的。”

“现在戴维已经没在太阳下烤了，他说不定想喝了呢。反正我去劝劝他吧。”

说着小汤姆就下了驾驶台。

“我还不想喝，谢谢你，汤米。”托马斯·赫德森听见罗杰这么说。

“可是戴维斯先生，这一天来你还一杯都没喝过呢，你还是喝一杯解解乏吧。”小汤姆还在竭力劝他。

“谢谢你了，汤米。”罗杰说，“那就请你喝一瓶啤酒，算是代我喝的，好吧？”然后他又开始招呼上面掌舵的：“汤姆，减速前进。这一阵子那家伙还挺乖的。”

“好的，减速前进。”托马斯·赫德森也照说了一遍。

迄今为止，那鱼仍在深水里和他们兜圈子，但是它兜的圈子是越来越小，走向也跟船的前进方向一致，这也是因为船就是跟着鱼要去的那个方向走的。现在钓线倾斜的角度看得清了。太阳已经渐渐落在了船的背后，这样一来，在黑乎乎的海水深处那钓线到底斜成什么样儿，就看得更真切了。没想到今天会僵持到此刻，想着那条要对付的大鱼，托马斯·赫德森心里终于感觉踏实多了。他心里暗自庆幸，幸亏今天风平浪静，海上要是稍微起些风浪的话，钩子上套着这么一条大鱼可不是闹着玩儿的。戴维的日子肯定不好过，他也不可能像现在这样撑得住。更何况现在戴维也已经不在太阳下烤了，海面依然风平浪静，一点浪花也没有，他心里总算一块石头落了地。

“多谢你啦，汤米。”他听见埃迪在下边说，紧接着他就听见小家伙上驾驶台来了，手里端着包着纸巾的酒杯。托马斯·赫德森接过酒杯，尝了一口酒，顿时满口清凉。这酒味里既有一丝酸橙的酸涩，又有安吉斯图拉苦味汁的芳香爽口，冰凉的椰子汁在金酒的帮衬下，越发显出其清淡，沁人心脾。

“爸爸，味道怎么样，好不好喝？”小家伙问。他自己手里拿着一瓶从冰箱里拿出的啤酒，太阳一晒，瓶子外面立刻挂满了水珠子。

“够味儿。”他父亲对他说，“金酒加了不少吧？”

“金酒加少了不行呀。”小汤姆说，“这冰块化得可快了。要是能发明一种能够隔热的杯托就好了，好让加在酒里的冰块不那么快化掉。等回到学校以后，我一定要设计一个这样的东西。我觉得用软木做就可以了。说不定我还真可以做两个，当作圣诞礼物送给你呢。”

“你看，戴夫现在多精神。”他父亲说。

的确，戴维又一次铆足了劲儿对付那条大鱼，那精神头儿好似刚刚才投入战斗一样。

“单看他的身板儿吧，感觉是很瘦长的。”小汤姆说，“你看看他，胸脯并不壮硕，腰背也不厚实。说真的，他整个儿看上去就像是用木板条儿合起来的。

可是他手臂上的肌肉那叫一个发达，谁也别想与他相比。他还不止是手臂前部的肌肉发达，就连手臂后部的肌肉也一样发达，也就是我们平时说的肱二头肌和肱三头肌都发达。爸爸，你看他的体型是有那么点儿奇特吧？他这个小伙子奇特的地方还真有些亲切。像这样的好兄弟，我还能上哪儿找？”

刚才小汤姆给调的酒，埃迪一口就喝光了，此刻他又拿着毛巾在替戴维擦背。照例是擦完了背，再继续擦胸脯和那两条长长的胳膊。

“你还顶得住吧，戴维？”

戴维仍是点点头，没说话。

“我跟你说，”埃迪对他说，“我就见过一个人，人家可是个大老爷们儿，肩膀浑圆，那身子也挺壮实，可他还没干到你今天这些活儿的一半就打了退堂鼓。再看看你今天对付这么一条大鱼，真不简单呢，值得赞扬。”

戴维还在跟鱼周旋，专心致志地盯着钓线。

“那人你爹和罗杰都认识，是个大个子，还受过专门的训练，说是钓了一辈子的鱼了。那天他和你今天一样，也是钓住了一条大鱼，那可是从来没有人钓到过的大鱼啊，结果呢，他心里一虚，认为这个鱼他拿不下来，终归是打了退堂鼓。你知道吗，是那么大的鱼吓得他心虚打了退堂鼓。今儿个你可说什么也不能动摇啊，戴维。”

戴维没有应声。他实在是不想说话，只顾忙着把钓竿不停地一提一落，尽可能多绕线。

“依我看，这条贼鱼可是条雄鱼，才这么厉害。”埃迪对他说，“要是条雌鱼的话，早就不行啦。雌鱼要是这么折腾，早就肚子绷破，心脏崩裂，再不就鱼卵迸开了花。不知什么原因，其他种类的鱼都是雌的厉害，独有这种剑鱼不一样。这种鱼数雄的最厉害。瞧瞧这一条就挺厉害呢。不过没问题，戴维，你准能到手。”

埃迪刚说完，钓线又开始往外拉了。戴维的一双光脚死死抵住甲板，手里使劲拉住钓竿，他还趁此闭上眼睛养养神。

“好，戴维，”埃迪说，“这就叫做忙里偷闲。反正它这会儿是在跟咱兜圈子。好在有制动螺丝管着，你尽管歇会儿，剑鱼的力气不会少花，一刻不停，够它累的。”

说完，埃迪扭过头瞅向舱里。从他眯缝着眼的模样，托马斯·赫德森就知道他是在看舱里墙上挂着的那架大铜钟。

“这会儿三点过五分了，罗杰。”他说，“戴维老弟呀，你已经跟它斗了足足有三个钟头又五分钟了。”

按说这当儿该轮到戴维收线了，可是线却还在不断地往外拉。

“注意，这家伙又在往深水里钻了。”罗杰说，“注意啦，戴维。汤姆，你看得清钓线吗？”

“很清楚。”托马斯·赫德森回他说。托马斯·赫德森从驾驶台上望下去，眼下钓线倾斜的角度还不太陡，可以看到很深很深的水下。

“看来这大家伙想死在海底了。”托马斯·赫德森对大儿子说，他把嗓音压得低低的，“实在不想让它那样，那可就要坏了咱戴维的事了。”

小汤姆咬住嘴唇，摇了摇头。

“听我说，戴夫，你现在要尽量拉住它。”托马斯·赫德森听见罗杰说，“快把制动螺丝拧紧，能拧多紧就拧多紧。”

小家伙赶紧拼命拧紧制动螺丝，紧得钓竿钓线都快要绷断了，然后他就咬紧牙关死命顶住，一副准备承受最大压力的样子。可是钓线还是一刻不停地被拉向水里。

“依我看，最后能不能胜利就看这个回合了。”罗杰对戴维说，“汤姆，你把离合器松开。”

“松开啦。”托马斯·赫德森说，“不过我看可以略微往回倒一倒，这样可以省好些线。”

“好，你试试看。”

“倒船啦。”托马斯·赫德森边说边倒，果然省了些线，但是所剩也不多。只见那绕线轮子上剩的线比刚才最少的时候还要少。渐渐地，钓线就快变成直上直下了。

“我看戴维你得往外挪挪，到船艄上去。”罗杰说，“松一松制动螺丝，这样才能把钓竿把儿给拉出来。”

戴维立马把制动螺丝松了松。

“好，下一步就是把钓竿把儿在你的‘把托’上插好。埃迪，你过来抱住戴维的腰，一定抱住。”

“哎呀糟糕，爸爸。”小汤姆说，“看这样子，这下那大家伙要一股脑儿把钓竿什么的拉到海底去。”

戴维跪在低低的船沿上，这会儿钓竿弯得连梢都没在水里了。好在他腰里绑着“把托”，钓竿把儿插在“把托”上的皮插座里。安德鲁则紧紧揪住戴维的两只脚。罗杰跪在戴维的旁边，眼睛死死地盯着水里的线影和绕线轮子上仅剩的一点线尾巴。然后他冲着驾驶舱里的托马斯·赫德森摇了摇头。

眼看绕线轮子上剩的线已经不足二十码了，戴维早就被那大鱼给拉得弯了腰，手里的钓竿有半截没在水里。再过一会儿，绕线轮子上的线大概只剩十五码了。又过了一会儿，眼看剩的线不足十码了。好在这时候线终于不再往外拉了。可小家伙还是半个身子都俯在船舷外，钓竿也还是有大半截没在水里，但是钓线已经稳住不再往外拉了。

“好了埃迪，你可以把他扶回去坐在椅子里了。”罗杰说，“别忙！别忙着抱那么快！你还是瞧着办好了，不要性急。他已经把鱼拉住了。”

埃迪刚才一直拦腰抱着小家伙，就是怕那鱼猛然牵动线，把小家伙拉下水。现在他把戴维扶回来重新坐在“斗鱼椅”里。小家伙被安顿好后，就把钓竿把儿往活动插座里一插，又叉开两腿摆好了架势，抓住钓竿使劲往上拉。眼瞅着那鱼给拉起了点儿。

“你如果不打算收线，现在就不要使劲拉。”罗杰对戴维说，“其实你倒宁可让它拉着。自己抓紧时间歇息歇息攒点劲，到真要跟它斗力气的时候再把力气使出来。”

“它反正是逃不出你的手掌心，戴维。”埃迪说，“所以你不用老是这样急着跟它干。悠着点儿，慢慢儿来，把它磨得筋疲力尽。”

为了跟船后的鱼拉开一点距离，托马斯·赫德森轻轻把船往前开过一点。现在船后就有了很大一片阴凉地儿。船还在不断地向外海缓缓驶去，海面上依然感觉不到一丝风浪。

“爸爸，”小汤姆唤他父亲说，“我刚才调酒的时候，无意中看了一眼戴维的脚，他的脚在流血呢。”

“那是因为要用力顶住地板，给磨破的。”

“我拿个枕头给他垫着，照样也可以使劲顶住，你看好不好？”

“你到下面先问问埃迪，看他怎么说。”托马斯·赫德森说，“可千万别去问戴夫啊。”

眼看搏斗已快四个小时了，船还在缓缓地向外海驶去。戴维还在不断地把鱼往上提，罗杰现在接着按住那“斗鱼椅”的椅框。虽然戴维的劲头看起来比一个钟头前更足，但是托马斯·赫德森看到他脚后跟露出了一些血迹，在阳光下亮晶晶的，那是从脚板上淌下来的。

“你的脚怎么样啊，戴维，痛吗？”埃迪问。

“脚倒不痛，”戴维说，“就是两只手、两条胳膊和背难受得很，我又毫无办法。”

“在你脚下安个垫子好不好？”

戴维摇了摇头。“这样我怕使不上劲呢。”他说，“本来脚下就有点黏糊糊的。再说脚也不痛，真的，一点也不痛。”

小汤姆又跑上驾驶台来，对父亲说：“我看他的脚底都快磨掉一层皮了。两只手也是，不但磨出了水泡，而且水泡全磨破了，真是看不下去。哎呀，爸爸，我实在不知道怎么好！”

“汤米，戴维现在的状况呢，就好比划着小舟面对急流却还得逆流而上。好比已经筋疲力尽了却还不得不继续登山爬坡，还得策马前进下不了鞍。”

“这些我都明白。可只能眼睁睁看着，自己又完全插不上手，帮不了忙呀。我觉得好难过，那可到底是我自己的兄弟啊。”

“我能明白你的心情，汤米。不过小孩子家也都要经历这么一个阶段，不经过这么一番磨炼，一辈子也成不了男子汉。我看现在戴夫就正处在这么个节骨眼儿上。”

“这些道理我都知道。可是刚才一看到他受伤的脚和手，我就不知道怎么好了。”

“这么说吧：如果这鱼落在你的手里，但是罗杰或我不许你去把它逮住，你会心甘吗？”

“怎么可能心甘。只要我还有一口气，就非跟它斗到底不可。可眼下处在这个位置上的是戴维，我却只能眼睁睁看着，心里的感受那就是不一样嘛。”

“所以啊，我们更应多多考虑他的心情。”他父亲对他说，“我们最应当考虑的就是对他来说到底什么最重要。”

“这我又怎么会不懂呢？”小汤姆无可奈何地说，“只是对我来说那好歹是我的兄弟戴维呀。这样残酷的磨炼我实在看得心里像刀割一样，自己的兄弟要是能免受这样的磨难该有多好啊。”

“我又何尝不这么想。”托马斯·赫德森说，“我的好孩子，汤米，你真是太善良了。不过我要请你理解：我会这么让戴维一直干下去，是因为我知道他今天要是能捕到这条鱼的话，那他收获的可不仅仅是这一条大鱼，他的内心会生出一股力量，并且这种力量会伴随他一辈子，以后的生活中要是遇上其他的磨难，他就会比较容易对付了。”

就在这时候他们听见埃迪开了口。原来他刚又回过身去，看舱里的挂钟几点了。

“整整四个钟头了，罗杰。”他是这么说的，“你得喝点水了，戴维。这会儿感觉怎么样？”

“很好。”戴维说。

“有了，我还是去做些比较实在的事情吧，这样我才能安心一些。”小汤姆说，“我得再去给埃迪倒杯酒。你要不要也来一杯，爸爸？”

“不了。这一次我就不喝了。”托马斯·赫德森回答。

小汤姆下去后，托马斯·赫德森就又专注地看着戴维。看得出戴维显然是悠着劲儿在干，挺累的，不过还是干个不停，也不愿休息。他看见罗杰弯下腰跟他悄声说了些什么。埃迪这会儿跑到了船舷边儿，趴在那里观察水下钓线倾斜的角度。托马斯·赫德森倒不由得琢磨了起来：那剑鱼在深水里又该是怎么个景象呢？肯定是黑乎乎的，那是没话说，不过鱼类指不定自有一副好眼力呢。而且，那深水里肯定是冰凉的。

他又想：也不知那鱼是单个儿一条在跟我们搏斗，还是有另外一条鱼一直陪着它在游？虽然第二条鱼的影子他们至今还没有看到过，可那也并不能证明这鱼就一定是单个儿一条的。或许在那黑乎乎的冰凉世界里，它也不是孤军奋战，还有另一条鱼跟它并肩作战呢。

还有一点让托马斯·赫德森捉摸不透的是，那鱼最后一次下潜，已经扎得那么深了，为什么它又突然打住了呢？是因为它的下潜深度已经达到了极限，就像飞机在爬升过程中也有个绝对升限一样，还是说是因为钓竿弯度一大拉起来就吃力，制动螺丝又把钓线卡得那么紧，而且钓线在水里还有很大的摩擦阻力，所以那鱼终归还是泄了气，只能忍气吞声，先顺势游着？只要戴维提一提钓线，它就往上浮起那么一点儿，它肯这么乖乖地浮上来，也许只是因为给拉紧了不好受想减轻些压力吧？托马斯·赫德森觉得情况很可能就是他推断的这样，照这样的假设，如果那鱼并没有伤得严重的话，戴维对付它估计还是相当棘手的。

这次小汤姆把埃迪自己的那瓶酒给他送去了，埃迪接过瓶子美美地喝了好大一口，又让小汤姆继续把酒冰在鱼饵箱里。“藏在那里要取也方便。”他还说，“如果戴维还得跟这条鱼好好斗上一番，我看我不变成个酒鬼才怪。”

“没问题，你什么时候想喝了，我就赶紧给你送来。”安德鲁说。

“不行不行，我想喝你就送，那哪儿行啊？”埃迪对他说，“你得等我开口，请你拿来的时候你再拿来。”

小汤姆又回到了托马斯·赫德森身边，爷儿俩一起往底下瞧：只见埃迪俯下身子，仔细打量戴维的眼神，罗杰则按住椅子，观察钓线的动静。

“你听我跟你说啊，戴维。”埃迪非常认真地盯住小家伙的脸，“现在你手上脚上的这些伤都算不了什么。疼是肯定疼的，样子嘛，也的确很看不得，不过这些都没有什么要紧的。渔夫的手脚从来都是伤痕累累的，而且下一回再来的时候，你也就更经得起这些考验了。只是你的头，真的没事吗？”

“好得很。”戴维说。

“那就好，愿上帝保佑你，跟这可恶的家伙斗下去吧，要不了多久我们就可以把它拉上来了。”

“戴维！”罗杰冲着小家伙说，“时间太长了，要不要我来，替你把它给拉上来？”

戴维摇了摇头，甩得跟拨浪鼓似的。

“现在你下来也不算是打退堂鼓。”罗杰说，“这叫通情达理。我可以替你拉上来，你爸爸替你拉上来也可以。”

“难道我有什么地方做得不对？”戴维愤愤地问。

“没有。你干得简直没得说。”

“我干吗要半途而废呢，这条鱼很快就到手了！”

“这大家伙已经让你够受的了，戴维。”罗杰说，“我不希望你受到什么伤害。”

“可我让它嘴里吞了个钩子，哼！”戴维说话的声音都有些颤抖了，“不是它弄得我够受，是我让它尝到了厉害。这可恶的家伙！”

“行，你就痛痛快快骂吧，戴夫。”罗杰对他说。

“这可恶的家伙！这可恶的臭大个！”

“你们看，他快要哭了。”跑上驾驶台站在父兄身边的安德鲁说，“他就是怕哭出来，又激动，所以才这么虚张声势的。”

“你给我闭嘴，大骑士。”小汤姆说。

“今儿就是死在它手里我也不怕，这可恶的臭大个。”戴维说，“不，不对不对！我其实并不恨它，我还爱它呢。”

“行啦，你快少说两句吧。”埃迪对戴维说，“你有这说话的力气，还不如省着对付它呢。”

埃迪瞅了瞅罗杰，罗杰耸了耸肩膀，表示他也没有办法，被弄得莫名其妙的。

“听着，戴维，我要是再看见你这么激动，这鱼我可就不许你再钓下去啦。”埃迪说。

“我其实一直就是这么激动的。”戴维说，“只是因为我从来不说，所以你们都不知道。就说这会儿吧，我这心里也没有刚才那么激动，刚才不过是一口气哇啦哇啦都说出来罢了。”

“那你就快别说话了，赶紧歇会儿。”埃迪说，“只要你别激动，不大声嚷嚷，我们就有力气跟它一直耗下去。”

“是的，我决心奉陪到底。”戴维说，“对不起，我刚才不该这么骂它。我并不是成心要骂它。其实我是真心觉得，它倒是天底下头一号的好东西。”

“安迪，快去给我把那瓶纯酒精拿来。”埃迪喊，“我得好好给他擦擦肩臂和腿，酒精会让他的肌肉放松放松。”他对罗杰说，“这会儿我可不敢再用冰水来擦了，弄不好是要抽筋的。”

他又瞅了瞅船舱里，说：“这下可有整整五个半钟头啦，罗杰。”然后又回过头来问戴维，“现在不会热得那么难受了吧，戴维？”

小家伙没有说话，只是摇摇头，表示自己已经不热了。

“好在我最担心的正午时分都已经熬过来了，那可是当空直照的大毒日头。”埃迪说，“现在你也就不会再有什么事了，戴维。你千万不能着急，咱们慢慢儿地来收拾这条大鱼。反正到不了天黑，总能把它给收拾了。”

戴维点了点头。

“爸爸，像戴维这样跟鱼搏斗的紧张场面，你以前碰到过吗？”小汤姆问。

“嗯，碰到过。”托马斯·赫德森告诉他说。

“很多吗？”

“哪儿能啊，汤米。在这道湾流里，的确有些鱼够凶狠的。不过也有一些鱼，尽管大得出奇，捕起来却挺容易，不费什么工夫。”

“为什么那些大鱼捕起来反倒容易呢？”

“我想可能是因为这些鱼年岁也大了吧，长得又肥。还有一些呢，依我看本来就快老死了，这种鱼捕起来自然就容易。不过也有一些大得出奇的就像今天戴维碰到的这个，一直到死都还在不停地蹦跳呢。”

接近傍晚，四下里也好久没有见到过往的船只了。可见他们已经出海很远了，照目前方位来看，这应该是在本岛和大艾萨克灯塔之间。

“现在再提一次试试看，戴维。”罗杰说。

小家伙又一次弓起背，叉开双腿，两脚蹬紧，把钓竿使劲往上提。这一回那钓竿可不再像之前那样一动不动了，慢慢地居然提了起来。

“瞧，现在你把它拉上来了。”罗杰说，“快把这段线收好，赶紧再提一次试试。”

小家伙再一举竿，又收回了一些线。

“好样的，这家伙正在往上浮。”罗杰对戴维说，“现在就稳扎稳打跟它磨下去吧。”

戴维又像机器一样开工了。其实到了这会儿，更确切些说，他已筋疲力尽，只是机械地学个样子在拼命罢了。

“好嘞，是时候了。”罗杰说，“果然这家伙慢慢浮上来了。汤姆，把船往前开一点。要是能行的话，我们就打算从左舷把它给拉上来。”

“好的，往前开一点。”掌舵的托马斯·赫德森照说了一遍。

“具体的你看着办好了。”罗杰说，“反正我们只求能方便地把鱼拉上来，首先让埃迪用手钩把它提上来，我们再拿套索去把它拴住防止逃跑。我来负责收接钩绳。汤米，一会儿在我收接钩绳的时候，你就赶快过来把这椅子按住，同时还要注意，别让钓线缠住钓竿。钓线千万不能绕乱了，万一我一时没抓住，咱还得把鱼放一放。安迪，你过来听候埃迪的安排，他要什么你就给他拿什么，套索啦，棍棒啦，随时都准备好拿给他。”

如今很清楚，也能看见那鱼是在一个劲儿地往上浮。戴维也像在抽水似的，一直忙个不停。

“汤姆，要不你还是下来，在下面掌舵吧。”罗杰朝着上面喊了一声。

“我正打算下来呢。”托马斯·赫德森对他说。

“那好。”罗杰说，“戴维，有一点你必须牢牢掌握：如果那鱼想跑，而我一时又抓不住它，那你一定要把钓竿举得高高的，不能让钓线什么的把你自己缠住。一旦看我抓住了接钩绳，你就赶快松开制动螺丝。”

“线可要绕齐啊。”埃迪补充说，“千万不要把线绕得缠在一起，戴维。”

托马斯·赫德森从驾驶台旁的螺旋扶梯下到后舱，在那里掌舵。在后舱里掌舵，自然比不上在驾驶台上那样，能很方便地观察水下，但是好处就是如果有什么紧急情况的话便于照应，最起码也方便传话了。托马斯·赫德森在驾驶台上居高临下望了好几个钟头，如今却一下子身处跟现场同一个高度，那感觉真是有些异样。就好比从包厢里来到了舞台，或是来到了拳击台边的前排座，来到了跑马场的栏杆外。在这儿看着大伙儿，好像一下子近了许多，个个都像被一下子拔高了，不再矮半截了。

他这才看见汤姆所说的伤：戴维手上血迹斑斑，脚上也还在淌血，看去就像抹了一道红漆。他还注意到，绑在小家伙背上的保险带，在他背上勒出了一道道血印。现在到了这样的紧要关头，小家伙每次使劲一提竿，最后总要甩一下头，那一脸的神气简直就像把命都豁出去了也无所谓似的。托马斯·赫德森朝船舱里一望，钟表上还差十分钟就到六点了。如今到了后舱，海面近在眼前，何况他又是站在阴凉处看海，感觉这海看上去可真是大不一样。从戴维弯弯的钓竿上挂下来的白线，斜斜地没入黑乎乎的水中，钓竿不停地在那儿一起一落。埃迪此刻就跪在船舷边沿，那满是雀斑加色斑的手紧紧握住手钩，他直瞅着近乎紫红色的海水，想把鱼影看清。托马斯·赫德森看见手钩柄上拴着绳索，绳索的一头牢牢地系在船尾的起重柱上。他的目光在搜罗了一圈之后又收了回来，落在戴维身上，瞅瞅他的脊背，瞅瞅他叉开的双腿，再瞅瞅他握着钓竿的手。

“看见鱼影了吗，埃迪？”罗杰按住椅子问。

“现在还看不见呢。戴维，一定稳扎稳打地跟它顶下去呀。”

戴维就一直干着他那套一提、一放加绕线的动作三部曲，没停一下。每转一次轮子就能绕上好大一圈线，如今绕线轮子上已经绕了厚厚的一叠线了。

又转了一次轮子，那鱼半晌没有动静，随即钓竿就开始向水面弯了下去，钓线又开始被往外拉了。

“你们看，怎么又来啦，怎么又来啦？”戴维说。

“这有啥奇怪的？”埃迪说，“保不齐它还会干出些什么来呢。”

或许这鱼的耐性变差了，也就往外拉了那么一小会儿，戴维就又慢慢提了起来，尽管感觉到那竿头上的分量很重。可是一旦慢慢提了起来，线就又照样可以往回收了，这回收线还跟原先一样，比较轻松也比较顺畅。

“看吧，它只顶了那么一下就顶不下去了。”埃迪一边说着，一边把旧毡帽沿推在后脑勺上，眯起眼睛，望着深紫色的海水。

“我看见它了。”他说。

听见这话，托马斯·赫德森立马就放开了舵轮，来到船后跟着往海里看。果真，那鱼的身影终于出现在船后的深水里，因为水还很深，所以鱼看上去小小的，似乎还短短的。可是就在托马斯·赫德森瞅它时，才不大一会儿工夫，只觉得它不断变大、变大。虽不像飞机向你飞来那样一下子大了许多，但真的是一点儿也不含糊地一直在不断变大。

托马斯·赫德森走到戴维身边，紧紧地搂了搂他的肩膀，就又去把舵了。不一会儿，他就听见安德鲁在那儿大声嚷嚷：“哎哟，大家快看快看！”这一回虽然他就在后舱里，也能清楚地看见船后远处深水里的鱼影。现在看上去，那鱼是褐色的，比他刚才看到的明显长了许多，也大了许多。

“保持原位不动！”罗杰头也没回地大喊了一声。托马斯·赫德森立马回应：“保持原位不动！”

“哎呀乖乖，你们快瞧呀快瞧呀！”连小汤姆也兴奋地叫了起来。

直到这会儿，那鱼终于露出了真面目。托马斯·赫德森也心生感叹，他这辈子还从来没有见到过这么大的剑鱼呢。如今再来看那巨大的鱼身，不是褐色的，而是遍体上下一片青紫。它在船后游得很慢，但是很稳，它行进的方向跟船行方向一致，就在戴维的右侧。

“好样的，戴维，让它一直跟过来。”罗杰说，“这样跟过来正好我可以手到擒来，一定可以。”

“往前开一点。”罗杰又发出一声指令，一动不动地盯着大鱼，寻找机会。

“往前开一点。”托马斯·赫德森随即应了一声。

“可要把线给绕齐了啊。”埃迪对戴维说。这会儿托马斯·赫德森看见接钩绳上的转环浮出了水面。

“再往前开一点。”罗杰又大喊一声。

“再往前开一点。”托马斯·赫德森一边重复，一边紧紧盯着那鱼，他看准了鱼来的方向后，把船尾慢慢靠过去。到现在，他看清了鱼的全身：好大一条鱼啊，遍体青紫，剑嘴又大又阔，直指前方，锋利的背鳍就嵌在它宽广的肩上。瞧瞧它那巨大的尾巴，甚至连摆都不用摆，就推着身子一路游了过来。

“还得再往前开一点点。”罗杰说。

“再往前开一点点。”

现在，只要他一伸手就可以抓住接钩绳。

“要下手了，准备好了吗，埃迪？”罗杰问。

“好了，来吧。”埃迪说。

“注意，汤姆。”罗杰说着就探出身去，一把抓住钢丝接钩绳。

“快松开制动螺丝。”他对戴维说。他自己则死死抓住那粗钢丝绳往上拉，把鱼慢慢提起来。他打算拖近点儿，以便让埃迪用手钩去钩。

瞅着那快出水面的鱼，看去真有一根漂在水里的大圆木那么长、那么粗。戴维一直盯着它，时不时地抬眼望望钓竿尖，生怕钓线缠住了钓竿。已经跟它搏斗了六个钟头的戴维，这才第一次感到从两臂两腿到脊背都不再紧绷，托马斯·赫德森却看到他腿上的肌肉在抽搐抖动。埃迪和罗杰各司其职，一个手提手钩探出身子，一个则在快速收绳，沉着而干练。

“我看这家伙绝不止千把磅重。”埃迪说，随即又在罗杰耳边咕哝了一句，“老兄呀，麻烦来了，连接鱼钩的绳子好像是要断了。”

“你现在够得着吗？”罗杰问他。

“就是还够不着呢。”埃迪说，“你试着把它再拉过一点来，动作一定要轻。”

罗杰就继续往上提钢丝绳，那大鱼也就一点一点浮上水面，向船边靠来。

“你看，绳子给咬得尽是口子。”埃迪说，“整个儿就快断啦。”

“怎么样，你现在够得着了吗？”罗杰问他，口气依然冷静、沉着。

“还是差点儿。”埃迪也一样沉住气说。罗杰尽量把手脚放得如丝线般轻。正这样一点点提着，忽然只见他身子往后一仰，拉了个空，原来手里就只剩下根断了头的接钩绳，别的啥也没抓住。

“糟啦！糟啦！完蛋啦！我的上帝呀，怎么能这样啊！”小汤姆叫了起来。

可是埃迪这会儿已经抓着手钩向水里扑去了。他一不做二不休，索性下到水里，心想要是够得着那鱼的话，拿手钩去扎它估计是最有效的。

尽管这样，可还是不行。那大鱼起先还犹如一只深紫色的大鸟，在水下静静浮着，后来就慢慢开始往下沉了。大家也都只能眼睁睁地看着它渐渐地沉下去，一点点变小，最后终于小到再也看不见。

埃迪的帽子在水面上静静地漂浮着，在水里的他紧紧抓住手钩柄不放。那手钩上拴着绳子，另一头牢牢绑在船尾的起重柱上。这会儿罗杰一把搂住了戴维，虽然托马斯·赫德森看见戴维的肩头抖得厉害，但他由着罗杰去操心戴维的事儿了。他赶紧吩咐小汤姆说：“快去拿梯子来，咱们救埃迪上船。安迪，你去把戴维的钓竿上的接钩绳解下。”

过了一会儿，罗杰从椅子里扶起戴维，将他抱到后舱右手里的铺位上躺下，胳膊一直被戴维搂着不放开。最后小家伙就那样直挺挺地扑倒在铺位上。

埃迪也浑身水淋淋地给拉上船来了。他赶紧把湿衣服脱下，安德鲁趴在船边儿拿手钩把埃迪的帽子捞了上来。托马斯·赫德森赶紧去船舱里替埃迪拿来一件干净衬衫、一条劳动布裤子，同时给戴维也拿了一件衬衫、一条短裤。他对自己感到有些意外的是，大鱼跑掉之后，自己对戴维除了一片爱怜，竟没有一点别的感情。也许是因为经过了这一番长时间的搏斗，别的感情不知道统统消失在何方了。

他从船舱里上来的时候，戴维已经脱光了衣服扑在铺位上，罗杰正在给他全身上下涂酒精。

“肩背，还有屁股，搽上去都好疼。”戴维说，“请轻点儿吧，戴维斯先生。”

“那怎么能不疼呢，有的地方皮儿都擦掉了。”埃迪对他说，“让你爸爸来给你手上脚上涂些红药水吧。涂红药水不疼。”

“戴维，给你衬衫，快穿上。”托马斯·赫德森说，“可别着凉了。汤姆，你拿一条最薄的毯子给他披上。”

小家伙背上确实有好几处都被保险带磨破了皮，托马斯·赫德森给他轻轻地涂上红药水，还帮他穿上衬衫。

“瞧，我现在挺好的是不？”戴维的口气听着有点生硬，“爸爸，给我来一瓶可口可乐，好吗？”

“好啊。”托马斯·赫德森对他说，“你等着，一会儿埃迪再给你做碗汤。”

“可我肚子不饿呀。”戴维说，“现在还不想吃什么东西。”

“那就等会儿再吃。”托马斯·赫德森说。

“我能体会你的心情，戴夫。”安德鲁把可口可乐拿了过来跟戴夫说。

“谁也体会不了我的心情。”戴维淡淡地回了一句。

托马斯·赫德森把罗经航向给了大儿子，让他负责驾船返航回岛上去。

“汤米，听着，把船速调到三百。”他说，“等天黑我们看到灯塔后，我再来给你修正航向。”

“还是请你随时给我修正吧，爸爸。你现在是不是也像我这样心里觉得很难过？”

“这种事情也是没法避免的。”

“我知道，埃迪也已经尽了最大的努力。”小汤姆说，“在这茫茫的大海上，为了抓一条鱼而跳海，可不是谁都想干的。”

“是啊，差一点埃迪就抓住那鱼了。”他父亲对他说，“不过即使手钩真要是扎上了这条大鱼，他想要在海水里连手钩带大鱼拖过来，也真是够呛。”

“可我相信埃迪肯定有办法。”小汤姆说，“你看我调的这船速对吗？”

“这个，其实可以用耳朵来听，”他父亲对他说，“不一定非得看转速表。”

托马斯·赫德森再次来到戴维的床铺前，坐在一旁。戴维身上裹着一床薄毯，埃迪正在给他按摩双手，罗杰在给他按摩脚。

“嗨，爸爸。”他瞅了一眼托马斯·赫德森，打了个招呼，转过头强忍住泪水。

“戴维，我真替你惋惜。”他父亲说，“今天你跟大鱼搏斗，表现得真是太勇敢了，在我见过的人里面，恐怕还没有能比得过你的。依我看，罗杰比不上你，谁也比不上你。”

“多谢你这么夸我，爸爸。不过请你不要再说这件事了吧。”

“那你现在想吃点什么，戴维？”

“有可口可乐的话请再给我来一瓶吧。”戴维说。

鱼饵箱的冰块里正好冰着一瓶可口可乐，托马斯·赫德森打开瓶盖，回到戴维身边递给他。这会儿埃迪把小家伙的一只手按摩好了，他就伸手接过来喝。

“我做的汤现在正热着呢，马上就好。”埃迪说，“汤姆，你吃辣椒牛肉末吗？海螺色拉也还有些现成的。”

“那再好不过，就热一些辣椒牛肉末吧。”托马斯·赫德森说，“我们好像自打吃了早饭到现在都还没有吃过一点东西呢。你瞧罗杰，这一天下来连酒都没有喝过一滴。”

“没有的事，刚刚我喝了一瓶啤酒。”罗杰说。

“埃迪，”戴维趴在床上问，“你说那鱼到底有多重？”

“至少得在一千磅以上。”埃迪语气很肯定地告诉他。

“那你也敢往海里跳啊，真不知该怎么感谢你才好。”戴维说，“真的，该怎么感谢你啊，埃迪？”

“嗨，这有什么，你这孩子。”埃迪说，“都到了这个节骨眼儿上，不跳又能怎么样？”

“爸爸，你说这鱼真有一千磅重吗？”戴维转过来问他父亲。

“肯定有。”托马斯·赫德森说，“我这辈子还从来没有见到过这么大的鱼，甭说剑鱼了，就连马林鱼都没有。”

太阳慢慢西沉，他们的船正疾驶在回家的海面上，就连机器都转得飞快。这同样的路程，来时慢慢走了好几个钟头，回去时却感觉像在飞一样。

安德鲁这时也过来了，坐在大床铺的边上。

“你好啊，大骑士。”戴维主动招呼他。

“你说，这鱼真要是让你给逮住了，”安德鲁说，“我说你就成了天下第一小名人了呀。”

“出名我没想，”戴维说，“出名的倒是你，放心吧。”

“那当然，我是小名人的同胞弟兄，当然也会跟着出名啦。”安德鲁说，“我说真的，不是跟你们说着玩儿。”

“照这么说的话，作为你的朋友，我不也得出名啦。”罗杰对他说。

“还有我，船是我开的，我也该出名吧。”托马斯·赫德森说，“对了，埃迪也会出名的，他是用手钩去扎鱼的嘛。”

“那是，埃迪是非出名不可的。”安德鲁说，“汤米送酒有功，出名也该有他的份儿。在咱们昏天黑地地跟这条鱼搏斗的好几个钟头里，汤米可是不间断地给大家送酒。”

“那条鱼呢？它也该扬名天下了吧？”戴维问。看样子他现在应该是恢复常态了，至少说起话来与平时一样。

“那还用说，这头一个出名的就该是它。”安德德鲁说，“它应该永垂不朽。”

“但愿它沉下去以后，不至于有什么好歹。”戴维说，“我真希望它平安无事。”

“我相信它不会有什么大问题的。”罗杰对他说，“就凭它吞了鱼钩还有这么股拼劲，我就相信它会没事儿的。”

“其实这里有个道理，我改天再告诉你们好了。”戴维说。

“现在就说，干吗要改天？”安迪恳求道。

“我现在有点累了，再说，你们听了这话会觉得有些荒唐。”

“你快点说嘛，就说给我们听听吧。”安德鲁说。

“可我真不知道是说好呢还是不说好。我该不该说呢，爸爸？”

“说吧，没事儿。”托马斯·赫德森说。

“那好吧。”戴维开始说话的时候，紧紧闭上了眼睛，“不瞒你们说，我在支撑到最艰难的时刻，已经筋疲力尽，人都变得迷迷糊糊的，就连哪一方是那条鱼、哪一方是我都有些分不清了。”

“这我能理解。”罗杰肯定道。

“也就是从那一刻起，我感觉到了自己对它的爱，甚至爱它超过了世上的一切。”

“你是说你爱它？”安德鲁问。

“是啊，我真的爱它。”

“稀奇！真稀奇！”安德鲁说,“我真是理解不了。”

“到后来看到它浮上水面来了，我对它的那份爱就像是沸腾了一样，连我自己都抑制不住。”戴维依然眼睛紧闭，“我在心里不时对它说，我什么都可以不要，只求它快快靠过来，靠过来，让我看一看。”

“你说的我完全理解。”罗杰依然肯定地说。

“所以，我现在虽然丢了它，却一点也不觉得难过。”戴维说，“至于它是否大到破纪录，我不稀罕。我只觉得自己很爱它。但愿它能平安无事，但愿我能平安无事。我们自始至终都不是冤家。”

“很高兴你告诉我们这些。”托马斯·赫德森说。

“还有戴维斯先生，我对你真是感激不尽，在我刚丢了那大鱼的时候，多谢你跟我说了那一番话。”说到最后，戴维紧闭的眼睛也没有睁开。

托马斯·赫德森却始终不知道，在当时那种情况下，罗杰到底跟他说了些什么他才如此坦然。

第十章

那天晚上，起风以前都非常平静，让人感到些许沉重。其他人早已沉沉睡去，托马斯·赫德森却没有一点睡意。坐在椅子里的他心想看看书吧，就随手拿了本书，看着看着眼睛倦了正好睡去。可是尽管手里捧着书却又怎么都看不下去，白天的事儿还一直在他脑海里浮现。不想还好，从头到尾一一想过之后，他越想越觉得三个孩子里除了小汤姆，他跟另外两个似乎已经无法沟通，或者更准确地说，是他跟那两个孩子有了很大的距离。

戴维最后是让罗杰给拉走的。说真的，他特别希望戴维能从罗杰身上多多少少学到些东西。虽然罗杰这家伙生活上疙疙瘩瘩，事业上一直坎坎坷坷，可他真要干点事情还是相当出色、绝对可靠的。再有就是在托马斯·赫德森的心中，戴维始终是个难以解开的谜。尽管他对这个儿子倍加珍爱，却始终感觉他就是个谜。倒是罗杰，对戴维的了解要比他这个生身父亲对儿子的了解多得多。所以，既然他们两个能如此相知，他倒也感觉很欣慰，只是一旦深想到这里，今晚就无端平添了几分寂寞。

紧接着，他还想到了安德鲁的那一番表现今天让他感觉很不舒服。尽管他也知道，安德鲁毕竟还只是个毛孩子，安德鲁也就是安德鲁的样儿，更何况他也没干什么坏事儿，所以不能因为他的一些表现就指责他，这是不公道的。再说了，要论表现他也还算是很不错的。不过托马斯·赫德森却始终觉得，安德鲁身上似乎总有点儿什么让人不大放心。

可他转念又一想：我干吗要这样乱想自己心爱的人啊，这也太不像话了，可见自己有多自私。何必非要这样细加剖析他们，还吹毛求疵，把谁都看得一无是处呢？不应该好好记住这一天吗？于是他命令自己说：别在这儿瞎想了，赶快睡吧，一定要想法子睡着，别的什么都不去想了。明早太阳照常升起，你的日子也将照常过。想想吧，这个暑假孩子们待在你身边的日子所剩不多。你记住，你得让他们过得更快活，这就挺好。想到这里，他在心里说：是啊，对小家伙们，我是尽了心的，真是很尽心的，即使是对罗杰，我也对得住了。而且再一想：不但他们在这儿过得很快活，我自己不也是感到非常快活吗？是啊是啊，真是快活得很。不过他仍然觉得今天无来由地有点什么使他感到了一丝惶恐。是什么呢？再细细一想：可不嘛，可不每天都是这样，总好像感觉有点什么使人感到一丝莫名的惶恐。得了，真的别想了，还是快睡吧，希望现在睡着，一觉就到了大天亮。记着，明天又是新的一天，还得让他们一天都快快活活的。

夜里刮起了一股强劲的西南风，天快亮时才渐渐减弱，但至少也是七八级的风力。在这样的大风下，棕榈树早就给吹弯了腰，屋里都是百叶窗磕碰不停的声音，被吹散的纸满屋子飞舞，从屋里望向远处，海滩边一排排白浪冲天而起。

今天早上又是托马斯·赫德森独自一人下楼吃早饭，他下楼的时候罗杰已经不在屋里了，小家伙们还在熟睡，他就趁着这工夫，看看大陆的来信。信是由每星期来岛上一次的渡轮带来的，渡轮还给岛上运来食品、生活用品等。有肉、新鲜蔬菜、汽油等生活用品。风依然很大，托马斯·赫德森每看完一封信，都得用咖啡杯把它们压在桌上以免被吹跑。

“要不把门给关上吧？”约瑟夫问。

“现在还不用。屋里真被吹得乱七八糟的时候再关也不迟。”

“罗杰先生还那样，一早就到海滩上散步去了，”约瑟夫说，“是朝出海的那个方向走的。”

托马斯·赫德森听着，还是继续看他的信。

“这是报纸，”约瑟夫说，“我把压皱的地方都熨平了。”

“谢谢你，约瑟夫。”

“汤姆先生，那条大鱼的事是真的吗？埃迪告诉我的那些，都是真的吗？”

“他都跟你说什么来着？”

“说那条鱼大到谁都没有见过，最后居然给钓了上来，连手钩都扎得着了。”

“是真的。”

“哎呀呀，我的老天！你看看，要不是来了渡轮，我得留在家里接应渡轮运来的冰块、蔬菜什么的，我也早就去了。我一定一个猛子扎下去，非把它给拉上来不可。”

“是啊，最后埃迪就跳下水了。”托马斯·赫德森说。

“是吗？他怎么没告诉我这个。”约瑟夫顿时有点儿泄气。

“请再给我来点咖啡吧，约瑟夫，巴婆果也再来一片。”托马斯·赫德森说。一早起来他本来就觉得肚子饿了，再加上风这么呼呼地一吹，胃口就更好了。

“这次渡轮送熏肉来了吗？”

“我来看看，应该有吧。”约瑟夫说，“你今天早上的胃口可真好啊。”

“请让埃迪今天过来一趟吧。”

“埃迪回家治眼伤去了。”

“怎么了？他的眼睛怎么啦？”

“还不是挨了人家的拳头呗。”

一提挨拳头，托马斯·赫德森心里或多或少就有点儿谱了。

“除了眼睛，还伤着别处了吗？”

“他这回可是让人揍得够呛。”约瑟夫说，“人家都不信他的，他在好几家酒吧里都是这样。他讲的那一套人家说啥也不信。唉，你说这有啥办法呢，真是的！”

“他们在哪儿打的？”

“他这人是走到哪儿就打到哪儿。而且到哪儿总也没有人信他说的。一直到现在都还没有一个人肯相信他说的话。想想也是，深更半夜的人家又不明究竟，自然也不会相信他，又都喝过酒，有人很显然就是存心想惹他打一架。依我看啊，这岛上爱打架的家伙大概个个都跟他干过了。我跟你打包票你信不信，到今天夜里，连米德尔基[1]的人都要兴师动众地赶来了，不为别的，就是因为不信他说的那些话。你看着吧，米德尔基那两个爱打架的头等狠客这一下可算是扬名了。”

“这样的话，他出去恐怕还真得让罗杰先生陪着呢。”托马斯·赫德森说。

“哎呀，这还了得！”约瑟夫顿时一脸兴奋的表情，“那今天晚上可就有热闹看啦。”

托马斯·赫德森喝了杯咖啡，又把约瑟夫刚端上来的冰巴婆果淋新鲜酸橙汁和四片熏肉全吃了。

“哎呀，你今天可真是胃口大开呀。”约瑟夫说，“每次我看到你这样大嚼，总忍不住想说你两句。”

“我食量一向都很大的。”

“是啊，有时候的食量可是真大。”

说着说着，约瑟夫又端来了一杯咖啡。托马斯·赫德森拿起咖啡准备端到写字台那边儿去，他得赶紧写两封回信，好赶当班的轮船寄走。

“你先去趟埃迪家吧，让他开张单子看看都需要订些什么，然后好托下趟渡轮给送来。”他对约瑟夫说，“埃迪开的单子你拿回来我先看看。还有咖啡吗，

[1] 一个小礁岛，位于比米尼北岛和南岛之间，意为“中岛”。

够不够罗杰先生喝的？”

“他早上喝过了。”约瑟夫说。

刚写完两封回信，托马斯·赫德森就从楼上的写字台上望见埃迪也带着开给渡轮的下周托运货单回来了。好家伙，埃迪看上去可伤得不轻呢。眼疾虽然已经治疗过了，但却没见一点好，嘴巴和两颊肿了起来。还有一只耳朵也肿得好大。嘴巴上也起了那道口子，他涂了红药水，看上去红亮红亮的，整个人显得十分滑稽。

“我昨晚倒大霉了。”他说，“这是单子，汤姆你再看看，要添办的东西应该没什么遗漏了吧？”

“那你今天就在家好好歇一天，回去好好休息休息？”

“那不行，在家里一个人待着反而更难过。”他说，“我打算今天晚上早点睡。”

“以后别再因为一点儿小事跟人家打架了。”托马斯·赫德森说，“犯不上。”

“可不是吗，我才不是那号成天打架的浑人呢。”埃迪张着他那红彤彤开裂肿胀的嘴唇说，“我一直还耐着性子，心里想着真理和公道绝没有不赢的理，所以，可最后偏偏就会杀出一张陌生面孔来，他才不管那么多呢，非要把真理和公道揍得当场出彩才罢手。”

“我听约瑟夫说打你的人还真不少呢。”

“是啊，如果不是后来有人把我送回家，我还指不定咋样呢。”埃迪说，“我想送我回家的估计是‘大好人’本尼吧。应该就是他和警察救了我，我这才没有伤着。”

“你这还叫没有伤着？”

“哎哟，我痛是痛，可并没有真的伤到哪儿啊。哎呀，真可惜你当时没有在场，汤姆。”

“得了吧，我不在场那是运气好，不是可惜。依你看，会不会是有人故意要害你？为何你每次都挨打？”

“我看他们不会是存心的吧。他们不过是想要我承认我在说鬼话，我哪儿有胡说八道？警察倒是相信我。”

“真的？”

“是啊。警察和博比都信我说的。也就只有他们两个信了，一点不假。警察最后还发话来着，说是谁先动手打我他就要把谁关起来。今天一早还问了我一遍，有没有人先动手打我，我说有是有，不过却是我先出的手，而且没有打着人家。哎，没想到昨天晚上真理和公道挨了揍，汤姆。压根儿就吃不开啊。”

“你确定还要做今天的午饭吗？”

“当然喽，干吗不做啊？”埃迪说，“我看到渡轮送牛排来啦。虽说那是用里脊肉做的，可也是上等牛排，包你见了欢喜。牛排的配料我都已经想好了，就用土豆泥、浓肉汁，再加一些利马豆。色拉嘛，就用那种叫卷心葛芭的，加上新鲜葡萄柚，就可以做成一道味美的色拉。我看小家伙们吃馅饼还吃得好，我们用罐头罗甘莓去做馅饼，那简直绝了。正好渡轮还运来了冰淇淋，还可以把冰淇淋盖在馅饼上。你觉得怎么样？我打算把我们的戴维小哥喂得壮壮的。”

“埃迪，你昨天提着手钩就往海里跳，当时心里是怎么想的？”

“鱼鳍的正下方不是它的要害嘛，我本打算拿手钩往那儿一钩子扎进去，然后再把手钩绳一拉紧，管保它就没命了。得手了就走，赶快上船。”

“在水下你看到那鱼长什么模样？”

“大极了，足足有一只小船那么大，汤姆。那鱼一身紫红，眼睛足有你的巴掌那么大。眼珠子是乌黑的，肚皮是银白的，那张剑嘴看上去让人心惊肉跳的。因为手钩上那个大木柄的浮力太大了，我就只好眼睁睁地看着它慢慢悠悠往下沉，一个劲儿地往下沉，可我捏着手钩柄就是沉不下去，就是到不了它那儿。所以在水里我也毫无办法。”

“那鱼冲你这儿看了吗？”

“这个倒说不好。反正看上去它好像就是安安静静地浮在那儿，像是什么都无所谓的样子。”

“难道它已经筋疲力尽了？”

“我看它八成是玩儿完了，所以也不打算再挣扎了。”

“我寻思这种事吧，我们是碰上了一次就不会再有第二次了。”

“可不是嘛。这辈子也别想再有第二次了。我现在也算是想明白了，干吗非要叫人家相信呢，爱信不信吧，无所谓。”

“不过，昨天的经历倒是让我想替戴维画这样一幅画。”

“好啊，不过真要画就要画当时的情景，原原本本地画下来。可不要像你之前的那些，画得又滑稽又可笑。”

“你就看着吧，我要画得比拍的照片还逼真。”

“对，我就喜欢你的这种画。”

“只不过水下的那一部分，我没看到多少，想想还真是挺难画的。”

“能不能画得像博比酒店里的那幅龙卷风那样？”

“不行。这可是不一样的两幅画，不过我相信这幅画画出来只会比那幅画更好。嗯，我今天就来打草稿。”

“我很喜欢博比店里的那幅龙卷风呢。”埃迪说，“博比这老小子更是爱得跟什么似的。凡是去他店里的人，只要一看到这幅画，他那张嘴就开始向人吹嘘，客人竟然就都相信当时真的有那么一连串的龙卷风了。不过现在这鱼可是在水里的，要画出来得更麻烦吧？”

“没关系，我看我应该画得了。”托马斯·赫德森说。

“那鱼蹦得半天高的景象，总不见得也能画出来吧？”

“我看我画得出来。”

“那就两幅都给它画出来吧，汤姆。这是多么精彩的两幅啊，一幅画它蹦上半天，一幅画罗杰拉着接钩绳正在努力提它上来，戴维坐在椅子里，我紧贴在船艄头。嘿嘿，如果有需要的话，我们还可以配合这个架势先拍张照片。”

“我先打草稿看看。”

“我在厨房里，你有什么事要问我的，只管来问好了。”埃迪说，“小家伙们都还在睡呢，好像一个都没醒。”

“好啦好啦。”埃迪说，“你看咱们都已经跟这么条大鱼打过交道了，算见过了世面，所以我这辈子也没啥可稀罕的了。不过这饭我们还是每顿都要好好吃的。”

“可惜家里没有水蛭，不然我可以帮你把眼睛治一治。”

“哎呀，治它干吗，我现在照样什么都看得清清楚楚的。眼睛这点儿伤真不算啥，管它呢。”

“别叫醒孩子们，我也想让他们多睡会儿，能睡多久就睡多久。”

“放心吧，孩子们的早饭有我呢，而且还有乔，孩子们醒了他会来帮着料理的。要是他们真起来得太晚的话，早饭我就给他们吃少点儿，省得一会儿午饭倒吃不下了。你是还没看到这回送来的那块牛肉吗？”

“没看呢。”

“啊呀，我说汤姆，这块牛肉肯定要花不少钱，不过肉可真是好肉。我估计这岛上的人活了一辈子也没有吃到过这样好的肉。我就想着那牛也不知得有多么壮实才能长这样的好肉。”

“我知道那种牛，个儿矮，从小紧贴着地面长大。”托马斯·赫德森说，“那牛的样子就是横着跟竖着也差不了多少。”

“哎哟，那还真是够肥的呀。”埃迪说，“我倒很想有朝一日找这样一只活的牛见识见识，那就真是太好了。我们当地宰的都是那种没有食吃、快要饿死的牛，所以那肉吃起来都是苦的。哎呀，乡亲们要是能有我们这样的牛肉吃，还不知道会乐成啥样呢。不过也不一定，他们根本就不识货，见了会恶心也说不定呢。”

“好的，埃迪，我现在得把这几封信写完。”托马斯·赫德森说。

“啊，真对不起，汤姆，打扰你了。”

托马斯·赫德森又回复了两封业务上的来信，他原本打算过几天再写，等下星期渡轮来时再寄出的。今天精神好，所以就一并写好回信了。托马斯·赫德森写完信，看了看下星期托办的货单，计算好货款，再加上税款（大陆进口货物是按百分之十的统一税率向政府缴纳），一并开了张支票，便出门往官家码头走去。他远远地就看见渡轮那个码头上有很多人，人们往船上装货，船长正在接受岛上居民的委托办货。在岛上生活就是这样，凡是需从大陆进口的，什么货都得靠渡轮代办，无论是口粮食物、衣物药品，还是五金制品、备用零件等等都得靠渡轮运输。托马斯·赫德森看见此刻人们正在往船上装鲜活的小龙虾和海螺，甲板上堆了一甲板的海螺壳和空汽油桶、空柴油桶什么的。岛上的居民在大风中排着队，等着依次进舱去办订货手续。

“这次的货都还满意吧，汤姆？”拉尔夫船长在舷窗里跟托马斯·赫德森热情地打招呼。

“嘿，你这个小子，闯进来干什么，赶紧出去，轮到你了再进来！”拉尔夫船长冲一个戴草帽的大个子黑人吼道，接着他又朝向窗外说，“为了保证质量，几样货我只好另换了品种。牛肉怎么样，满意吗？”

“埃迪说那肉真是没得说。”

“那就好。快把要寄的信和办货单子交给我。这外边的风还真不小呢。我得赶在下次涨潮的时候出港。对不起啦，今儿就没空奉陪了啊。”

“好的，下星期见，拉尔夫。我就不在这儿耽误你的事了。多谢你啊，老兄。”

“放心吧，下星期我肯定想法替你全部办到货品。最近手头缺钱花吗？”

“还好。这两个星期手头还算比较宽裕。”

“你有需要的话尽管跟我开口，我手头有的是。喂，该你了，卢修斯，你怎么回事儿啊？这一回打算怎么花钱呀？”

托马斯·赫德森办完手续，就在大风中穿过码头往回走，一路上，女人们的棉布连衣裙被大风吹得好不狼狈，码头上那帮黑人就聚在一起嘻嘻哈哈地看白戏。出了码头一拐，托马斯·赫德森顺着珊瑚岩大路一直走，就来到了庞塞·德莱昂酒店。

“汤姆！”博比先生赶紧招呼着，“快进来坐坐吧。哎呀我的老天，你这是去哪儿啦？我这不刚刚打扫干净正式开门迎宾。来，来，快进来，请喝一杯本店今天准备的开门迎宾酒。”

“这会儿喝太早了点吧？”

“瞧你说的。我这可是进口的上等啤酒。你看，连狗头牌名啤我们都有备货。”说着他就伸手到一个冰桶里取出一瓶比尔森[1]，打开瓶盖，递给托马斯·赫德森，“哦，对了，你不要杯子对吧，来，先干了这瓶啤酒，再决定要不要来杯别的酒。”

“照这么来的话，我今天可就别想动笔了。”

“一天不动笔又有什么了不得呢？我看你现在就是干得太劳累了。你不能对自己这样不负责任，汤姆。人生在世，可就只有这么一回啊。你总不能成天就只跟画画打交道，是吧？”

“我昨天就一天没有动笔，带着小家伙们驾船出

[1] 比尔森啤酒原产于捷克西部城市比尔森，并因此而得名，是一种高级啤酒。

海了。”

托马斯·赫德森看向酒吧尽头，望着墙上挂着的那幅龙卷风的大油画。看着自己的作品，他心里琢磨：画得还算不错。照眼下自己的水平，恐怕也只能画到这一步了。

“对了，这幅画我还得再挂高点才行。”博比说，“昨天晚上有位客人看这画看得来了劲，竟异想天开地想要爬到画上的小帆船上去。我就恶狠狠地警告他，他要是拿脚踹穿了我这幅宝画，他就得赔个一万不可，一个子儿也不能少。警察也是这么跟他说的。后来那警察还说他也想了一个题材，想请你画一幅画挂在自己家里。”

“什么题材？”

“那警察不肯跟我说。就说自己有个绝妙的题材，回头他找机会再跟你说说。”

听到这里，托马斯·赫德森又仔细看了看墙上的画，看得出画上已经有一些损伤的痕迹了。

“嘿，汤姆，你这画还真经得起摔打。”博比得意扬扬地说，“一天晚上有个客人突然大叫一声，我没提防他拿起满满一杯啤酒朝画上一股龙卷风卷起的冲天水柱砸去，他妄想把那水柱砸倒。你哪里看得出它挨过砸？真是半点凹痕也没有留下。泼上去的啤酒也就像泼了点儿水，一下就流得没影儿了。哎哟汤姆，还是你真行啊，这画一丝一毫都没有褪色。”

“不过怕是再经不起这么折腾了。”

“那是没得说。”博比说，“谁也别想再动我的这幅宝画了。不过我还得把它再挂高点才行。昨天晚上那位客人的举动确实吓到我了，让我有点不放心。”

说着说着，他又递了一瓶冰过的比尔森给托马斯·赫德森。

“汤姆，我听埃迪说起那鱼的事儿了，心里着实替你可惜。我跟埃迪从小就认识，这辈子我还从来就没听过他说谎话。而且碰到要紧的事儿，他是从来不撒谎的。不不，应该说，只要你让他实话实说，他就从来不撒谎。”

“算了，这事儿真是晦气透了，对谁我都不想再提。”

“是，不提也罢。”博比说，“我就是向你表示一下慰问。这样吧，喝了这瓶啤酒，再来杯酒如何？这一大清早就闷闷不乐的可不是个事啊。你就随便说吧，想喝点什么心里才觉得痛快？”

“嗨，我这心里也没什么不痛快的。我今天下午还打算画画来着，所以今天就不陪你喝了。”

“好吧，既然你说要画画，我也是劝不动你的。

这会儿大家也都快来了，总会有人赏我的光的。快看，那条游艇不是自己找死嘛，吃水那么浅！从海上这么一路过来肯定吃够了苦头。”

托马斯·赫德森从开着的店门望出去，果然一艘极漂亮、极宽敞的白色游艇正沿着航道驶来。这种游艇一般都是在大陆上的港口里包租的，专跑佛罗里达诸基列岛一带，像昨天那样风平浪静，穿越湾流是完全没问题的。可是今天风这么大，这号游艇吃水浅，船上又有那么多层房屋，准在海上吃够了苦头。所以，令托马斯·赫德森大为吃惊的倒是，在如此湍急的海水里，这条游艇竟然过得了沙洲，进得了港。

托马斯·赫德森和博比站到店门口，看见这条豪华游艇往港口里驶进一段距离后才下了锚。只见游艇上一片雪白，船上的人也都个个一身雪白。

“好嘞，来客人了。”博比先生说，“但愿游客都是些正派人。自从金枪鱼汛过去后，我们这儿还不曾有一艘像模像样的游艇来过呢。”

“你知道这条船的来头吗？”

“不知道，我以前从来没有见过。不过船是一等的，这错不了。而且这船肯定不是造来跑海湾一带的。”

“大概是船上的人半夜里看风平浪静，觉得没事就贸然开船来了，没想到半路上就刮起了这场大风。”

“估计是这么回事。”博比说，“这场风还真不小呢，一路上这么颠啊颠的，肯定够他们受的。到底来的是些什么人，等着吧，反正一会儿咱很快就知道了。汤姆老兄啊，我还是给你调杯什么酒来尝尝吧。你不喝酒，我心里很不安。”

“好吧，那就给我来一杯金酒补汁吧。”

“又是这个金酒补汁，奎宁水没有啦。本来还有一箱的，给乔要了都送到府上去啦。”

“这样啊，那就来一杯酸橙威士忌吧。”

“好，用爱尔兰威士忌，不加糖。”博比说，“这得连干三杯才带劲啊。快瞧，罗杰来了。”托马斯·赫德森朝开着的店门向外一看，果然看见罗杰来了。

罗杰喜欢光脚。走进屋来大家才看清他下身穿一条褪了色的劳动布裤子，上身套的是一件渔民常穿的那种条子旧衬衫，不知道洗了多少遍，都洗缩水了，即使隔着衬衫也能看出他背部肌肉的抖动。他径直走向吧台，两臂放在吧台上，向前探出身子。博比的酒店比较昏暗，罗杰的肤色显得更黑了，海风和烈日的痕迹还留在他的头发上。

“小家伙们都还在睡呢。”他对托马斯·赫德森说，“埃迪昨晚被人打了。你看到他没有？”

“整整一夜他都在打架。”博比轻描淡写地说，“不过这种打架没什么了不起的。”

“埃迪可别出什么事啊。”罗杰说。

“没有什么大不了的事，放心吧，罗杰。”博比安慰他说，“他就喝了点酒，在那儿说了两句，有人不信他的话，俩人三句两句就打了起来。真的并没有人欺侮他。”

“戴维的事我觉得非常过意不去。”罗杰对托马斯·赫德森说，“或许我们真不该让他这么干，这对他的伤害很大。”

“我看他倒没什么。”托马斯·赫德森说，“看昨晚他睡得多香啊。不过真要论责任的话，责任也在我。不管怎么说都应该由我出面叫他停手。”

“不是这样的。这一切你都交托给我了。”

“可是做父亲的就应该对孩子负起全部责任。”托马斯·赫德森说，“我把责任撂给你本身就很不应当。这种事又怎么能委托给别人呢？”

“可那也是我自愿揽过来的啊。”罗杰说，“我本以为让他这样干会磨炼他，本以为不会对他有任何害处。相信埃迪也这么想。”

“我知道你们是怎么想的。”托马斯·赫德森说，“其实我自己也是这么认为的。说实话，我当时倒是担心真要叫他停手可能影响他别的什么。”

“是啊，我也考虑到了这一点。”罗杰说，“可我现在还是觉得自己没有做好，太不替别人着想了，也太对不起人了。”

“我是他父亲，”托马斯·赫德森说，“应当怪我考虑不周才是。”

“这次出海没捕着大鱼，真是太煞风景了。”博比一边说，一边给他们每人递了一杯酸橙威士忌，他自己也端了一杯，“干杯，祝你们下次捕到一条更大的。”

“哎哟，算了吧。”罗杰说，“还有更大的？我是不敢再想了。”

“不能被困难打趴下，怎么不敢想呢，罗杰？”博比问。

“没什么，随便说说罢了。”罗杰回答。

“我今儿倒是有个想法，想给戴维画两幅画。”

“那可太好了。你看那情景能画出来吗？”

“如果一切顺利的话，应该没多大问题。我已经大致构思好了，怎么画心里也有了谱儿。”

“没错，你一定能画。我看就没有你画不了的画。不知道这条游艇上来的都是些什么人？”

“哎，罗杰，你满心不快，就这样在岛上到处跑……而且还光着脚。”他说。

“我刚才到拉尔夫船长的渡轮上去了一趟，倒掉了心里的诸多不快。”

“我这样到处跑是想完全打消心里的不快，可是始终做不到，借酒消愁的事儿呢，我也坚决不干。”罗杰说，“不过你这酒挺不错，博比。”

“多谢夸奖。”博比说，“马上我再给你调一杯，让你把积压在心头的不快干脆彻底地吐一吐吧。”

“是啊，我有什么权力拿个孩子去冒险，”罗杰懊恼地说，“而且还是别人家的孩子。”

“那还不得看你冒这个险是为了什么。”

“不，你这话不对。拿孩子去冒险就不对。”

“我心里就有底。我就很清楚自己冒这个险是为了什么。总不能就是为了那条鱼吧。”

“话是没错。”罗杰说，“为了达到这个目的，也不一定就非得采取这样的手段，让孩子去冒这样的险。”

“你就放心吧，等他这一觉醒来肯定又是活蹦乱跳的了。孩子的自我保护能力是很强的。”

“我只知道他是我心目中的大英雄。”罗杰说。

“是吗？比起你以前一直把自己奉为心目中的大英雄，他可真是要算一个强者了。”

“是吗？”罗杰说，“我看他现在也是你心目中的大英雄呢。”

“这我承认。”托马斯·赫德森说，“这个小家伙很值得你我好好学习。”

“罗杰，”博比先生说，“我一直想问个问题，你跟汤姆是不是亲戚？”

“什么？”

“我总觉得你们是亲戚，你们俩长得也还有点儿像。”

“谢谢。”托马斯·赫德森说，“你也得谢谢人家，罗杰。”

“是的，多谢你，博比。”罗杰说，“你看我长得真像这位好汉画家吗？”

“是啊，你们看上去好像还是挺近的亲戚，瞧那几个小家伙跟你们俩长得都挺像。”

“可我们还真不是亲戚。”托马斯·赫德森说，“原先我俩都住在一个镇上，从小到大两人所犯的错误几乎一样。”

“得了得了，你就别跟我这儿胡扯了。”博比先生说，“直接干了这一杯，把这些个酸溜溜的话赶走吧。想想在酒吧里一大清早就听到这样的话，怪扫兴的，这一天还让不让人过啦。这样的酸话我听得不少，甭管是黑人啦，包租船上的船老大啦，游艇上的大厨师傅啦，还有什么大老财和他们的婆娘啦，大私酒贩子啦，杂货店老板啦，甚至捕海龟船上的乡巴佬啦，总之这些形形色色的兔崽子王八蛋，任谁都来我这儿发牢骚。可一大清早就说这酸溜溜的话，还是免了吧。这会儿外边大风刮得那么猛，咱们在屋里喝酒是再适合不过了。再说了，不管是谁说的，其实这种酸话还不都是老一套？所以啊咱们的酸话就说到这儿为止啦。现在自从开始流行听收音机，大家都在听BBC[1]了，估计没有人还有那份闲工夫、闲心情去听人家的牢骚了。”

“是吗，你也听BBC？”

“我就只听大本钟[2]报时。别的节目听不习惯，听了觉得浑身不自在。”

“博比，”罗杰说，“你这个朋友真是好心肠啊。”

“其实也不怎么好。不过只要能看到你不那么灰头土 脸，我也就很高兴了。”

“嗨，还让你担心我，我也没啥不愉快的。”罗杰说，“你看都是些什么样的人从这条游艇上下来？”

“甭管什么人，反正都是客人。”博比说，“来，

[1] 英国广播公司。

[2] 位于伦敦英国议会大厦钟楼上的大钟，准点报时。

咱们再来为我干一杯，给我添些劲头，好去侍候那些人，管他们是些什么东西呢！”

就在博比挤着酸橙调酒的工夫，罗杰对托马斯·赫德森说：“你知道，我绝没有一点要贬低戴维的意思。”

“瞧你说的。”

“实话实说，当时我心里想的就是：呸！呸！这事我一定要痛痛快快地把它干好了！刚才你说我一直把自己奉为心目中的英雄，还真是批评到点子上了。”

“开玩笑啦，我哪有资格来批评你呢？”

“可我却觉得你批评得对。你知道问题在哪儿吗？问题就在于已经好久好久都没有一件让人感到痛快的事了，这日子过成这样，我做事却总还想图个痛快。”

“所以啊，你现在不是打算重新写书吗？我觉得你就把文章写得坦率些、纯真些、痛快些。以刚才聊的那些作为开头岂不是很好？”

“你说的什么坦率也好，痛快、纯真也罢，我首先也得是个那样的人吧？可是你看我像吗？你看我能写出那样的文章吗？”

“我倒觉得这跟你是什么样的人没什么关系，关键是你要写得坦率。”

“好吧，你这意思我还得花点儿时间再体会体会，汤姆。”

“是啊。正好今年夏天我们又能聚在一起了，还记得我上一次见你是在纽约，那时你还跟那个拿香烟头烫你的女人在一起呢。”

“她后来自杀了。”罗杰说。

“什么时候的事儿？”

“那时候早已经分手了，我住在西部山里。我记得很清楚，那时我还没到西海岸去写那个电影剧本呢。”

“是吗？怪可怜的。”托马斯·赫德森说。

“在我看来，本来她就一直朝着自杀的路在走，”罗杰说，“乖乖，亏我撒手早。”

“你是绝对不会走这条路的。”

“这不好说。”罗杰说，“其实我总觉得，有时候选择走这条路看来也是非常合乎逻辑的。”

“我刚才说你绝不会走这条路，一个最重要的原因就是这样的做法不足为训，会教坏了孩子们。你说你真要自杀了，戴维会怎么想？”

“我想他或许会理解的。而且话又说回来了，人自己都走到这一步了，还顾得上教孩子？”

“哎哟，你看你，说着说着又冒蠢话了。”

博比又把酒推了过来：“罗杰，你这是怎么了，尽说这些胡话，连我也听出来酸溜溜的味道了。按理说我赚客人的钱，客人说什么我也得听着。可要是自己的朋友说这些话，我就听不下去了。罗杰，不许再说这些了啊。”

“好的，我不说了。”

“那好，”博比说，“先干了这杯。你们还真别说，我这店里以前就有过这么一位客人，他从纽约来，就住在那边的旅馆里，经常没事儿就到我店里来喝酒，一喝就是大半天。他来这儿喝酒也从来不谈别的，成天叨叨着他那一套自杀经。他的言语闹得店里人心惶惶。我记得那年整个冬天因为他我的店简直就没安生过几天。后来警察也警告他了，说自杀是非法行为。我实在受不了了，就请警察警告他连谈论自杀都是非法行为。可警察却说不能自作主张做这样的警告，得请示拿骚方面才行。不过，听他叨叨了一阵过后，大家似乎也听惯了他的自杀方案，彼此熟悉了以后，好些酒客居然还开始和他搭话，甚至帮腔。特别是有一天他跟大个子哈里进行了一番交谈，那谈话可真是不得了。他对大个子哈里说他不但想自杀，而且还想找个志同道合的家伙结伴走。

“‘你找我就好啦，’大个子哈里对他说，‘我正是你要找的那个对象。’于是大个子哈里就可劲儿地撺掇他，去清净世界要选个好城市，就是纽约，不如两个人结伴而行，到了纽约再痛痛快快地喝他个一醉方休，喝到实在不想喝了，再爬到城里最高的摩天大楼楼顶上，纵身一跃，来个一了百了。我当时就心想，大概大个子哈里还以为，清净世界无非就是个近郊的什么地方吧。也许是个爱尔兰人的聚居区呢。

“大个子哈里一说起他的这个主意，那位自杀先生便对哈里大为欣赏，从此俩人就天天凑在一块儿商量他们的自杀计划。不可思议的是，后来居然还有人也想入伙，建议他们组成一个求死旅行团，先别走那么远，不妨就以拿骚为起点。可是大个子哈里却不同意，非去纽约不可。最后他悄悄告诉那位自杀先生，说他在这人世间的日子已经活够了，他准备好要去那个什么清净世界了。

“可大个子哈里个人私事还没有解决完不能说走就走，就是他先前接受了拉尔夫船长的订货，他还得去捉些龙虾来交账，这一去就是好几天。就在哈里走后，自杀先生喝酒过量昏迷了。好在他有从北边（指纽约）带来的一种大概是阿摩尼亚什么的，那玩意儿看来还挺神，嗅一嗅人立马就清醒了。人一清醒酒瘾也清醒，就又上我这儿来接着喝。人虽然看着清醒了，可那酒性却哪儿那么容易就散了呀，这样一天一天积累起来就越来越厉害了。

“那时候大家都管他叫自杀俱乐部经理，大家伙都劝他说：‘自杀俱乐部经理呀，你还是先歇歇吧，要不你就非得先醉死不可，那就来不及执行你的自杀方案了，这样的话，哪儿还到得了你的清净世界呀。’

“‘我这就是在向清净世界前进。’他说，‘我已经启程了。你们怎么没看见呢？我的方向就是清净世界。给，这是刚才的酒钱。我已经做出了最庄严的决定。’

“‘还没找钱呢。’我对他说。

“找头我已经用不着了。你帮我留着给大个子哈里吧，让他喝上一杯再来跟我相会。’

“说完他就急匆匆地出门，径直跑到了约翰尼·布拉克的码头上纵身一跃跳了水。当时正在退潮，天色一片漆黑，也没有一点月光，所以自打他一落水就再没人见过他的踪影。两天以后，人们才在岬角一带发现他被冲上了岸。你们不知道，他失踪的那天把大家害得好苦，找了一晚上啊。后来大家估计，一定是他跳水的时候，脑袋撞上了以前留下的水泥墩子什么的，过后让潮水给卷走了。大个子哈里捉完鱼虾什么的回来见他死了，伤心了好一阵，直到在我这儿喝光留下的那笔找头才算打住。真是的，要知道，那可是二十块大钞的大找头呢。大个子哈里把酒喝光后，悄悄对我说：‘我实话跟你说吧，博比，这位自杀俱乐部经理老兄的脑袋肯定有毛病，只是我不知道是哪一种病。’他还真说对了，后来家属来这儿找人，来人在见到专员时就说这位自杀俱乐部经理的确患有一种病，叫做‘躁郁症’[1]。你没有害过这种病吧，罗杰？”

“没。”罗杰说，“听你这么一说，我想我是永远也不会害这种病的。”

“这就是嘛。”博比先生说，“像清净世界这种玩意儿，绝对不能随便拿来开玩笑的。”

“得了吧，清净世界清净个屁。”罗杰说。

[1] 英文原文为“Mechanic's Depressive”，疑为笔误。应为“Manic Depressive”，译为“躁郁症”。

第十一章

埃迪给大伙儿准备的午餐丰盛极了。光是那牛排看着就让人极有食欲：表层烤成了金黄色，上面留着一道道烤架的印子；外边一层用刀子轻轻一划，皮儿就绽开了，里面那叫一个肉嫩多汁。他们不约而同地将盘里的肉汁舀来浇在土豆泥上，那肉汁在白里泛黄的土豆泥上慢慢积成了一个小湖。除了牛排，用黄油煎的利马豆很耐嚼，卷心葛芭入口清凉爽脆，新鲜的葡萄柚子散发出一股沁人心脾的凉气。

兴许是让这大风给刮的，大家的胃口大开。好家伙，一个个吃得可带劲了。他们正吃着，埃迪跑来瞅瞅大伙儿吃得咋样，他脸上的伤看着还真是不轻呢，只听他说："你们别只顾着吃，倒是实话告诉我，像今天这种烤法的牛排，味道怎么样啊？"

"妙极了，好吃极了。"小汤姆说。

"哎呀，要好好嚼嚼啊，吃慢点儿。"埃迪说，"吃得太快可就吃不出这么好吃的肉味呢。”

“我还没来得及多嚼几下就化掉了。”小汤姆老老实实地对他说。

“今天有饭后甜点吗，埃迪？”戴维问。

“有啊，馅饼加冰淇淋。怎么样，高兴吧？”

“好丰盛！”安德鲁说，“还有两道呀？”

“吃吧吃吧，管保把你撑得动都动不了。冰淇淋冻得硬实着呢。”

“馅饼是什么馅儿？”

“罗甘莓的。”

“冰淇淋呢？”

“椰子味的。”

“这些都哪儿来的呀？”

“渡轮运来的呗。”

埃迪给大家吃饭时喝的饮料是冰镇的茶，吃完甜点后罗杰和托马斯·赫德森又各自喝了一杯咖啡。

“真不错，埃迪这烧菜手艺可真不赖。”罗杰说。

“跟大家胃口好也有一定关系。”

“那牛排是超级好吃呀，这跟胃口没关系。还有那色拉、那馅饼，太美味了。”

“他是个好厨子。”托马斯·赫德森也赞同罗杰的意见，“咖啡还可以吧？”

“棒极了。”

“爸爸，”小汤姆问，“如果游艇上的那伙人去了博比先生酒店的话，我们想把安迪装成个小酒鬼，也去酒店里热闹热闹好吗？”

“这个，博比先生怕是不愿意呢。咱们要是害得他跟警察关系搞坏了，就不太好了。”

“我可以先去问问博比先生的意见，我也可以先去警察那儿打个招呼的。反正他跟我们也是朋友。”

“好吧。那你就先去跟博比先生说一声吧，顺便打听打听游艇上那伙人大概什么时候到。就你们去吗，戴夫怎么办？”

“我们仨一起去啊，别担心，我们就背着他一块儿去，这样出去就当散散心，也给他补充点儿新鲜的精神养分。”

“我穿汤姆的帆布鞋走着去好了。”戴维说，“不过怎么个玩儿法，你心里有谱了没有，汤米？”

“不着急，我们在去的路上现想也来得及。”小汤姆说，“那个，你的眼皮还能往外翻吗？”

“那有什么不行的，随时都可以。”戴维说。

“不行不行，我求求你，千万别现在翻啊。”安德鲁说，“咱们刚吃完午饭，我要恶心起来那可让人受不了。”

“现在只要有人给我一毛钱，我就可以立马叫你吐得人仰马翻，大骑士。”

“求求你就饶了我吧。过了这一阵子我就不怕了。”

“需要我跟你一块儿去吗？”罗杰问小汤姆。

“好啊。”小汤姆说，“我们一起动动脑子想个新鲜的好点子吧。”

“好的，走吧。”罗杰说，“要不你趁这工夫在家打个盹儿，戴维？”

“是啊，或许我一会儿就睡了。”戴维说，“我想先看看书，等看累了就睡一小会。你打算做什么，爸爸？”

“我想到阳台上去找个背风的地方安心画我的画。”

“那我也到阳台上去，躺在行军床上，看你画画，你介意吗？”

“当然不会。有你陪着我画起来就更带劲了。”

“我们出去也要不了多久就回来了。”罗杰说，“你怎么样，跟我们去不，安迪？”

“我原本是想跟你们去的，好商量商量怎么玩儿。不过我再一想还是别去，因为游艇上的那伙人说不定已经在那儿了呢。”

“精啊！”小汤姆说，“就数你最精呢，大骑士。”

罗杰和小汤姆出门以后，托马斯·赫德森在阳台上安静地画了一下午的画。安迪看了一会儿就不知道跑哪儿玩儿去了。戴维一会儿看画画，一会儿看看书，安静地躺在那里不说话。

托马斯·赫德森计划先画那鱼的一跃，因为鱼在水下的那个场景很复杂，难画得多。尽管这第一幅画相对来说简单，但他一连打了两个草样，仍不满意，直到第三个草样才觉得有那么点儿意思了。

“你看看这幅，能看出点意思了吗，戴维？”

“哎哟，爸爸，你画画真是出神入化呀。不过就有一点很怪。你想，那鱼蹿出水面的时候，海水肯定也就跟着飞起来了，对吧？水花并不是等到鱼重新落水的时候才溅起来的。”

“对，确实应该是这样的。”他父亲也觉得他说得有理，“因为不冲破水面它是蹦不上去的。”

“照现在这画面来看，那鱼已经蹦上来了。那就必定会有水花跟着飞起来才对。如果你够准确的话，我想你应该看得出来实际上那水就是从鱼的身上滴下来或流下来的。我看不懂咱这画面上这鱼到底是在往上蹦呢，还是在往下落？”

“我现在不过是打个草样。最初的想法是画出鱼蹦到最高点时的情景。”

“我知道你这不过是先打的一个草样，爸爸。如果你感觉我有些多嘴的话，那就请你原谅。我才不会假充行家。”

“我非常欢迎你给我提意见。”

“要提意见那还得是埃迪才行，你也知道，埃迪真是个行家。他那双眼睛尖得什么都能记得清清楚楚，有时候比照相机还管用。我觉得埃迪是个了不起的人，你说是不是，爸爸？”

“他的确很了不起。”

“可大家怎么都不知道埃迪的这些好呢？当然汤米多少还算是了解他的。除了你和戴维斯先生，我最喜欢的人就是埃迪了。你看他当厨子，好像并不把这仅仅当个职业，而是他本身就爱干这一行，他身上表现出的就是那种热爱。他什么都知道，感觉他就是个全能人才，什么都会。你看看那天对付鲨鱼他多有办法呀，昨天为了捕那条大鱼他想都没想就跳下海了。”

“可是昨天晚上那些人却因不信他的话打了他一顿。”

“可爸爸，埃迪却并不因此而伤心呢。”

“是啊。他这人一直都乐呵呵的。”

“虽然昨天给揍得鼻青脸肿的，他今天还是乐呵呵地来给我们做饭。我心里明白，他是个阳光的人。

是什么让他快乐啊，因为跳了海，追了鱼，所以他心里直乐。”

“当然。”

“我好想戴维斯先生也像埃迪那样整天乐呵呵的。”

“戴维斯先生的情况要复杂得多。”

“我也清楚人跟人是不能比的。不过我记得戴维斯原先也是一个快乐的人，啥也不放在心上。要说我对戴维斯先生的了解可不比你少，爸爸。”

“我看他现在也过得满快活的嘛。只不过他已经改掉了那种啥也不放在心上的性子。”

“我说的‘啥也不放在心上’不是说他干啥都马马虎虎，而是说他无忧无虑的生活状态。”

“我说的也是这个意思啊。不过他原本倒是相当自信，如今也不知把这自信丢哪儿去了。”

“这我清楚。”

“所以我现在最希望的就是他能恢复自信。说不定他重新开始写书之后，就能渐渐找回些自信来。你说埃迪每天快快活活的，说到底就是因为他有个活儿能认真干、天天干。”

“这么说来，我看要他像你和埃迪那样每天都勤勤恳恳干活儿，戴维斯先生恐怕办不到吧。”

“办不到。更何况这里还有其他的原因。”

“我知道。哎，我一个小孩子家，知道的事情也太多了些，爸爸。可是汤米知道的事情至少比我还多二十倍，那些再要不得的事情他都知道，可我看他知道了也就知道了，并没有什么。不像我，知道些什么后就总让自己苦恼。我也不知道这是怎么回事。”

“这是因为你有了自己的理解和体会。”

“是啊，我的确是有体会，而且在心里还产生了不小的影响。是有这么一种说法：我就像‘代人受过’似的。”

“我明白你的意思。”

“爸爸，我总爱说些一本正经的话，请不要见怪。我知道其实这是不大礼貌的，但有时候我就喜欢这样，而且不由自主地就成这样了，因为我们不懂的事情实在太多了，可是真要懂事了吧，事情却又来得那么急，就像一个浪头打来，打你个劈头盖脸。比如今天，这一个接一个的浪头可真够多的。”

“你有什么不明白的，随时问我就好了，戴维。”

“好的，谢谢爸爸。以后有什么问题我会问的。不过我总担心有些问题恐怕请教不来，还是得靠自己琢磨才能真的明白。”

“你说我们要不要也去博比的酒店里跟汤姆和安

迪一块儿扮酒鬼玩儿呢？你记不记得，以前有个家伙说你总是喝醉，我还跟他吵架那些事？”

“记得。三年里他两次见我喝葡萄酒喝醉，就这么说我了。这事我们就不谈了吧。不过想想倒也是，既然我有过这样一笔老账，那我真要喝酒的话理由倒也很充分。反正我已经叫那人见到过两次了，有一有二就有三，何不就索性凑满三次呢？我倒不是想喝酒，不过我也觉得去玩玩儿很有意思。”

“你们最近还玩这种扮酒鬼的游戏吗？”

“可以说汤姆和我扮得都相当成功，不过最出色的还是安迪。你不知道安迪简直是玩这种把戏的天才。你是没看他演，他演起酒鬼来可真是绝了。我也就只能算是小意思，偶尔客串客串的那种。”

“你们近来还都玩些什么把戏呢？”托马斯·赫德森一边说着，手里还在不停地画他的画。

“你见过我装白痴兄弟吗？装那种自打生下来就又呆又傻的白痴？”

“还真没见过，你们这种玩法好奇怪。”

这时托马斯·赫德森把打好的草样给戴维看：“看看这幅画，觉得怎么样，戴维？”

“好极了！”戴维说，“我一看就知道这幅画的意思。这不正是那鱼蹦起在半空中一瞬间的样子吗？

你真的要把这幅画送给我吗，爸爸？”

“那可不，送你了。”

“你放心，这幅画我一定会好好保存的。”

“不是一幅，是两幅。”

“那我也只带一幅去学校，另一幅留在家里就好了，放在妈妈那里。要不干脆就保存在你这里？”

“你还是带回去吧，兴许你妈妈见了会喜欢的。你接着刚才的说，你们还在哪儿玩过这样的把戏？”托马斯·赫德森问。

“我们几个在列车上还玩过几回，整个车厢都闹开啦。大概是因为列车上什么样儿的人都有，所以我感觉在列车上玩最有意思了。爸爸你想啊，那些五花八门的人聚在一起，列车上即使不玩也是热闹的。再说了，戴维说过人在列车上是想走也走不了的，只能玩。”

托马斯·赫德森听见隔壁屋里传来罗杰说话的声音，便开始拾掇画具。这时小汤姆走了进来，说：“你好，爸爸。画得还顺利吗？能让我看看吗？”

托马斯·赫德森随即把两幅草样给他，小汤姆看了看说：“真好啊，两幅我都喜欢。”

“两幅画里你更喜欢哪一幅？”戴维问他。

“一样。我看都画得很好。”他说。托马斯·赫德森看出他神色匆忙，心不在焉。

“博比先生那边情况怎么样？”戴维问他。

“没问题。”小汤姆说，“只要我们自己别出娄子，他一点问题没有，管保玩得很有趣。游艇上那伙人现在已经在酒店里了，我们都耍了他们一个下午。我们赶在他们来之前就找了博比先生和警察。告诉你们吧，目前我们已经演到这一步了，就是戴维斯先生喝得晕晕乎乎的，我是个劝客，还在一个劲儿劝他快别喝了。”

“你们会不会演得太过火？”

“哪儿能呢，不会的，不会的。”小汤姆说，“戴维斯先生的表演很精彩，遗憾的是你没有看到。他每喝一杯，表情都会有变化。不过那变化非常细微，更何况在店里不容易看出来。”

“那他到底喝的是什么？”

“茶呗。博比先生热情地帮我们准备道具。他把茶灌在一个空朗姆酒瓶里。他还在一只金酒瓶里装满了水，是准备给安迪用的。”

“你刚才说你在劝戴维斯先生，到底是怎么劝的？”

“我就装作一再地央求他。不过这话当然不能让他们听见喽。啊，博比先生也过来凑了一份，不过他喝的倒是真酒。”

“那我们还是快去看看吧。”戴维说，“别让博比先生凑着凑着把酒喝过了头。你看戴维斯先生劲头足不足？”

“他的劲头可足了呢。我看他应该是个了不起的表演艺术家，太了不起了，戴夫。”

“安迪呢，在哪儿？”

“在楼下，正拿着镜子认真排练呢。”

“埃迪是不是也打算试试？”

“可不，埃迪和约瑟夫看到这么好玩都想试试呢。”

“哎呀，他们记不住台词的。”

“没关系，他们才一句台词。”

“一句台词埃迪兴许还记得住，那约瑟夫可就不保险了。”

“那也没事儿，他俩台词相同，他可以照着埃迪的台词再说一遍就好了。”

“你刚说警察也要参加？”

“对。”

“那伙人呢，一共来了几个？”

“七个，有两个女的。一个很漂亮，另一个长得更是绝美。我见她已经很有点为戴维斯先生心疼的感觉了。”

“好玩！”戴维说，“快走，我们也看看这精彩的演出吧。”

“可就你这样儿，怎么个去法呀？”小汤姆问戴维。

“走，我背着他去。”托马斯·赫德森说。

“不用了，爸爸，我穿帆布鞋走着去就好了。”戴维说，“我穿汤米的帆布鞋走着去应该没事儿。我都想好了，我可以侧着脚走，那样走脚不痛，样子也不至于太难看。”

“好，那我们就一同走着去吧。罗杰呢，又去哪儿了？”

“哈哈哈，他正趁这工夫在跟埃迪干杯，庆祝他表演成功。”小汤姆说，“刚才他登场的大半天里，尽喝茶，滴酒未沾，爸爸。”

他们一行人再次踏进庞塞·德莱昂酒店时，大风依然刮得很猛烈。一进门就看见游艇上的那伙人正靠着吧台，喝着混合朗姆奶酒。他们虽然被晒得黝黑，但个个都穿着一身白，看上去像是体面人，事实上也是相当知礼，见到有人来了，立马把占着的吧台让出了点儿地方来。他们七个人分成两堆，其中两个男的和一个女的，在靠“吃角子老虎”机的这一头，这个姑娘就是小汤米说的那个长得绝美的那位；在靠近门的那一边，是三个男的和另一个姑娘，这姑娘长得也挺动人的。罗杰、托马斯·赫德森和小家伙们一进门就径直来到吧台前。戴维走路的时候还特别注意不让自己露出一瘸一拐的样子来。

博比先生瞅了瞅罗杰，说：“嘿，你又来啦？”

罗杰点了点头，脸上装作一副无可奈何的样子，博比顺势就把那朗姆酒瓶和一只酒杯放在他面前。

罗杰也不吭声，伸手就拿了过来。

“你又来喝酒吗，赫德森？”博比问托马斯·赫德森。只见他脸上是从未见过的严肃神情和一副很讲原则的样子。托马斯·赫德森漫不经心地点点头。“你就不应该再喝了，”博比说，“人嘛，做什么事都应该有个度。”

“我只要来一点点朗姆酒就好，博比。”

“就来他喝的那个？”

“不。我要巴卡迪牌的。”

博比很快倒了一杯，递给托马斯·赫德森。

“喝吧。”他说，“不过你也知道，这酒卖给你实在不应该。”

托马斯·赫德森一口喝掉了，只感觉胃里暖呼呼的，这是真酒，立刻来了精神。

“再给我来一杯吧。”托马斯·赫德森说。

“那得二十分钟以后才行，赫德森。”博比说。他还特地看了看吧台里的钟。

这时候那伙人开始注意他们了，不过表面上还是很礼貌的。

“你今儿又喝什么了，老弟？”博比先生问戴维。

“你故意的吧，你又不是不知道我戒了酒。”戴维口气挺凶地答道。

“哟，什么时候戒的呀？”

“就昨天晚上呗，你又不是不知道。”

“那可真是对不起啊。”博比先生还说着话呢，一仰脖子一杯酒就下了肚。

“我说，我怎么可能记得住你们这些要命的小瘪三昨天干了啥前天又干了啥？得了，今儿你就帮我个忙吧，快把这个赫德森替我请出去，我还想好好做我的生意呢。”

“老板，这就是你不对了，我喝我的酒一声也没吭。”托马斯·赫德森说。

“我不管，你也该收摊了。”博比先生说着就把罗杰面前的酒瓶塞上塞子，收起来放在架子上。

这时候小汤姆对他点了点头，表示称赞他干得对，然后又悄悄对罗杰说了些什么。罗杰把他那耷拉着的脑袋埋在手里。过了一会儿又抬起头来，用手指指酒瓶，意思是要喝酒。小汤姆摇摇头，博比却豪爽地拿起酒瓶，拔去了塞子，把酒瓶一下子推到罗杰面前。

“喝吧喝吧，灌死算了。”他说，“反正你要是灌死了我也不会睡不着觉的。”

闹到这份儿上，那两头的两堆人都很注意这里的动静，不过他们在顾盼之间还是一点都不失礼貌。虽说他们是到了小地方，可人始终都注意自己的举止，看来还都是些斯文人呢。

这时，罗杰第一次开口了。

“你，给那小孩也来一杯。”他对博比说。

“你想喝什么，老弟？”博比先生问安迪。

“金酒。”安迪说。

这个时候，托马斯·赫德森倒是留了个心眼儿，他没去看那伙人。他在用余光观察那伙人的动静。

博比直接把酒瓶往安迪面前一放，再摆上一只酒杯。安迪给自己倒了满满一杯酒，对着博比举杯。

“祝你健康，博比先生。”他说，“我今天的第一杯酒敬你了。”

“行了行了，快干了吧。”博比说，“你来晚了。”

“你是不知道他的钱让爸爸给拿去了。”戴维说，“这钱本来是妈妈给他过生日用的。”

小汤姆一抬头，正好跟他父亲打了个照面，他一下子就哭了起来。他原本是不想让自己假哭变成真哭的，他那哭泣的模样儿可是够伤心的，而且怎么看都不像是装的。

一时间大家都不知道怎么办，谁也没开口，后来还是安迪说话了："对不起，博比先生，请再给我来杯金酒。"

"行啦，你就自己倒吧。"博比说，"真是个不幸的孩子，也真够可怜的。"然后立马又转过来对托马斯·赫德森说："赫德森，你喝了这一杯赶紧走吧。"

"我又没在这儿吵吵闹闹的，你凭什么总叫我走呀？"托马斯·赫德森说。

"我还不知道你呀，你一会儿准闹个不停。"博比的口气还是恶狠狠的。

罗杰这会儿又指了指酒瓶，小汤姆一把抓住他的袖子。小家伙克制住了自己，没有流泪，看他表现得真是又勇敢又善良。

"戴维斯先生，"他说，"你今天喝了这么多，已经够多的啦。"

罗杰却一声不吭，这时博比先生又把酒瓶推到了他的跟前。

"戴维斯先生，真的不能再喝了，今天晚上你还怎么写书呢？"小汤姆说，"你忘了吗，你说过今天晚上要写书的呀。"

"是啊，你说说，我喝酒是为了啥，你说吧？"

罗杰反问他。

“可戴维斯先生啊，原先你写《暴风雨》的时候，没喝这么多酒呀？”

“你好烦，给我少说几句行不行？”罗杰对他说。

小汤姆还真是好有耐心，好有勇气，受了委屈始终没有灰心。

“那我不说就是了，戴维斯先生。如果不是你事先嘱托过我，我也不会来劝你的。我们该回家了。”

“是啊，你真是个好孩子，汤姆。”罗杰说，“不过我们还是得留在这儿。”

“还要在这儿待多久呢，戴维斯先生？”

“不到他妈的打烊我们就不走。”

“我看没必要这样吧，戴维斯先生。”小汤姆说，“真的，咱们早点回家吧，不用非得等到打烊。你想啊，你要是在这儿喝得两眼都发黑了，回去还怎么写你的书啊？”

“没问题，我口述就好了。”罗杰说，“就像弥尔顿[1]那样，你知道吧？”

“我知道你口述的文章也很精彩。”小汤姆说，“可

[1] 弥尔顿（John Milton，1608—1674）：英国诗人，著有长诗《失乐园》《复乐园》，晚年因劳累过度而双目失明（1652）。

今天早上，费尔普斯小姐把录音带子放出来一听，却多半是音乐，这又是怎么回事儿呢？”

“我在写一部歌剧，你觉得怎样？”罗杰说。

“行啊，我知道你写出来的歌剧也是一点儿不含糊的，戴维斯先生。不过我们还是应该先把这部小说写完，你可是已经预支了这部小说很大一笔稿费了呀。”

“那就由你去把它写完吧。”罗杰说，“反正你大都也知道我小说的情节。”

“我的确知道情节，戴维斯先生，说真的，论情节还是挺动人的，可就是书里的那个人物，一个姑娘，你忘了在前一本书里你已经让她死了吗，这点读者恐怕要看得稀里糊涂了。”

“没什么大不了，大仲马的书里就有这样的先例。”

“你就别去跟他纠缠这个了。”托马斯·赫德森对小汤姆说，“你这样跟他纠缠不休，叫他还怎么继续写啊？”

“戴维斯先生，既然如此，你就请个有真才实学的秘书来替你吧，我实在是不够水平，不过我听说有些小说家让秘书代劳作品的。”

“那怎么行。你不知道那个开销，负担不起。”

“要不要我来帮你的忙啊，罗杰？”托马斯·赫德森问。

“好啊。你可以画出来呀。”

“那可真是太好了。”小汤姆说，“你真肯给戴维斯先生帮忙，爸爸？”

“这有什么，我只需一天工夫就可以画完。”托马斯·赫德森说。

“你得像米开朗基罗[1]那样倒着画。”罗杰说，“这画越大越好，大得要让乔治王[2]不戴眼镜也看得清清楚楚。”

“你是真打算画了吗，爸爸？”戴维问。

“是啊。”

“好极了。”戴维说，“我这大半天总算没白耽搁，听到了一句有道理的话。”

“我想画起来不会太难吧，爸爸？”

“这有什么难的？恐怕我还嫌这太简单了呢。跟我说说，那个姑娘是怎么个人？”

“就是戴维斯先生作品里写的那个姑娘呗。”

“这样啊，那我只消半天就画出来了。”托马斯·赫德森说。

[1] 米开朗基罗（Michelangelo Buonarroti，1475—1564）：意大利文艺复兴盛期的雕塑家、建筑师、画家和诗人。

[2] 指当时在位的英王乔治六世，他于1936年继位。

“可是要把她倒着画才行。”罗杰说。

“你就少在这儿要下流腔了。”托马斯·赫德森对他说。

“博比先生，我可以再来一杯吗？”安迪问。

“喝了几杯啦，老弟？”博比问他。

“不过两杯。”

“行吧，那你就接着喝。”博比说着便把酒瓶递给了安迪，“我倒是想问你啊，赫德森，你挂在我这儿的那幅画，已经这么久了，打算什么时候拿走？”

“怎么？还没人买吗？”

“一个也没有。”博比耸了耸肩说，“最关键的是，你看看，我这店堂里自打挂了你的画挤得都转不过身来啦。而且你画的那龙卷风我一见心就一阵乱跳。你拿走吧，我可不想再让它摆在这儿了。”

“对不起。”从游艇上来的那伙人里，有一位终于按捺不住，走过来对罗杰说，“请问挂在那里的那幅油画是打算卖的吗？”

“谁跟你说话啦？”罗杰不屑地瞅了他一眼。

“对不起，恕我冒昧。”那人说，“你是罗杰·戴维斯，对吧？”

“让你说对了，就是我。”

“假如那幅油画是你朋友画的，而他正打算要卖的话，我倒是很想跟他谈谈价钱。”那人说着便转过身来，“请问，你是托马斯·赫德森吧？”

“对啊，我就是赫德森。”

“你的这幅画是要卖吗？”

“很抱歉，不卖。”托马斯·赫德森不假思索地对他说。

“可这位掌柜刚才还说……”

“你信他的？你不知道他脑子有毛病啊。”托马斯·赫德森对那人说，“他倒是个极好的好人，可就是脑子有毛病。”

“博比先生，请再给我来杯金酒好吗？”这时候安德鲁彬彬有礼地问道。

“没问题，我的小老弟。”博比说着就给他斟了一杯，“你听我说，我倒是一直有个想法，你瞧这种金酒的瓶签上印着一大串浆果，傻里傻气的，多没劲儿。我觉得印上你那张红扑扑可爱的小脸蛋儿，那该有多好啊。赫德森，你觉得呢？你能设计一张像样些的金酒瓶签，把小安迪那一脸可爱的孩子气给表现出来吗？”

“这样吧，我们直接推出一种新牌子好了。”罗杰说，“既然人家有‘老汤姆’金酒，那我们也可以自己创立一个牌子，就叫‘快乐的安德鲁’吧。”

“就是就是，资金我来出。”博比说，“我们的金酒就在本岛当地酿造。回头装瓶、贴瓶签什么的再雇些小孩子来，批发兼零售。你们觉得怎么样？”

“听着倒像是回归手工业生产时代了。”罗杰说，“又走威廉·莫里斯[1]的路子。”

“你们说，我们金酒用什么来酿好呢，博比先生？”安德鲁问。

“用北梭鱼好了，”博比说，“也还可以用海螺。”

这时候，从游艇上来的那伙人已经不再关注罗杰和托马斯·赫德森，他们的目光显然也不在小家伙们身上了，而是瞅着博比，看去显得有些不安。

“我想我们再谈谈那幅油画的价钱吧，好吗？”说话的还是那个人。

“你说的到底是哪一幅油画呀，我的好哥们？”博比一边问他，一边仰头又是一杯。

“你看，就是画面上有三股海龙卷，还有个人在划小船的那幅很大很大的油画。”

“倒是在哪儿呢，这幅画？”博比问。

“就在那儿啊。”那人说。

[1] 威廉·莫里斯（William Morris，1834—1896）：英国作家、空想社会主义者。他的代表作为两部乌托邦小说《约翰·保尔的梦想》和《乌有乡消息》，他在小说里描绘了以小生产为基础的理想社会。

“噢……对不起，先生，我想你大概是喝多了吧。你也知道本店是做正经生意的。什么海龙卷啦、划小船啦，我们怎么都不做这号生意的。”

“可我说的是挂在那儿的一幅画呀。”

“你就别在这儿耍我了，先生。那儿根本没有画。我这店里如果有画也是应该挂在柜台的上边，你看看，挂画的地方显然是那里嘛，而且我要挂也应该是张裸体画，画个身材苗条的裸体美人，半卧半靠在那里，曲线毕露。”

“我是说就挂在那儿的一幅画，就是那幅啊，你看。”

“哪儿啊？哪幅？”

“那儿。”

“哎哟，我看真得让人给你服一剂布罗莫·塞尔泽[1]才行，先生。或者我可要管你叫人力车了哟。”博比说。

“什么？人力车？”

“是啊。你要不怕我可就打开天窗说亮话，我就老实不客气地管你叫人力车啦。你本来就是一辆人力

[1] 一种止痛药的商标名。之前被认为可用做镇静药，可能是因为它对宿醉有效果。

车。而且还是一辆喝多了的人力车。”

“那么，请问博比先生。”安德鲁彬彬有礼地问，“你看我呢，我是不是也喝多了？”

“怎么会呢，我的好孩子。你哪儿会喝多了呢？要喝只管自己倒。”

“谢谢你，博比先生。”安迪说，“我已经喝了四杯了。”

“喝吧喝吧，你能喝他个一百杯才好呢。”博比说，“你这孩子真是让人感到骄傲。”

“我们走吧，哈尔，走了好不好？”这时，那伙人里另外一个男人对想要买画的那人说。

“可我真的很想买那幅油画，”那人对他说，“只要价钱合适我就打算买。”

“你随便吧，我可要走了。”前头的那个男人却是一副拿定了主意的样子。“本来逢场作戏也没什么，别太离谱就行。可眼瞅着小孩子在这儿一个劲儿地灌酒，这算什么事啊！”

“请问，你真的把金酒给这小孩子喝？”一直在吧台靠门那头的那个漂亮的金发姑娘终于忍不住问博比。这姑娘个儿高高的，一头金灿灿的秀发，她脸上那红红的可不是红头疙瘩，是几颗讨人喜欢的雀斑。对那些晒不黑的白皮肤姑娘来说，一旦她们把脸晒成了棕褐色，往往脸上都会留有这样的雀斑。

“是啊，是金酒，小姐。”

“我说你这也太不像话了。”那姑娘气愤地说，“这简直太令人气愤了！你们知不知道这根本就是在犯罪！”

这时候，罗杰故意避开了那姑娘的目光，托马斯·赫德森连眼都不敢抬。

“好吧，那你倒是说说应该给他喝什么好呢，小姐？”博比问。

“什么也别喝。这样的小孩根本就不应该喝酒。”

“这好像不大公道吧，我觉得。”博比说。

“公道？你还跟我讲公道？你知道什么叫公道吗？难道你所谓的公道就是用酒精来毒害一个孩子吗？”

“你听听看，爸爸？”小汤姆说，“我也早就说过安迪喝酒是不对的吧。”

“这三个孩子里只有他喝了那么点儿酒呀，小姐。比如旁边这位老弟就已经把酒戒啦。”博比又找了些理由来跟她解释，“人家一户就三个孩子，就一个孩子对生活还勉强有这么点儿乐趣，你觉得剥夺掉他这么点生活乐趣，这就是公道了？”

“纯属狡辩，你还有脸谈公道！”那姑娘说，“我看你就是个十足的恶魔。还有你，你也是个恶魔。”她对着罗杰说，“还有你，也同样是一个恶魔。”她又对着托马斯·赫德森说，“你们都是一群丧尽天良的恶魔，我恨透你们了。”

她愤怒地说着，泪水在眼眶里打转，转过身去，背对着小家伙们和博比先生，对与她同来的那几个男人说：“你们一个个也都这样冷酷？难道就没有一个人敢管吗？”

“好了好了，我看这也许是闹着玩儿的。”一个男人对她说，“你想想看，就跟人家开派对一样，常常都会雇个信口开河的侍者，特意制造一些笑料。所以啊，你就别当真了，权当看喜剧表演了好吗？”

“不，他们这可不是闹着玩儿的。给小孩子喝的是金酒，就是人间悲剧，真是伤天害理，这么一群没心肝的家伙！”

“博比先生，”小汤姆[1]问，“我只能喝五杯吗？”

“好吧，今天你就五杯为止吧。”博比说，“别把那位女士给吓坏了。”

“哎，你们快跟我走。”那姑娘说，“我是真看不下去了。”

[1]原文如此。但从上下文理解来看，应是“安迪”。

她越说越激动，含在眼里的泪水流了下来，于是两位男士陪她走出了店门。这姑娘一走，托马斯·赫德森和罗杰，连同三个演戏的小家伙，都很扫兴。

这时候另一个长得绝美的姑娘慢慢地走了过来。她不光容貌绝美，棕色的皮肤配着一头茶色的秀发看上去也很干净，宽松的长裤难掩她苗条的身材。她走路姿态优美，一头柔软的秀发飘啊飘的，好不动人。托马斯·赫德森敢肯定自己以前在哪儿见过她。

“我想，这不是真的金酒吧？”她问罗杰。

“不，当然不是。”罗杰脱口而出。

“我这就去告诉她。”她说，“她太难受了。”

她跟着出了店门，临走时还不忘对他们微微一笑。真是一个好可爱的姑娘啊。

“好啦，戏演完啦，爸爸。”安迪说，“我想喝可乐。”

“这会儿我倒想来瓶啤酒，爸爸。但愿我们不会害得那位女士太难受。”小汤姆说。

“那就喝啤酒吧，这还不至于让她感到难受吧。”托马斯·赫德森说，“我请你喝一杯，可以吗？”他对刚才那位想要买画的男士说，“真是抱歉，在你看来，我们刚才这一套也许太傻气了。”

“哪里，哪里。”那人回答说，“有意思。出神入化。我向来都是极为仰慕作家和画家的。你们都是即兴发挥？”

“是的。”托马斯·赫德森说。

“不过，我还是想问问那幅油画——”

“那幅画的主人是桑德斯先生。”托马斯·赫德森向他解释道，“我之前画了送给他的。我看他还挺喜欢这画的，估计不想卖吧。不过画毕竟是他的，卖不卖他自己说了算。”

“我不卖，我得留着。”博比说，“你也甭给我谈什么大价钱，你真要出了大价钱我反倒心里纠结。”

“我是真心诚意想要这幅画呢。”

“哎哟，瞧你这话说的，好像我的心不诚似的，真是的！”博比说，“你就别想啦，画现在是我的，以后也是我的。”

“可是桑德斯先生，把一幅这么名贵的画挂在这么个地方，多少有点不大相称吧，你说呢？”这话听得博比的气儿都上来了。

“我说你就别再跟我纠缠了好不好？”他对那人说，“本来我们一伙人玩得正开心呢，可偏偏那女人一哭，硬是搅黄了好端端的乐事。你是不知道，像这样开心的时光我这辈子也没过几回。当然，我也知道她的本意一点儿不坏。可本意不坏却让我们这么扫兴。其实说自己本意不坏的家伙，火气都格外大。我那老太婆心地就挺好，做的事也都在理，可就是每天和我闹。我焦头烂额的，一天也不消停。本意不坏？别给自己贴金了！好家伙，现在又来了你这位一厢情愿的，看中了我的画就想要把画拿走，想都甭想。”

“可桑德斯先生，我刚才可是听见你自己亲口说的，说你不想把画挂在这儿了，说这画原本就是打算卖的。”

“哎呀，那是我胡诌的。”博比说，“你还没看出来那是我们几个闹着玩儿的时候我胡诌的吗？”

“这么说这画就是不卖的喽？”

“对。这幅画不光不卖，而且还不租不借，这回你明白了吧？”

“那好吧。”那人很无奈，掏出自己的名片，“这是我的名片，如果哪天你有意出让这幅画，请随时跟我联系。”

“这就对了。”博比说，“你这么喜欢画，汤姆家里兴许还真有些画打算出售呢。是吧，汤姆？”

“没有的事，别听他胡说。”托马斯·赫德森说。

“是吗，我倒很想到府上去参观参观呢，如果可以的话。”那人对他说。

“可是我眼下还没有现成的作品可供参观。”托马斯·赫德森答道，“不过你要是有兴致的话，我倒可以把纽约的画廊地址抄给你。”

“谢谢。你请说，我这就记下来。”

那人拿出自来水笔把画廊的地址记在自己的名片背面，又另外抽了一张名片递给托马斯·赫德森。过后那人再次向托马斯·赫德森表示了自己的谢意，还想请他喝一杯。

“我想请教你一个问题，一般来说，大概需要多少钱才能买到一幅大型油画？”

“这个我还真说不上来。”托马斯·赫德森说，“不过画廊里的经纪人应该可以告诉你准确的价位。”

“好的，那我一回到纽约就去找他。说真的，你这幅画的意境挺深，真是太引人入胜了。”

“谢谢夸奖。”托马斯·赫德森说。

“这么说来这幅画是铁定不卖啦？”

“上帝！”博比说，“你就别再纠缠这件事了，好不好？实话跟你说吧，这画就是我的。当初是我提供了主题，请他为我画的。”

那人听博比这么说，脸上流露出听惯了这一套的神情，所以他也只是笑笑，仍然摆出一副十分友好的姿态。

“其实，我也不是非得死乞白赖地……”

“天呢，还敢说自己不死乞白赖呢，我说简直像个木头脑袋一样纠缠不清。”博比对他说，“得了得了，来来，我请你喝一杯，咱们就不要再提这画的事儿了行吗？”

这会儿三个小家伙正跟罗杰聊天。“哎，可惜后来被拆穿了，我觉得咱们起先倒演得挺像回事的，你说是吗，戴维斯先生？”小汤姆问，“你看我装得不过分吧？”

“你演得相当不错。”罗杰说，“很遗憾戴维还没有好好发挥就结束了。”

“是啊，我准备要装个大妖怪呢。”戴维说。

“得了吧，那你还不得把她吓死。”小汤姆说，“看她都难过成那样了。你还真打算装成个大妖怪？”

“那可不，我都翻过眼皮来了，只等着好戏上场了。”戴维对他们说，“结果，我正弯腰准备进入角色的时候，没想到戏已被迫收场了。”

“就是啊，这几天也真是倒霉，碰上个这么挑剔的女人。”安迪说，“这场戏才刚刚上演呢，我反正是没怎么玩，一点都不过瘾。只怕以后再没有机会演了。”

“嘿嘿，你们说博比先生的戏演得很精彩吧？”小汤姆说。“哎呀，博比先生，还是你有两下子啊。”

“嗨，就这么匆匆收场了还真是遗憾呢。”博比说，

“看吧，连警察都还没有来得及登场呢，我也只是刚刚进入状态，现在我算是知道那班大演员大明星在舞台上是什么感受了，我还真有些体会。”

他们正讨论呢，后来出去的那位姑娘又走进了店门。她进门时带进一阵风，吹得她的套衫紧紧贴在了身上，飘逸的头发也顺风扬了起来。她进来后只顾对着罗杰说：

“她说不想再回来了。不过不要紧，我跟她解释过了，她也不生气了。”

罗杰邀她：“给你添麻烦了，跟我们一块儿来喝一杯好吗？”

“好呀，真是太好了。”

接着罗杰一一向她介绍了大家的姓名。她说她叫奥德丽·布鲁斯。

“有时间的话，我可以到你府上去看看你的画作吗？”

“行啊，没问题，只是还有很多是半成品。”托马斯·赫德森回答。

“是啊，我也很想跟布鲁斯小姐一块儿去。”那位男士不死心。

“怎么，你是她的老太爷还是她的监护人？”罗杰问他。

“那倒不是。我们两家不过是世交。”

“不好意思，对你恕不招待，”罗杰说。“你还是等到了‘故交节’再来吧。或者从监护人那里领到一张卡片再来也行。[1]”

“请不要这样对他。”

“对不起，恐怕对这位先生我是有点不客气。”

“那就请别再这样了。”

“好的。”

“大家和和气气的，多好啊。”

“行。”

“刚才汤姆有句台词我记得很清楚，挺有意思，他说你书里写的全都是一个姑娘。”

“是吗？你真觉得有意思？”小汤姆问她，“可事实上并不是那么回事。你也知道了，我是在跟戴维斯先生逗着玩儿呢。”

“是啊，我看你就这话说对了。”

“走吧，你到我们家去参观参观吧。”罗杰对她说。

“好呀，可以带上我的朋友吗？”

“那不行。”

“带一个都不行吗？”

---

[1] 精神病患者是需要有监护人的。不过这里显然带着挖苦之意。

“你离不开他们吗？”

“哪儿的话？”

“这不就结了嘛。”

“那请问，我什么时候去你们家合适？”

“随时都可以。”托马斯·赫德森说。

“我去可以顺便吃午饭吗？”

“当然，非常欢迎。”罗杰说。

“啊，看来这个小岛还真是个好地方，这次来对了。”她说，“大家都这么和和气气的，你看有多好。”

“戴维刚才还没有表演呢，这下可以继续给你表演。要不是我们刚才匆匆收场，他就要装个大妖怪了。”安迪对她说。

“哎呀，这可真是太好了。”她说，“有这么多好看的、好听的，实在是太有意思了。”

“你可以待多久？”小汤姆问她。

“这个我就不知道了。”

“那游艇会在这儿停泊多久？”罗杰问。

“我也不知道。”

“那你都知道些什么呢？”罗杰问，“对不起，我这话绝对没有半点儿挖苦你的意思啊。”

“不知道就是不知道，我就是一问三不知。请问你呢？”

“哈哈，我觉得你挺可爱的。”罗杰说。

“哇！”她有点意外地叫了起来，“总之，多谢你的称赞啦。”

“你总该可以待些时间的吧？”

“我真不知道。不过我想应该可以的吧。”

“那我们是不是现在就动身去我们家，酒也别在这儿喝了，还是到我们家去喝一杯吧，好不好？”罗杰问她。

“我还是就在这儿喝一杯吧。”她说，“这个地方这么讨人喜欢，我喜欢这里。”

第十二章

第二天，罗杰见风力小了很多，就带着小家伙们去海滩游泳去了。虽然戴维的脚上还有伤，但是埃迪认为，这点小伤在海水里浸浸也不会有什么坏处，只要游完后再把脚重新包扎起来就好了。所以他们一行四人就下海去了，托马斯·赫德森依然是在阳台上画他的画。独自在阳台上画画时，一探头地就能看见他们。虽说是在画画，可他总在心里捉摸着罗杰和那姑娘在酒店里的一番情景，想着想着就难免分了心，因此他命令自己不要再想了。可心里总还是会情不自禁地想起那姑娘，想起他跟小汤姆的妈妈初次相见时的情景。他觉得小汤姆他妈妈跟这姑娘长得好像。不过他再一想，嗨，这世上他看惯了这般模样的姑娘，往往就是愈看觉得愈像。甩甩头，索性他也就不再瞎想什么了，还是专心画画吧。他相信自己迟早总还会见到这个姑娘的，而且他还敢肯定大家以后见面的机会绝对少不了。事情这不明摆着的嘛。唉，姑娘生得如此明艳照人，看上去又是那么讨人喜欢。不过他觉得她像汤米他妈这事儿，可绝不是什么好事呀。可这又有什么办法呢？他以前经历的像这样的事也够多的了。算了，他还是继续画吧。

他相信自己的技能，正在画的这张画肯定是不会差的。可另外那张要把鱼画在水里，可真不好画呢。他心想：是不是我应该先画那一张难度大的呢？心里另一个声音阻止了这个想法，还是先把这一张画好再说吧。那一张反正也不急，可以等他们走了之后我再从从容容地画。

“来，我背你上岸去，戴维。”他听见罗杰说，“别让伤口里嵌进干沙粒。”

“好吧。”戴维说，“请等等，先让我把两只脚在海水里洗洗干净。”罗杰把戴维背上了海滩，来到面对海的家门口，把他放在门旁的一张椅子里。不过到椅子跟前得从阳台下过，所以托马斯·赫德森听见戴维问了罗杰一句：“依你看她会来吗，戴维斯先生？”

“我也不知道啊，”罗杰说，“但愿她能来吧。”

“你说她美吗，戴维斯先生？”

“是挺可爱的。”

“我认为她挺喜欢我们的。戴维斯先生，依你看这位姑娘是干什么的？”

“这个我说不上。我还没有问过她。”

“可是我看汤米已经喜欢上她了，安迪也喜欢。”

“还说他俩，那你呢？”

“我也说不好。我不像他们那么轻易喜欢一个人，反正我是不会这么轻易就动心的。只不过我却是很想再见见她，这点儿我确定。戴维斯先生，你看她总不会是个坏女人吧？”

“这个怎么看呢，反正看上去不像。你怎么想起问这个来呢？”

“汤米说他已经喜欢上她了，可就担心她是个坏女人。安迪却毫不在乎地说就是坏女人也无所谓啊。”

“我是觉得她看上去不像是个坏女人。”罗杰告诉他。

“可是戴维斯先生，跟她在一起的那几个男人，都不声不响的，这难道不奇怪吗？”

“这倒是挺奇怪的。”

“你能看出那几个人是干什么的或者是什么身份吗？”

“等她来了我们问问她吧。”

“你觉得她真的会来吗？”

“会来的。”罗杰说，“不过我要是你的话，我就不会像你这样着急。”

“我哪有，汤米和安迪才着急呢。你知道我心里喜欢的是另一个人。我明明告诉过你呀。”

“是啊，我记得。这个姑娘跟她也很像呢。”罗杰对他说。

“我想大概是她在电影里见过她，学了她的样子吧。”戴维说。

托马斯·赫德森听着他们的对话，还是只管画他的画。

就在罗杰给戴维的脚涂好药水进行包扎的时候，没想到她从沙滩的那头慢慢地走了过来。托马斯·赫德森在阳台上远远地就看到她光着双脚，泳装外边罩了一条同样料子的裙子，手里提着一只“海滨袋”朝他们的房子走来。托马斯·赫德森心里不禁暗自惊讶：这姑娘不仅脸蛋儿长得美，就是穿着套衫也还看得见十分动人的傲人双峰，而且她的腿也是那么长那么曼妙，两条胳膊尤其可爱。她全身上下晒成黄铜色，只在嘴唇上抹了淡淡的口红，脸上再未施一点脂粉。其实在托马斯·赫德森看来，她的嘴唇长得很美，他倒宁愿她连口红都别抹才好呢。

“你好！”她微笑着说，“我是不是来得太晚了呀？”

“没有的事，正好正好。”罗杰对她说，“我们刚下海游泳回来，我还想再去一次呢。”

罗杰把戴维坐的那张椅子搬到沙滩边上，所以当她弯下腰去瞧戴维的脚的时候，托马斯·赫德森也可以一清二楚地观察她。只见她额前的秀发、脖子上那倒卷的短细发尾纤毫毕现，衬着她棕色的皮肤，在阳光下看去竟闪着些许银辉。

“你这脚是怎么啦？”她问，“看着怪可怜的。”

“钓鱼的时候使劲使多了就把脚底给擦破了。”戴维如实告诉她。

“那该是多大的一条鱼啊？”

“不知道啊。它虽然上了钩，还是给跑啦。”

“是吗，那真是太遗憾了。”

“也没什么啦，”戴维说，“反正大家现在也都想开了。”

“你这脚都破成这样了还去游泳，可以吗？”

罗杰正往戴维脚上破了皮的地方涂红药水。脚看上去干干净净的，只不过因为在海水里泡过了，看上去皮肤起了皱。

“可以啊，埃迪说去海水里游泳对脚还是有好处的呢。”

“谁是埃迪呀？”

“我们的大厨师。”

“哦，那你们的大厨师还懂医务，身兼二职？”

“你是不知道，在这号事情上他可精了。”戴维解释说，“更何况戴维斯先生也是这个意思，说游游没问题。”

“戴维斯先生还说别的什么了吗？”她这是冲着罗杰问的。

“他还说很乐意见到你。”

“那敢情好。你们这些小家伙，快说说昨天晚上怎么玩的呀，一定很热闹吧？”

“还好吧。”罗杰说，“我们先在一起打了会儿扑克，后来睡之前我又看了会儿书。”

“打扑克谁赢了？”

“安迪和埃迪。”戴维说，“你们呢，昨晚都玩了些什么好玩儿的呀？”

“我们玩的‘十五子戏’。”

“你睡得好吗？”罗杰问。

“很好。你呢？”

“很香。”他说。

“可是我们这几个人里只有汤姆会玩‘十五子戏’。”戴维对那姑娘说，“那还是一个不成才的家伙教给他的呢，不过他也是后来才知道那个家伙原来是个搞同性恋的。”

“真的？那可真是太糟糕了。”

“按照汤米说的来看，也没有什么糟糕的事情发生。”戴维说，“毕竟又没有闹出什么乱子。”

“可是我总觉得搞同性恋的都是些糟糕透顶的家伙。”她说，“难道搞同性恋的还会是什么好东西？”

“这事说起来还真是有点滑稽呢。”戴维说，“就是不成才的家伙在教汤米‘十五子戏’的时候，还给汤米讲了很多同性恋方面的事情，比如什么是同性恋啦，古希腊人又是怎么怎么样啦，还有达蒙和皮西厄斯[1]是怎么怎么啦，大卫和约拿单[2]又是怎么怎么啦，诸如此类。哎哟，汤米说这个家伙讲起来这些那简直就像老师在课堂上讲课一样，就跟讲鱼卵能孵化为鱼、讲蜜蜂传粉能使花受精什么的没啥两样。不过，后来

---

[1] 两人为民间传说中的一对挚友。传说在公元前4世纪，古希腊叙拉古僭主狄奥尼西奥斯判处皮西厄斯死刑。不过，在行刑前，狄奥尼西奥斯允许皮西厄斯回家探望一次，但条件是以其朋友达蒙为人质。如皮西厄斯逾期不归，即杀达蒙代之。皮西厄斯不忍牵连达蒙，最后如期而返，狄奥尼西奥斯被二人的友谊所感动，遂释放了二人。

[2] 大卫和约拿单是《圣经》中的两个人物。大卫是以色列王，他在登基前原本是扫罗王的臣子。约拿单则是扫罗王的儿子。两人情投意合，约拿单像爱自己生命一般爱着大卫。但是因为扫罗王对大卫一直存有杀心，多亏约拿单数次救大卫脱离险境，最后又送他走上了逃亡之路。

汤米问他可曾看过纪德[1]的一本书。那书名叫什么来着，戴维斯先生？不是《科里东》。应该是那本里边还提到了奥斯卡·王尔德[2]的？”

“*Si le grain ne muert.*[3]”罗杰说。

“哦，对对，就是那本吓人的书，我记得汤米还把它带到学校去，给同学们念过。当然喽，因为书是法文的，同学们都看不懂，是汤米逐字逐句翻译给他们听的。其实那书里好些内容也挺乏味的，并没有什么意思，可是写到纪德先生去了非洲以后，那就吓人了，哎呀呀，那是真吓人啊。”

“这本书我也看过。”那姑娘说。

“那就好。”戴维说，“那你也就知道我要说的是什么意思了。总之啊，这个教汤米玩‘十五子戏’的家伙自己骨子里就是个搞同性恋的，他一听汤米说起这本书，大吃一惊。不过吃惊之余肯定又很欢喜，因为这样一来，什么蜜蜂啊、花啊这些就都不用再费

---

[1] 纪德（Andre Gide，1869—1951）：法国著名作家。1947年诺贝尔文学奖得主。

[2] 王尔德（Oscar Wilde，1854—1900）：英国著名作家。著有《道林·格雷的画像》等作品。

[3] 《如果种子不死》。这是纪德在1926年出版的一部作品。前面提到的《科里东》公开出版于1924年，书中提出了同性恋合法这一观点。

口舌去给汤米解释了，所以他就对汤米说‘你知道就好了’差不多就是这一类的话吧。没想到汤米这时回了他两句，我一直记得很清楚。汤米原话是这么说的：‘爱德华兹先生，我对同性恋的兴趣可只限于理论上，不好意思。所以，非常感谢你教会我玩‘十五子戏’，我现在得向你说再见了。’”

“哎呀，你们看，汤米那时候的风度就已经是没的说了。”戴维又对她说，“我想是因为他跟着爸爸在法国住了一阵，那时刚回来，所以他的绅士风度更是其他人没法比的。”

“那你也在法国住过？”

“是啊，我们都住过，只是有先有后。不过这些事情只有汤米记得一清二楚。因为他的记忆力是最强的。而且他从来就没有记错过。怎么啦，你也在法国住过吗？”

“是啊，还住了好长时间呢。”

“是在法国上学吧？”

“对。就在巴黎郊外。”

“这下可好，一会儿你跟汤米可有的聊了。”戴维说，“巴黎无论是城里城外，汤米都熟得很，就像我对这一带水下的暗礁沙洲早已摸熟了一样。不过，只怕我再怎么熟悉这里的暗礁沙洲也不及他对巴黎熟呢。”

戴维说话的这会儿，她已经在阳台下的阴凉处坐下，两只脚一扭一扭的，像个不听话的小孩儿，脚趾缝里掉下些白花花的沙粒。

“那你先把这里的暗礁沙洲什么的说给我听听吧。”她说。

“人们常说听景不如看景。听着能有多大意思，还不如领着你去实地看看。”戴维说，“我可以弄条小船，载着你去沙洲看看，你要是有兴趣的话，我们还可以下到海里去摸鱼。真的，要想了解暗礁是什么样，不时地去看可什么都不知道。”

“哎呀，说得我倒真想去看看呢。”

“游艇上那帮家伙都是些什么人？”罗杰问。

“无非就是些张三李四呗。反正你肯定不会喜欢的。”

“是吗？他们看上去还挺讨人喜欢的呢。”

“我们别用这种腔调儿说话好不好？”

“好吧。”罗杰说。

“就说你们见到的那个死乞白赖的那个人吧，他是这里边最有钱的一个，可也真的是最乏味的一个。好了好了，不说了，我们就别再提他们了，他们都是好人，个个都不错，可就是乏味得要死。”

这会儿，小汤姆也来了，后面还跟着安德鲁。刚才他们两个人在水里游得欢畅极了，结果一下子就游到海滩那头去了。等他们冒出水面一看，才发现戴维的椅子旁坐着那位姑娘。他俩便急急忙忙上了沙滩，踩到硬实些的地方就撒腿狂奔过来。安德鲁哪儿跑得过小汤姆呀，他被撇在后面好长一截儿，跑到时已经是上气不接下气了。

“我说，你怎么也不等等我啊？”他气喘吁吁地对小汤姆说。

“对不起，安迪。”小汤姆说，接着便给那姑娘打招呼，“你早。我们等了等没看见你，就先下海去了。”

“真是对不起，我来晚了。”

“不晚，不晚。我们一会儿还要下去呢。”

“我看我就不去了吧。”戴维说，“你们赶快一起去吧。我已经叨叨得够多的了。”

“一会儿下了海，你不用担心有回头浪打来。”小汤姆对她说，“这儿的海滩坡面比较长，坡度比较缓，没事儿的。”

“这一带有没有鲨鱼和鲟鱼？”

“鲨鱼有是有，不过它们要晚上才出来活动。”罗杰对她说，“鲟鱼也是不犯人的。除非碰上海水又浑又急的情况鲟鱼才会咬人。”

“一般情况下，要是舒鱼看见眼前有个东西在闪，却又看不清那是什么，这种时候舒鱼为了保护自身，就有可能误伤人。”戴维很耐心地给她解释，“但是在水清的环境下，舒鱼是从来不咬人的。在我们平时游泳的地方附近就有舒鱼。”

“有时候可以清清楚楚地看见它们就在你身边，跟你一起在浅海里浮游。”小汤姆说，“要我说啊，它们就是一群好奇心特强的家伙。不过看一会儿之后也就都游走了。”

“但是如果你手里正好有鱼的话，”戴维对她说，“比方说你摸到了鱼，把鱼串在串鱼绳上或者放在袋子里，那它们可能就要来打这些鱼的主意了。舒鱼的攻击速度可快了，搞不好的话就会咬到你，把你给误伤了。”

“另外还有一种可能，就是如果你没留神游到了一群鲻鱼里，或者说遇上了沙丁鱼群，”小汤姆说，“这时候舒鱼一旦扑过来袭击鱼群，说不定也会咬到你。”

“没关系，我和汤姆一边一个护着你就好了。”安迪说，“你游我们中间，那样就不会遇上什么麻烦了。”

这会儿，只见海浪一个接一个猛扑上沙滩，浪花飞溅。鹬鸟和威尔逊鸻鸟就抓住前一个浪头刚刚退落、后一个浪头还没袭来的空隙，以闪电一般的速度飞了出来，迅速地找寻硬实的地方，落在刚打湿的沙子上。

“哎呀，你们看这么大的风浪，打得人眼睛都快睁不开了，我们去游泳合适吗？”

“你就放心吧，这点儿风浪不算啥。”戴维对她说，“只要下水之前注意自己的脚下就好了。风浪大些没关系的，至少不会有魟鱼在沙滩上晒太阳了吧。[1]”

“真的，戴维斯先生和我会照看好你的。”小汤姆说。

“还有我，我也会照看你的。”安迪说。

“我跟你说，你就是在浪花里真碰上鱼了，多半也只是些小鲳鲹。”戴维说，“这种鱼就是专等涨潮的时候出行，主要是为了在沙滩上吃砂蚤的。不信你到时候看看吧，这种鱼在水里可好看了，它们见了人也挺好奇的，却从来不咬人。”

“听你们说了这么多，感觉真有点像到了水族馆。”她说。

“还不止这些呢，如果你想要长时间地潜在深水里，那么安迪可以教你怎样吐气。”戴维对她说，“汤姆可以教你怎样避开海鳝的纠缠。”

[1]魟鱼是栖息在近海底层的一种鱼，显然戴维说的是句调皮话。

“行了吧，你就别吓唬她了，戴夫。”小汤姆说，“再说了，我们两个哪有他潜水的本领高，我们不是潜水大王，他才是我们这儿真正的潜水大王呢。布鲁斯小姐，所以……”

“叫我奥德丽就好了。”

“奥德丽。”小汤姆这样叫了一声，话却没有接着说下去。

“嗯？你刚才想要跟我说什么来着，汤米？”

“不知道。”小汤姆说，“走吧，我们还是下海游泳去吧。”

他们走了以后，托马斯·赫德森继续在阳台上画了一会儿画，才下楼坐在戴维的身旁，看着跳进浪花的那四个家伙。托马斯·赫德森远远地看见，那姑娘游水、潜水都像海豹一样滑溜。尽管她没戴游泳帽，但要真论游泳的本事的话，那她可是一点也不比罗杰差，只是在体能上与罗杰有明显的差距。他们在海里游了好一会儿，等他们出了水上了海滩，踩着硬实的沙地向屋里走来的时候，那姑娘脑后的一头秀发湿漉漉的，衬得她毫无遮饰的脸庞更加轮廓分明。托马斯·赫德森就一直看着这姑娘，他觉得这样俊俏的面容、这样曼妙的身材，好像真还从来没见到过谁能胜过她的。哦，不，还是有一个是比得过她的，他心里很快闪过这么个人来。是啊，那一个才是容貌最俊俏、身材最曼妙的呢。于是他命令自己：就此打住吧，不要再想下去了。这个姑娘看看就好了。好不容易来了这么个可爱的姑娘，你就高兴高兴吧。

“怎么样，游得带劲儿吗？”他问她。

“真是带劲儿！”她对他笑笑，“可我怎么一条鱼都没有看到呢？”她转身向戴维。

“哎哟，这么大的浪头，见到鱼的可能性不大啦。”戴维说，“你就是见到了也是偶然撞上的。”

她若有所思地坐在沙地上，双手抱住膝头，湿漉漉的头发随意在两肩披散着，两个小家伙坐在她一旁。罗杰则慵懒地趴在她跟前的沙子里，额头枕在交叉的双臂上。托马斯·赫德森随即推开纱门，进屋上楼，继续到阳台上画他的画。他心里似乎觉得，他还是这么办最妥当。

下面的沙地上，既然旁边都是小家伙们，托马斯·赫德森也不在，于是那姑娘的目光就落在了罗杰身上。

“怎么，心里不痛快？”她问他。

“没有。”

“有心事？”

“可能是有那么一点儿吧。很奇怪，我也说不上来。”

“像今天这样难得的好天气，最好是什么都不要去想。”

“好吧，听你的。那我就什么都不想。我老老实实地看着海浪总可以吧。”

“海浪随便看，不要钱。”

“你还想再下海吗？”

“待会儿。”

“谁教你游泳的？”罗杰问她。

“不就是你吗？”

罗杰这才从臂弯里抬起头来，盯着她。

“安提贝角[1]的海滩，你还记得吗？就是那个很小很小的海滩？不是伊甸岩哦。不过我倒也经常去伊甸岩，看你在那儿跳水。”

“那你怎么又跑这儿来了呢？你的真名叫什么？”

“我是特意来看你的。”她说，“我的名字啊，应该叫奥德丽·布鲁斯。”

“需要我们回避吗，戴维斯先生？”小汤姆问。

罗杰根本就没顾上搭理他。

“你的真名到底叫什么？”

---

[1] 安提贝角位于法国东南沿海尼斯附近的安提贝港西南处。

“我本名叫奥德丽·雷伯恩。”

“那你为什么要来看我，还是特意？”

“因为我想，然后就来了。”

“我想没这么简单。”罗杰说，“谁告诉你我在这儿？”

“我从一个讨厌透顶的家伙嘴里听到的。一天我在纽约的一个鸡尾酒会上碰到了这个家伙，他告诉我你在这儿，因为他跟你在这儿打过一架。他还说你是在海滩上混饭的流浪汉。”

“哼，我倒真的是在海滩上流浪够了。”罗杰望向海面说。

“是吗？他还说了你好多别的事儿，当然也都不是什么好听的。”

“说说在安提贝的那阵子，你是跟谁在一起的？”

“跟妈妈和迪克·雷伯恩。怎么样，现在你总该想起来了吧？”

一听到“迪克·雷伯恩”这个名字，罗杰惊坐起来盯着她，随即走过去一把将她搂住，亲了亲她。

“瞧我这该死的，我怎么就……”他说。

“所以，我说特意来看你没错吧？”她问。

“你这个淘气的小丫头。”罗杰说，“真的是你吗？”

“难道还要我验明正身？还是说你觉得不敢相

信？”

“你怎么验明正身啊，我可不记得你身上有什么暗记呀。”

“那你现在喜欢我吗？”

“何止喜欢，我现在可爱你呢。”

“是吗？我可不会永远都是一副小马驹的模样。你还记得在奥特伊[1]的那次，你说我就像一只小马驹？当时听你这么说我都哭了呢。”

“这有什么好哭的呢，其实我说你像小马驹，是像坦尼尔[2]笔下《爱丽丝奇境历险记》插图里的那个小马驹，就是可爱的意思。这可是句好话呀！”

“反正我是让你给说哭了呢。”

“戴维斯先生。”安迪打断他们，“不好意思，还有奥德丽，我们几个想去找些可乐来喝。你们要不要也来一瓶？”

“我不要了，安迪。你呢，小丫头？”

“好啊，给我来一瓶。”

“走吧，戴夫。”

“你们去吧，我还想听听呢。”

---

[1] 位于巴黎西部一区，当地有个赛马场。

[2] 约翰 · 坦尼尔（Sir John Tenniel，1820—1914）：英国著名的插图画家、讽刺画家。他最为有名的插图作品就是《爱丽丝奇境历险记》。

“我真服了你这个老弟。”小汤姆说。

“你们别忘了，给我也带一瓶啊。”戴维说，“你们只管继续，戴维斯先生，不用管我。”

“没关系啦，你就只管待着吧，戴维。”姑娘笑笑地说。

“可你后来又去哪儿了呢？为什么现在又改叫奥德丽·布鲁斯了？”

“这事儿说来就比较复杂了。”

“我猜也不简单。”

“妈妈后来改嫁了，那人姓布鲁斯，因此我也改叫奥德丽·布鲁斯了。”

“哦，我认识这个人。”

“我很喜欢他。”

“这个嘛，我就不发表意见了。”罗杰说，“可为什么把名字又改成奥德丽了呢？”

“奥德丽本来就是我的中间名。因为我不喜欢跟妈妈用同一个名，索性就叫奥德丽。”

“我是不太喜欢你妈妈。”

“我也不喜欢她。不过我倒是很喜欢迪克·雷伯恩，也喜欢比尔·布鲁斯。你知道吗，我那时就很爱你和汤姆·赫德森。不过你看他也没认出我吧？”

“我不知道。他这人脾气怪，也许认出了没说。

不过我知道，他一定觉得你挺像汤米母亲年轻的时候。”

“是吗？我要真像她就好啦。”

“你呀，跟她还真是像一个模子里刻出来的。”

“真的呢，还真像，真像！”戴维说，“这我可以作证。哦，对不起，奥德丽。按理我应该闭上嘴走开才是。”

“不过你那时可并不爱我，也并不爱汤姆。”

“不，我是从不说瞎话的，你不了解。”

“你妈妈呢，如今在哪儿？”

“她现在住在伦敦，跟一个叫杰弗里·汤森的人结婚了。”

“她还在吸那玩意儿吗？”

“哪有不吸的？不过她还是那么美丽。”

“真的？”

“你别这个表情嘛。她是真的还那么美。再说我也没必要出于孝道去说些恭维话吧。”

“我看你以前是够孝顺的。”

“我知道。我以前总是一片好心地为大家、为所有人祈祷。结果呢，却样样都让我伤透了心。每逢耶稣受难节我总是先为妈妈祝福，祈愿上天降恩，让她有一个善终。你都不知道吧，我还一直在为你祈祷呢，罗杰。”

“那我也祈祷，祈祷上天让你的祈祷能够多应验一些。”罗杰说。

“好。”她说。

“这事可就不好说了，奥德丽。祈祷什么时候应验可是谁都说不准的。”戴维说，“当然，我的意思倒不是说戴维斯先生需要人家祈求上天来保佑他，我只是想从理论上说明祈祷应验的时间是说不准的。”

“好啦，戴夫。”罗杰说，“那个布鲁斯后来怎么样了？”

“他死了，你不记得了吗？”

“啊，这我还真不记得了。我只记得迪克·雷伯恩死了。”

“这个你倒还记得。”

“是啊，我记得。”

这时，小汤姆和安迪哥俩捧着几瓶可乐回来了。安迪递给姑娘一瓶冰过的可乐，也给了戴维一瓶。

“谢谢你。”姑娘说，“味道真是好极了，还是冰的。”

“奥德丽。”小汤姆说，“这下我可想起你来了。我记得当初你常跟着雷伯恩先生一起到我爸爸的画室来看画。那时你还不大爱说话。你、我、爸爸，还有雷伯恩先生，我们四个常常一起去各个马戏团看表演，还去看赛马，这些你记不记得？只是，那时候的你不及现在的你这样漂亮。”

“她那时就很漂亮，”罗杰说，“不信去问问你爸爸。”

“其实雷伯恩先生没了，我也伤心了好久。”小汤姆说，“我还记得很清楚，他是给一辆大雪橇撞死的，对吧？要怪就怪那辆大雪橇转弯的时候速度太快，那么突然地就撞进了人群。按说他真是不应该去的。因为他那会儿本来就病情很严重，因此爸爸还特地带我去看望过他。经过一阵子调养他的身体仿佛有了些许好转，他就去看大雪橇比赛。他出事的那天我们还都不在场。哎呀，对不起，我只管自己回忆了，大概让你心里难受了吧，奥德丽？”

“是啊，他人挺好的。”奥德丽说，“我也还好，心里并没有多不痛快，汤米。毕竟那都是很久以前的事了。”

“那你对我们这两个小孩还有印象吗？”安迪急切地问道。

“我的天，她怎么可能对我们有印象啊，大骑士？那时世界上都还没有咱俩呢。”戴维说。

“我怎么知道这些？不过就是随口一问。”安迪反问，“反正我对法国是一点印象也没有，我看你也不见得会有多少印象吧？”

“你看你，我并没有自夸，我能有多少关于法国的印象啊，真是的。行了，我看我们三个就分个工吧，以后法国的事归汤米记，这岛上的事今后就统统归我。还有爸爸的画，但凡是我见过的我都记得牢牢的。”

“你爸爸画赛马的那几幅画，你记不记得？”奥德丽问。

“当然，不是我吹嘘，只要是我见过的就没有记不得的。”

“是吗？那我告诉你，有几幅画里可是有我呢。”奥德丽说，“在隆尚[1]的，在奥特伊的，在圣克卢[2]的，凡是你爸爸画赛马的画里都有我。但不知道为什么他总是只画我的后脑勺。”

“对啊对啊，我都还记得你那时后脑勺是什么模样呢。”小汤姆说，“那时候你的头发很长已经垂到了腰间。每次看比赛，我都坐在你后面，而且是坐在比你高出两级台阶的地方，为的是看清楚点。我脑子里还有这样的画面呢，一个雾蒙蒙的日子里，法国的秋天常常都是这样的天气，空中像弥漫着一层青色的

[1] 隆尚是位于巴黎西郊布洛涅森林内的一个赛马场名。

[2] 圣克卢是一个市镇，位于巴黎西南郊外，那儿也有一个赛马场。

烟雾。我们一行人坐在上层看台，正对着的就是水沟障碍，树篱和石墙在左边。终点设在离我们较近的一头，水沟障碍则设在跑道的里圈。我就记得为了能看清比赛，我总是坐得比你高，因此也就总看你的后脑勺，要不我就干脆不上看台，直接到跑道边上去看。”

“在我看来，那时你就是个有趣的小娃娃。”

“本来我当时也就是个小娃娃嘛。你也是看我年纪太小，所以从来都不跟我说话吧。可你刚说到奥特伊，我倒想起来了，那儿的跑马场真是漂亮，对吧？”

“是的，漂亮极了。我去年还去过呢。”

“真的吗？那我们今年也计划去一次好不好，汤米？”戴维说，“戴维斯先生，以前你也常跟奥德丽一起去看赛马吗？”

“不。”罗杰说，“我只负责教她游泳。”

“那时候的你可是我心目中的英雄啊，只是都放在心里。”

“我爸爸也是你心目中的英雄吗？”安德鲁问。

“那是肯定的。可惜尽管我一厢情愿地想要把他当成我的英雄，最终也还是不行，因为他当时有妻子。不过在他跟汤米的妈妈离婚以后，我觉得机会来了，于是给他写过一封信。写的那封信倾注了我满满的感情，我下定决心无论怎样都要去接替汤米妈妈的位置。

可这封信我却始终没有寄出去，因为很快他又先后跟戴维和安迪的妈妈结婚了。”

“哎哟，这事儿听着还这么复杂呢。”小汤姆说。

“你们再接着说说巴黎的情况吧。”戴维说，“我们既然已经决定要去巴黎了，我想还是应该多了解些情况的好。”

“你还记得吗，奥德丽？因为想看得更真切，我们有时候索性走下看台贴着栏杆看，只见那一匹匹马在越过最后一道障碍后，齐刷刷地朝我们直冲过来，一瞬间只觉得向我们奔来的马儿越来越大、越来越大，我的心脏咚咚直跳，不一会儿它们就都从我们面前跑过，那些响声震耳欲聋。”

“还有，那时总是很冷。我们在外面看赛马的时候常常挨着大火笼取暖，然后在酒吧里买三明治来吃，这些你都还记得吗？”

“我最爱的就是秋天去看赛马。”小汤姆说，“看完赛马再坐敞篷马车回家，你还记得吗？出了树林公园[1]，马车慢悠悠地沿河行驶，天色渐渐暗下来，空气里还弥漫着一股焚烧落叶的气味，河上的拖轮拖着

[1] 指的是布洛涅森林，它是位于巴黎西郊的一个森林公园，里面设有一个赛马场，即在前文中提到过的隆尚。

一条条驳船，一派繁忙的景象。”

“天呢，这些你都记得那么清楚？哎呀你那时真的还是个小娃娃呢。”

“这么跟你说吧，从絮尔斯恩一直到夏朗通，河上的每一座桥我都记得。”汤米有点得意。

“真的？我看不太可能吧。”

“我就算说不上来桥名，但脑子里的印象却是清楚着呢。”

“我就不信那些桥你每一座都记得。我就记得沿河有些地段不堪入目，好些桥也根本看不得。”

“这是没错。不过自从认识你以后我们又在那里住了好长一段时间，爸爸也总喜欢到河边走走，通常都是带我从头到尾走一遍。所以甭管是不堪入目的地段，还是赏心悦目的地段，我都去过。后来一有空闲我还跟一些朋友常常到河边去钓鱼呢。”

“钓鱼？你真在塞纳河边钓过鱼？”

“那还有假？”

“你爸爸也去塞纳河钓过鱼吗？”

“爸爸是不大去那儿的。他要想钓鱼的话一般都去夏朗通。不过他每天画完画，经常爱出去走走，我就跟着他一起去散步，一直走到我实在走不动了，我们就想法搭公共汽车回家。到后来我们有了点钱，再出去散步的话，就改坐出租车，要不就雇辆马车回家。”

“是啊，我们一同去看赛马的那个时候，你们肯定是有些钱了。”

“你说的那年我想我们是有点钱的。”汤米说，“不过具体是怎么样的我也记不清。反正我印象里就是我们有时候有钱，有时候没钱。”

“那时候我们家倒是一直不缺钱的。”奥德丽说，“因为如果不是个有钱人，妈妈是肯定不会嫁的。”

“那么现在呢，你很有钱吧？”汤米问。

“哪有你说得这么好啊？”奥德丽说，“我爸爸本身就很能花钱，娶了我妈妈以后，又不善理财，不久就把家产赔了个精光。再后来我的那些后爹，在培养我时没有一个舍得出钱，就这样。”

“其实有钱没钱都无所谓。”安德鲁对她说。

“你怎么不考虑跟我们一起住呢？”小汤姆问她，“我看如果你要是跟我们在一起，那准错不了。”

“这个嘛，好倒是好。可我总归还是要自己去挣钱来养活自己啊。”

“现在我们打算到巴黎去。”安德鲁说，“我邀请你，你就跟我们一起去吧。一起去多好呀。我们俩一块儿，可以走遍巴黎，把整个巴黎都看个遍。”

“我还真要好好考虑考虑呢。”姑娘说。

“嗯，我现在给你调杯酒来帮你决定？”戴维说，“你知道吗？戴维斯先生书里的人物，在决定问题或者关键时刻，总会来一杯。”

“拜托，你可别拿烈酒来灌我啊。”

“那可是奴隶贩子的惯用伎俩。”小汤姆说，“回头等酒醒了，人也到布宜诺斯艾利斯了。”

“那他们灌的酒一定很猛吧？”戴维说，“到布宜诺斯艾利斯去的路可长着呢。”

“这要说酒的劲头啊，我看没有什么酒能比得上戴维斯先生调的马丁尼了。”安德鲁说，“戴维斯先生，就劳驾你给她调一杯马丁尼吧。”

“你想要来一杯吗，奥德丽？”安德鲁问。

“好吧。如果一会儿就要吃午饭的话，现在喝一杯也无妨。”

罗杰起身去调酒，小汤姆过来挨着奥德丽坐下。安德鲁还是坐在她脚边儿。

“依我看啊，你还是不喝为好，奥德丽。”小汤姆说，“你这一喝，就算跨出第一步啦。记住，*ce n'est que le premier pas qui compte.*[1]”

---

[1] 小汤姆说的是句法语，意思是：一旦跨出第一步，后面就一发不可收拾了。

托马斯·赫德森一直在阳台上画他的画。他们在下面的谈话他不可能听不见，不过自打他们游泳回来坐在下边聊天，他始终强压住内心的冲动，没有探头看过他们一眼。是的，他以“工作”为由给自己构筑起了一层自我保护的外壳，这些年好不容易一直苦苦守在里边，心想：我要是就这么把工作停下，我的保护壳恐怕就彻底完蛋了，那时或许他也就完蛋了。他也不是没想过，回头等他们一个个都走了，他一个人有的是画画的时间。话虽没错，不过他还是看得很透彻。此刻他如果不要求自己坚持画下去，那么他以“工作”构筑起的自我保障体系必将就此瓦解。所以，他一再告诫自己：静下心来好好画画儿，就当他们都不存在。要下楼也得等今天的工作告一段落收拾停当以后，那时再下去也不怕提起雷伯恩，不怕再提当年的那些事。是啊。到时候提什么都不怕。可是想要静心谈何容易啊。画着画着，他又觉得一种寂寞感涌上心头。唉，下个星期他们就都要走了。他转念又连忙命令自己：快画你的吧，别瞎想了。头脑要清醒，不要轻易改多年变养成的习惯，要知道你以后还得靠这样的习惯生活下去呢。

工作终于告一段落了，托马斯·赫德森收拾好画具就下楼去与大家相聚，心里却还惦记着他的画。他跟姑娘打过招呼之后，怕别扭就把目光避开了，好一会儿才又回过头来。

“别看我在阳台上，可也是长着耳朵的呀，你们的谈话我都听见了。”他说，“想不听也不行。很高兴，原来我们是老朋友。”

“我也很高兴呀。你是不是早就看出什么了？”

“或许也可以这么说。”他说，“走吧，我们现在可以去吃午饭了。你的湿衣服换了吗，奥德丽？”

“没呢，我这就到淋浴间去换衣服。”她说，“我带了衬衫和配套的裙子。”

“汤米你去告诉约瑟夫和埃迪一声，就说准备开饭了。”托马斯·赫德森对小汤姆说，“走吧，我领你去淋浴间，奥德丽。”

这时罗杰到屋里去了。

“我想我既然来了就要来得明明白白，不应该掩饰自己的来意。”奥德丽说。

“你很诚实。”

“你看我来这里对他是不是有帮助？”

“应该有，我觉得。他现在最需要的就是好好工作，来救赎自己的灵魂。其实我对灵魂什么的也不太懂。不过看到他第一次来到西海岸时，我看他是丢了灵魂。”

“可他现在打算要写一部小说了，还是一部伟大的小说。”

“你又是从哪儿听来的这消息？”

“报上有个专栏里谈起过。好像是乔利·尼克博克的专栏吧，我记得。”

“哦。”托马斯·赫德森说，“那就应该是了。”

“你当真觉得我可以帮助他？”

“应该可以。”

“不过我总感觉事情还是有些难。”

“难也是在所难免的。”

“要不我现在就跟你说说吧？”

“回头再说。”托马斯·赫德森说，“穿好衣服，梳梳头发，赶紧去屋里吧。要不让他等久了，很难保证不会再遇见别的女人。”

“以前你可不是这样的人啊，我一直认为你是我认识的人里最厚道的一个。”

“实在是对不起，奥德丽。你来了我很高兴。”

“我们是老朋友了，对吧？”

“当然。”他说，“走吧，快换好衣服，收拾收拾，进屋吧。”

说完他就把脸扭了过去，奥德丽也轻轻关上了淋浴间的门。说真的，他也不知道自己的情绪怎么会一下子就变成这样了。眼看着这一个夏天的愉快心情就要渐渐消失了，仿佛有时候浅滩上的潮情变化了，出海的航道里潮水就紧跟着退落了一样。他眺望着大海，望着那片熟悉的海滩，他发现此刻潮情果然变了，有些海滨小鸟在那刚打湿的沙滩上、沙坡下方的远处忙活开了。扑上海滩的浪花越退越远，也越来越小。他凝神望去，一直望到很远很远，好一阵子他才收回目光，转身进屋。

第十三章

最后的几天，他们依然过得很快活，还跟前阵子一样，甚至分手前的那种难受劲儿一点也没有。那游艇开走了，奥德丽却留下了，她在庞塞·德里昂租了一间房，不过却是每天和他们住在一起，于是他们就在屋子尽头那边的凉台上简单地给她搭了个铺，顺带着客房也归她用了。

从此她再也没有提过她爱罗杰的事。而且罗杰在托马斯·赫德森面前也不大提她，只说了一句：“她嫁了个浑蛋。”

“不管怎样，你总不可能等她一辈子吧？”

“我不知道，可那男的偏偏又是个浑蛋。”

“你说说看，这世上有几个男人不是浑蛋？那男的总该是有什么长处的，估计你慢慢也就清楚了。”

“是啊，他是个阔佬。”

“那就对了，兴许这就是他的长处。”托马斯·赫德森说，“女人嘛，总免不了嫁个浑蛋，不过那浑蛋呢，也总该有些别人所不具备的长处，情理之中。”

“好吧。”罗杰说，“我们就不谈这个了。”

“你的书呢，还是打算要写的吧，要写的话就早点开始。”

“当然要写。她来也是督促我写书的。”

“可不可以这么说，你写书就是为了她？”

“去你的，汤姆。”罗杰骂了他一句。

“我在古巴还有些木房子，你要不要去那里写？虽说挺简陋的，但是好处就是你可以在那儿安心写作，没人打搅。”

“不，我还是想去西部。”

“怎么，你还去西海岸？”

“不，不去西海岸。你不是有个牧场嘛，我可以到你的牧场住上一段日子吗？”

“牧场那边我就剩了一座孤零零的小木屋，艰苦程度可想而知，在牧场边的河滩上。其余的全都给租出去了。”

“那就挺好的了，我很满意。”

这些天，那姑娘和罗杰常去海滩上散步，一散步就要好半天，要么就是一同下海游泳，有时候把小家伙们也带上。小家伙们去捕北梭鱼的时候，也把奥德丽带上。不光是捕北梭鱼，他们几个还一起到暗礁里去摸鱼。托马斯·赫德森还是在家一心埋头画画。他只要手里一拿上画笔，只要看到孩子们一下海，心里就总是泛起甜丝丝的喜悦：等他们游玩回来了，就可以一大家人在一起热热闹闹地吃饭了。这种心情他觉得用“天伦之乐”来形容最合适了。到他们去潜水摸鱼的日子，他在家画画也因担心而静不下心来，不过他知道有罗杰和埃迪在，这俩人会比他还小心的。最快乐的一次是他们全体出动，一直把船开到水下沙洲的尽头处，在最远的一座灯塔附近钓了整整一天的鱼。那一天大家可真是尽兴啊，成果也很丰硕，什么鲣鱼啦、鲯鳅啦都没少钓，还钓到了三条大刺鲅。其中安迪钓的最大，托马斯·赫德森就作了幅画送给安迪，画的就是一条刺鲅：脑袋扁平而又古怪，长长的流线形鱼身遍体条纹。画面的背景是有如蜘蛛足的灯塔，头上描着夏日的白云，下面画着绿幽幽的水下沙洲。

后来终于有一天，小家伙们要走了，只见那架老式的西科尔斯基[1]型水陆两用飞机又到他们家的上空打了个盘旋以后，便降落在了港湾里。他们划着小船

[1] 西科尔斯基（1889—1972）：俄裔美国航空工程师，设计了世界上第一架四引擎飞机和第一种投入生产的直升机。

把三个小家伙送上飞机。约瑟夫也划了一条小船，他知道，这是以送行李的名义来给他们送行。小汤姆说："再见了，爸爸。今年的夏天我们过得可真带劲儿啊，谢谢。"

戴维说："再见了，爸爸。这个夏天真是太有趣了。你不用担心我们，我们自己会照顾自己的。"

安德鲁说："再见了，爸爸。谢谢你，给了我们一个好快活、好快活的夏天，还让我们到巴黎去。"

他们先后爬上舷梯，钻进座舱门，可三个兴奋的人影又都挤在门口，一边向站在码头上的奥德丽挥手，一边高喊："再见啦！再见啦，奥德丽！"

刚才搀扶着他们上舷梯的是罗杰，因此又听见他们说："再见了，戴维斯先生！再见了，爸爸！"接着从水面上传来安德鲁提得很高很高的噪音："再见啦，奥德丽！"

终于，机舱门一关，只看见他们的脸贴在小小的玻璃窗上。一会儿那"磨咖啡豆的"[1]开始发动了，溅起水来，一时间好似连小家伙们的脸上也带上了水花。托马斯·赫德森赶紧把小船退到一边，这才避开了劈头盖脸打来的飞沫。那老式飞机确实难看，滑行

---

[1] 飞机引擎的戏称。

了一段过后，便迎着微风起飞了。在空中打了个盘旋稳定以后，平直飞去。他又想，这飞机样子虽然难看，倒也飞得稳稳的，向着湾流上空慢慢飞去。

托马斯·赫德森心里明白，罗杰和奥德丽也要走了。听说第二天有渡轮要来，他随口问了罗杰打算什么时候走。

“明天吧，汤姆老兄。”罗杰说。

“就搭威尔逊的船走吗？”

“是的。我请他回来接我的。”

“我这么问倒不是为了别的，我是需要合计一下，这次应该托渡轮搬多少货合适。”

第二天，他们也走了。托马斯·赫德森跟姑娘吻别，姑娘也亲了他。昨天小家伙们走的时候，那分别的场面并不凄凉，但姑娘却哭了，今天临走她又哭了，还一边哭一边紧紧搂住他不放。

“好好照顾他吧，你自己也多保重。”

“我会的。你待我们真是太好了，汤姆。”

“别说这种傻话。”

“我会给你写信的。”罗杰说，“我到了那边可以为你做些什么？”

“行啦，只要你过得开心就好。到了那边不管情况如何，不妨也让我知道知道。”

“好的。相信这位也会给你写信的。”

就这样，他们也走了。托马斯·赫德森把他们送走后，在回来的路上又到博比的酒店坐了坐。

“这下你的冷清日子可来喽。”博比说。

“是啊，”托马斯·赫德森说，“冷清得要命。”

第十四章

孩子们一走，托马斯·赫德森一个人待着，不知道为什么只觉得满心不快。不过在他看来这不过是生活里少了孩子而生出的寂寞罢了，也是人之常情，因此他还是只管埋头作画。看来当世界末日真正来临的那一刻，与之前博比先生构思中的那幅千古巨画相比，其实是不一样的。就好比现在他就被宣告了世界末日的来临，宣告托马斯·赫德森个人的世界末日临头的是本岛的一个小伙子。小伙子从大路那头的当地邮局过来，给他送来了一份无线电报，并且还说了句："请你在封套的回条上签个字撕下给我。你知道的，我们也都很难过，汤姆先生。"

他照惯例拿出一先令给小伙子。可是小伙子接过来看了看，又把它放到了桌子上。

"我不是为小费而来的，希望你能节哀，汤姆先生。"小伙子说完就默默地走了。

他把电报看了一遍，收起来放在口袋里，走出门去，在靠海的门廊上坐下来，接着很不放心地又从口袋里取出电报，仔仔细细地又看了一遍。

“令郎戴维及安德鲁同其母于比阿里茨[1]附近遭车祸身亡诸事已先代料理完望即来致最深切的哀悼。”

署名是跟他有来往的纽约那家银行在巴黎的办事处。

这时埃迪走了出来。他刚才已经从约瑟夫那里听到了这个噩耗，应该是报务室的一个小伙子告诉约瑟夫这个消息的。

埃迪在他身边坐下来说：“这真是要命啊，汤姆，怎么会发生这样的事呢？这可让我们怎么办呢？”

“不知道。”托马斯·赫德森说，“我想若不是他们撞了人家，就是人家撞了他们。”

“我敢打包票这车一定不是戴维开的。”埃迪说。

“我也说一定不是他开的。不过现在说这些都于事无补，也无关紧要了。”

托马斯·赫德森嘴上说着，眼睛却望着那一平如镜的蔚蓝大海出了神，远处那蓝得更深的地方就是湾流了。这会儿太阳已经沉得很低了，不多会儿就要被

[1]位于法国西南部，沿比斯开湾。

云彩掩住了。

“依你看会不会是他们妈妈开的车？”

“有这可能。不过也说不定是司机开的车。不管怎样，那还不都是一样的结局？”

“会不会是安迪在开呢？”

“也许吧。他真要开的话，他妈妈会让他开的。”

“这小家伙就是太爱逞能了。”埃迪说。

“是的。”托马斯·赫德森说，“现在逞不了啦。”

夕阳，被云彩遮挡着。

“我们得赶在无线电台下一趟发报时，给威尔金森[1]打个电报，请他早点来，再请他帮忙打个电话，替我订一张去纽约的机票。”

“你走了后，这里有什么要吩咐的吗？”

“照看着点就行。我会给你按月留几张支票。如果遇上大风，就多雇些得力的工人，拜托你把船和房子都看顾好了。”

“我一定会尽力的，你就放心吧。”埃迪说，“只不过我现在感觉一切都没意思了。”

“我也是。”托马斯·赫德森说。

“好在我们还有小汤姆。”

---

[1] 威尔金森应该是拉尔夫船长的姓。

“是啊，眼下幸好还有他。”托马斯·赫德森说。这还是他收到电报以来，第一次不躲不闪地挡起眼，展望了一下自己长远的完整的前景，不过答案仍然是一片茫然。

“你一定会熬过来的，汤姆。”埃迪说。

“当然。哪一次我没有熬过来呢？”

“我看你不妨先到巴黎住上一阵，然后再去古巴的老宅子住上一段日子，真要寂寞得不行，那时候也可以让小汤姆来陪陪你。在那儿你还照样画你的画，这样至少换换环境或许好受些。”

“好的。”托马斯·赫德森说。

“你出去走走，到处旅游，也是大有好处的。什么都不要想也不要去管了。去坐坐大轮船吧，我这一辈子就想坐大船。每条大船都去坐坐。轮船开到哪儿我就玩到哪儿。”

“好的。”

“噢……天哪天哪！”埃迪终于忍不住了，“你看这是不是该死，为什么非得要了我那小戴维的命？”

“这个，我们就别再说了吧，埃迪。”托马斯·赫德森说，“这要说起来就悬了，我想我们是理解不了这些。”

“真是个混账的世界！”埃迪把帽子往后脑勺上

一推，骂了一句。

“可是比赛还没有结束呢，我们活着的人还得尽力而为。”托马斯·赫德森对他说。不过他现在已经意识到，其实自己对这场比赛也没有多少兴趣了。

第十五章

托马斯·赫德森搭乘“法兰西岛”号东渡到大洋彼岸。途中尽管他的本意是想逃避一下世界末日，可偏偏命运非得让他真正明白地狱的概念：其实地狱并非像但丁所写的那样，而那些描写过地狱的伟大作家们也并没有把形形色色的地狱都写尽，他们都没想到地狱也可以是一艘舒适惬意、人人喜爱的豪华巨轮，载着你去一个以前你总是向往的国家。地狱的确有好多个“界”，不过也并不是一成不变的，并非都像那位自命不凡的佛罗伦萨大作家笔下所写的那样。那天他很早就上船了，事后他才意识到，这是因为自己想要快快逃出纽约。在这里他实在待下去了，他生怕在城里遇见熟人，人们总是会跟他提起那件不幸的事，他才早早地上了船。本想到了船上就好了，就可以把内心的悲痛暂时地搁在一边，此刻他才知这心上的悲痛无法赶走，他怎么也挪不开、搬不动。是的，悲痛可以借一死而化解，也可以被各种因素所冲淡、变麻木。还有人说时间也有化掉悲痛的功效。但是，除了一死，如果还有其他什么方法能化解这悲痛的话，他想这悲痛就很可能并不是真正的悲痛了。

有一种办法的确可以把自己整个人搞得糊里糊涂，从而暂时忘掉悲痛，那就是用酒把自己灌醉，没错。还有一种办法也可以暂时把心思引开，那就是埋头工作。而且对托马斯·赫德森来说，这两种办法他都会。不过他也知道，一旦灌多了酒，自己的才能必定会受到损害，好画也就画不出来了。再说工作，这么多年来他倒是一直把工作看成自己生命的基础，所以即使内心没有任何悲痛，他从来都是把工作抓得紧紧的。对他而言，什么都可以放松，唯有工作是绝对不能放松的。

可是眼前得有一段时间不能作画了，他也就打算喝喝酒，看看报，运动运动，尽量每天把自己累得睁不开眼，然后才能睡得着觉。在飞机上他倒是睡了一觉，但是在纽约的这几天他是压根儿就没合过眼。

此刻，他来到轮船上的特等包房。包房挺好，不愧是特等房，有间起居室，搬运工随后替他把行李送来了，还有他买的一大包书报杂志。他想，没事儿就看看书报杂志，把空闲时间填满，这样着手赶走悲痛也是最简单易行的。包房服务员看了看他的船票，没说什么。他顺便找服务员要了一瓶毕雷矿泉水[1]和一些冰块。行李送来后，他先是取出一瓶五分之一加仑装的上等苏格兰威士忌，打开矿泉水，给自己调了一杯酒。然后割断绳子，将那一大包报纸杂志摊开在桌上，准备选一本看看。他想看杂志肯定不过瘾，但看总比不看强。那些杂志每一本看上去都是崭新的，跟平日在岛上收到的还真不一样。他顺手拿起《纽约客》。在岛上的时候，他总是把《纽约客》留到晚上才看。而且像这样一本当周出版的《纽约客》，崭新的还没有卷拢过的样子，他已经有好长一段时间没有看到了。他正坐在舒舒服服的大圈椅里，一边喝酒一边看，却怎么也看不下去。是啊，自己的亲人离世不久，像《纽约客》这样的刊物是无论如何也看不下去的。他只好又换了一本《时代》。这个还好，至少还看得下去，他看到《人生大事》专栏报道了自己家的事情，里边写了他两个儿子的死讯，并且注明了他们的年龄和他们妈妈的年龄，不过说得好像不太准确。消息里还提到了她的婚姻情况，说她竟然在1933年就离婚了。

再看《新闻周刊》，也作了同样的报道。不过看

[1] 一种冒泡的矿泉水，产于法国南部，毕雷是其商标名。

到这条小消息时，托马斯·赫德森突然产生了一种奇怪的感觉，写报道的那位记者或是编辑好像对两个孩子的遇难感到挺惋惜似的。

接着他又为自己调了一杯酒，一边调酒一边想，用毕雷矿泉水调威士忌就是比用别的强呢。于是他就把《时代》和《新闻周刊》两份杂志认认真真地从头到尾看完了。表面上是看杂志，他心里却禁不住想：她非得到比阿里茨干什么去啊？要玩的话也该到圣让德鲁兹[1]去玩啊，为何要发生让自己这么难过的事情？

由此可知，威士忌似乎已经开始起作用了。

他强迫自己说：好了，别再去想他们了。把他们的音容笑貌都一一记在心里吧，现在也只能当成故人放一边了。不管怎么说，你迟早都得过这一关。迟过还不如早过。

是啊，还是再看看杂志看看报吧。他正这么想着，船已经启航了。船开得极慢极慢，他没有到起居室的舷窗边去看船启航。他就一直坐在那舒舒坦坦的椅子里，从那一大堆报刊中一份份、一本本拿来看，一边看一边喝他用毕雷矿泉水调制的威士忌。

他又听见自己的内心说：现在没有什么让你感到

[1] 位于比阿里茨西南的一个小镇，沿比斯开湾。

为难的。人都已经去了，也就别再想了吧。其实你很不应该那么热烈地爱着他们。不光对两个小家伙如此，对他们的妈妈也应该这样。威士忌就是这样的意见，你好好听听吧——他对自己说。好个威士忌，你还真是消解苦恼的灵丹妙药呢。这真是“炼金士的万应灵丹，能够化沉甸甸的黄金为粪土只在顷刻之间”。哦，不行，这样念起来多拗口啊。还是“沉甸甸的黄金化为粪土只在顷刻之间”这样说更好。

他转而又想：罗杰跟那姑娘，这会儿也不知道在哪儿？我的汤米在哪儿这个问题向银行打听一下就知道。至于我在哪儿嘛这我自己清楚。我现在是在轮船里，正喝着一瓶“老帕尔”。喝吧，尽情喝吧，明天我再到健身房里去出一身汗，把今天喝的统统排掉。然后还可以去洗个蒸汽浴。我还要去蹬蹬健身车、骑骑机械马。对，我就是要这么干，我要把机械马好好骑个够。骑完了再去痛痛快快地做个按摩，最后上酒吧去喝酒聊天，随便找个人聊聊，聊什么都行，只要是别的话题。反正只有六天工夫。这样六天工夫很容易就打发了。

那天晚上他这样想着想着就睡着了，直到半夜醒来听见船还在大海里行进。大海的气味令他还以为自己在岛上的家里，以为不过是做了个噩梦刚惊醒过来。

后来才意识到这不是噩梦，他现在也不在岛上。他使劲闻了闻，感到从开着的舷窗边框上飘来一股浓浓的密封脂味儿。他扭亮电灯，找了点儿毕雷矿泉水喝。口真干啊。

他看见桌子上摆了个盘子，里边装着一些三明治和水果，那应该是服务员昨天夜里送来放在那儿的。毕雷矿泉水放在桶里，用冰块镇着，冰还没有化完。

他觉得应该吃点儿东西，看了看墙上的钟，正好是凌晨三点二十分。凌晨时分，海上的空气清新，他先是吃了一块三明治、两个苹果，然后又从桶里取了点冰，调了一杯酒。这样一瓶“老帕尔”就快要见底了，不过他包里还有一瓶没开呢。于是，在这清凉的凌晨，他坐在舒舒服服的椅子里，一边喝酒，一边看《纽约客》。现在他才发现这《纽约客》看起来还不错，他甚至觉得天不亮就喝酒，其实也挺有味道的。

要知道多年来，关于喝酒他已经养成了一个雷打不动的习惯，那就是到了夜里就坚决不喝，而且只要是在工作日，一天的工作没完也绝不喝酒。可是这会儿天不亮他就醒了，打破了规矩之后他觉得一种天真的快乐重新来临。仔细想想，自打收到那份电报以来，这还是第一次感受到纯动物性的快乐，或者更准确地说是第一次又允许自己感受到这种快乐了。

看着看着，他不由想：《纽约客》还真是不错呢。看来即使是有祸事临头，挨到差不多第四天的时候，这本杂志也还是能入自己的眼的。第一天，第二天，第三天，还都不行，绝对不行。但到了第四天，就能看下去了。这点经验兴许还有用，错不了。看完《纽约客》他又接着看《拳击台》，《拳击台》看完了再翻翻《大西洋月刊》，不管什么内容，凡是可以一看的他都看，甚至那些不值得一看的他也看了好几篇。这时候他已经调了第三杯酒，开始看《哈泼斯》了。他对自己说：你瞧，我还好好的，其实也没什么。